Le Premier XXIe siècle

Jean-Marie Guéhenno

Le Premier XXIe siècle

De la globalisation à l'émiettement du monde

Flammarion

ISBN : 978-2-0802-5596-9

Du même auteur

La Fin de la démocratie, Flammarion, 1993
L'Avenir de la liberté, Flammarion, 1999
The Fog of Peace. A memoir of International Peacekeeping in the 21st Century, Brookings Institution Press, 2015

Introduction

La précarité des sociétés contemporaines

Il aura fallu les huit années que j'ai passées à la direction des opérations de maintien de la paix de l'ONU pour que je comprenne la fragilité des sociétés humaines. Comme l'air que nous respirons, la paix nous semble être l'état naturel de toute société. J'ai découvert au contact de pays brisés par la guerre qu'il n'en est rien. Ce respect instinctif des lois, qui nous les fait généralement observer même en l'absence du gendarme, ce préjugé de confiance, limité mais réel, que nous témoignons à ceux que nous appelons nos semblables ne sont pas des sentiments aussi naturels que nous l'imaginons souvent. Ils sont un vernis précaire qu'il suffit de peu de chose pour effacer, et qu'il est ensuite infiniment difficile de restaurer. Dans les pays en guerre civile où se déploient la plupart des missions de maintien de la paix, ce vernis est parti, et le « capital social » dont parlent anthropologues et philosophes – cette richesse qui réside non dans les capacités individuelles de chacun des membres d'une communauté humaine mais dans les liens, implicites et explicites, qui les unissent – a disparu. Il ne reste alors qu'un monde de défiance où personne ne se confie à personne.

Cette expérience m'a conduit à jeter un autre regard sur les sociétés en paix. Au lieu de les voir comme autant d'exemples de l'état d'équilibre pacifique vers lequel tôt ou tard toute société humaine devrait revenir, je les ai vues comme des réussites exceptionnelles et toujours menacées. À l'instar du médecin qui, à force de ne voir que des malades, finit par se demander quel miracle conserve une majorité de la population en bonne santé, j'ai commencé de m'interroger sur les conditions nécessaires au maintien de la paix dans une société. Cette prise de conscience m'a poussé à aller plus loin que la réflexion que je menais il y a vingt-huit ans, quand je publiai mon premier livre, *La Fin de la démocratie.* Je me préoccupais alors des conditions indispensables au bon fonctionnement de la démocratie sur une planète qui commençait de se mondialiser. Je comprends maintenant que la question qui doit être traitée est plus radicale, et que la crise démocratique du monde occidental ne se réduit pas à la crise des institutions démocratiques. La question que nous pose le monde contemporain est celle des conditions d'existence des communautés humaines, démocratiques ou pas, sur une planète mondialisée, question rendue encore plus complexe par l'invention de l'internet, qui a créé un monde virtuel en concurrence avec le monde physique. La question de la démocratie est seconde : pour que la démocratie soit possible, il faut une société.

Le Covid-19, révélateur de nos fragilités

J'avais déjà écrit une bonne partie de ce livre quand est survenue la pandémie du Covid-19. Soudain, chacun de nous s'est retrouvé enfermé dans une communauté réduite à ses plus proches, et nous avons tous commencé à regarder tous ceux qui étaient en dehors de ce premier cercle, les « autres », tous les autres, avec une grande méfiance. Qui était infecté ? À qui faire confiance ? Avec qui être solidaire ? Pour qui, pour quoi prendre des risques ? Les questions que j'avais commencé de me poser ont brusquement perdu leur caractère spéculatif. Elles sont devenues des questions auxquelles il fallait donner une réponse tous les jours.

La peur de la mort nous a hantés pendant des mois, et nous avons été pour un temps, et pas seulement figurativement, seuls avec nous-mêmes. Dans ces mois où nous n'étions pas sûrs qu'il y aurait un autre mois, à quoi tenions-nous vraiment ? Après quoi courions-nous ? Où trouvions-nous le réconfort ? Y a-t-il, au-delà de notre petite vie personnelle, une communauté humaine qui nous protège et à laquelle nous puissions être fiers d'appartenir ? Les questions sur la société et les questions sur nos vies individuelles se sont rejointes. Chaque soir, nous avons applaudi les soignants. Nous leur étions reconnaissants de protéger nos vies, mais nous leur étions également reconnaissants de démontrer par leur engagement personnel que la vie humaine ne se résume pas à la loterie absurde d'un virus parfois mortel. Nous les avons enviés de donner par leurs actes un sens collectif à leurs existences, au moment même où chaque vie individuelle, sous la menace d'être vaincue par le hasard, semblait perdre le sien. Comme dans toutes les périodes où un grand malheur collectif frappe une communauté humaine, s'impose la nécessité psychologique de penser au-delà de soi-même, pour garder un sens à une vie devenue soudain terriblement précaire.

La crise a agi comme un puissant accélérateur : les tendances qu'elle a révélées étaient déjà présentes, mais nous pensions à tort que nous avions tout le temps devant nous pour nous y adapter. Ce n'est pas le cas, et le bouleversement économique, politique et social qu'elle provoque accentue le contraste entre l'ombre et la lumière. D'un côté, nos sociétés ont découvert en quelques mois leur vulnérabilité : le « capital social » qui permet aux gouvernements de gouverner, déjà bien entamé, a été dans beaucoup de pays réduit presque à néant, et la crise économique et sociale d'aujourd'hui ne trouve pas d'issue politique. Dans la plupart des pays, la confiance dans les vertus d'une action politique collective et dans les institutions qui l'organisent est au plus bas. La Chine paraît échapper à cette remise en cause, mais elle y arrive en partie par le mensonge et la répression. D'un autre côté, la pandémie apporte la confirmation que nos actions individuelles sont d'autant plus efficaces qu'elles s'inscrivent dans un projet collectif : à l'échelle d'un pays, les mesures de précaution ne produisent leurs effets que si chacun les respecte. À l'échelle de la planète, l'impossibilité d'arrêter durablement la circulation des êtres humains signifie que l'action déterminée d'un pays perd son efficacité si d'autres pays adoptent une attitude de laisser-aller. Et quand il s'agit de l'économie et de la finance, il est clair que seule une action internationale concertée nous sauvera. C'est devenu un cliché d'observer qu'à toutes époques, y compris avant la mondialisation, les grandes crises sont surmontées en large part grâce à la coopération, à l'intérieur des sociétés et entre elles.

Cette prise de conscience reste cependant prisonnière des schémas anciens, alors même qu'ils ont contribué au présent désastre. Entre la débâcle de l'Amérique de Trump, les mensonges de la Chine de Xi Jinping et les flottements européens, aucun modèle politique n'est sorti indemne de la crise. Mais le contraste a été grand entre des pays démocratiques d'Asie, où la discipline collective a joué sans intimidation policière, comme en Corée et à Taïwan, et les pays occidentaux, où la priorité donnée à l'individu a souvent nui à une réponse efficace. Au-delà des affrontements idéologiques, la crise a montré que l'équilibre entre l'individu et le collectif – expression d'une philosophie et d'une culture – est un facteur plus déterminant que le système politique.

Cette conclusion me ramène à l'argument de ce livre. Les responsables politiques de beaucoup de pays se sont emparés de l'« après-crise » pour avancer leurs pions, et, dans la compétition géopolitique qui oppose États-Unis,

Chine et Européens, chaque puissance trouve des raisons d'affirmer sa supériorité. Mon propos est différent. En amont de ces débats de géopolitique, il me paraît nécessaire d'explorer la crise des communautés humaines, la façon dont le « capital social » a disparu, pour pouvoir ensuite refonder la politique et explorer les chemins qui nous conduiront à un nouveau contrat social, à une « seconde Renaissance ».

La Renaissance fut précédée par la peste noire, qui tua en quelques années près de la moitié de la population européenne. Ce choc terrible précipita une redéfinition du rapport de l'homme au monde. Un peu plus d'un siècle plus tard, l'invention de l'imprimerie fut un nouveau choc, qui changea les conditions d'accès au savoir et ébranla les fondements de la légitimité politique. La séquence actuelle est différente : la pandémie a surgi alors que l'internet avait déjà été inventé, et elle est donc autant un amplificateur qu'un révélateur des transformations du monde.

La crise démocratique

Ce livre commence par une exploration des causes de la fragilité des communautés politiques contemporaines. Il en dresse la généalogie, dans le temps long comme dans le temps court. Cette analyse s'organise autour d'une conviction : la vitalité d'une communauté humaine se mesure à l'équilibre qu'elle sait trouver entre l'individu et le collectif. Il y a plus d'une réponse à cette question, et chaque société apporte la sienne. Nous sommes au terme d'une très longue évolution, dont la victoire du christianisme sur les religions antiques a été le point de départ. La Renaissance, puis l'âge des Lumières et les révolutions qu'il a inspirées ont sécularisé l'individu, qui est devenu le point de fuite de la politique moderne. L'effondrement de l'URSS et du communisme aura été le point culminant de cette trajectoire multiséculaire, qui trouve son aboutissement dans ce qu'en France on appelle le néolibéralisme, un individualisme radical qui étend à toutes les activités humaines les préceptes de l'économie de marché.

Nous sommes donc au début d'une ère nouvelle, où les partis politiques perdent leur pertinence, où l'invention de l'internet et la création d'espaces virtuels qu'il inaugure bouleversent le fonctionnement des sociétés humaines. Elles se globalisent tout en s'émiettant. Face à ces bouleversements, les structures qui ont donné une forme politique institutionnelle aux sociétés humaines, nations, institutions internationales, sont à la peine, et la politique change de ton, à l'intérieur des nations comme entre les nations. Ce qui paraissait solide se révèle fragile, et le vernis des croyances qui nous ont aidés à penser le monde s'effrite. L'idée de progrès comme celle de nation souveraine perdent leur évidence. La violence monte, dans les paroles comme dans les actes. Avec l'affaiblissement des structures qui donnaient sa forme au monde ancien, l'avenir devient plus incertain, hésitant entre la menace diffuse d'une violence banalisée et la montée aux extrêmes d'un grand affrontement. C'est ce qui confère à notre époque sa gravité : nous allons devoir répondre à la question du type de société que nous voulons vraiment.

Il y a près de soixante ans, en pleine guerre froide, et bien avant ce que j'appelle l'âge des données – l'âge où la saisie, la collecte et le traitement des données ont explosé de façon exponentielle (voir chapitre 5), Herbert Marcuse publiait *L'Homme unidimensionnel.* Il entendait par cette expression décrire l'homme manipulé par l'État providence et la publicité, qui en perdant sa capacité critique devient « unidimensionnel », tout entier asservi par l'économie productiviste, qu'elle soit capitaliste ou soviétique, à sa fonction de producteur/consommateur esclave. L'absence de révolte dans les sociétés démocratiques avancées des années soixante était l'énigme à laquelle Marcuse cherchait une réponse. Quels mécanismes répressifs cachés, quelle « fausse conscience » assuraient cette anormale tranquillité ? Depuis, le communisme s'est effondré, et l'économie capitaliste triomphe, de New York à Shanghai. Les possibilités de manipulation que Marcuse voyait dans la publicité ont été démultipliées, et l'économie s'est mondialisée. Et pourtant, les sociétés les plus prospères grondent d'insatisfaction. La question qui se pose aujourd'hui est donc bien différente : il faut expliquer non leur tranquillité, mais le malaise qui les tourmente.

Beaucoup mettent en avant des raisons économiques pour expliquer la crise politique des grandes démocraties. Il faut en effet remonter à la révolution industrielle pour observer une explosion de richesses aussi gigantesque que celle qui secoue le monde depuis trente ans ; il faut également revenir au XIXe siècle et aux débuts du XXe pour recenser des inégalités comparables. Dans les pays riches, et particulièrement aux États-Unis, le surplus de richesse a bénéficié presque exclusivement à la fraction la plus riche de la société. Dans les pays en développement, la croissance a certes réduit l'écart entre pays riches et pays pauvres, mais les statistiques, en donnant de l'extrême pauvreté une définition trop restrictive, sous-estiment le nombre des êtres humains qui continuent de vivre dans la misère ; au sein de ces pays, l'écart se creuse aussi entre ceux qui bénéficient de la mondialisation (et réduisent ainsi l'écart entre pays riches et pays pauvres) et ceux qui sont laissés derrière. La croissance économique a permis de stopper l'augmentation du nombre des miséreux, malgré celle de la population de la planète, mais elle peine à en réduire le nombre.

Cette explosion de l'inégalité économique, accompagnant l'explosion des richesses, est d'autant plus insupportable qu'elle se produit dans un monde où l'argent est devenu la mesure de toutes choses, et la clef de plus en plus indispensable qui donne accès à la santé, à l'éducation, et même à la sécurité. Il n'est donc pas surprenant qu'une telle situation provoque des réactions politiques, et il est urgent de penser les politiques qui permettraient de réduire ces inégalités. Je ne suis pas un économiste et ce n'est pas l'objet de ce livre. Mon propos est politique : pour que les recommandations des économistes ne restent pas du domaine de la théorie, il faudrait que les conditions politiques de leur mise en œuvre soient réunies.

Cette question est la plus pressante de notre temps : les réponses techniques qui pourraient être apportées à la question de l'inégalité et de la pauvreté sont déjà en parties connues, et la cause du malaise contemporain est donc d'abord politique. Au cœur du malaise contemporain, il y a l'incapacité à penser le monde selon des catégories politiques qui donnent l'espoir de le transformer. Cette illisibilité du monde explique pour une bonne part le déclin de la politique traditionnelle et le scepticisme à l'égard des programmes politiques des partis classiques. Ce désaveu ne touche pas seulement les pays riches, mais également des pays qui ont connu un enrichissement rapide comme l'Inde : partout les attentes à l'égard des partis ont baissé, partout la politique doit commencer par vaincre le scepticisme de tous ceux qui ne croient plus à la possibilité d'un programme politique.

La société unidimensionnelle

Le malaise contemporain ne peut donc se réduire à la seule question économique, et, si j'emprunte à Marcuse le terme unidimensionnel, ce n'est pas pour mettre au goût du jour des analyses économiques vieillies, mais parce que le mot unidimensionnel reste le plus pertinent pour décrire notre monde : ce qui caractérise les sociétés contemporaines, par-delà les différences de régime, est la poursuite exténuante du succès et de l'argent, mesure de toutes choses. Cette obsession unidimensionnelle est insupportable à beaucoup, et elle tue la possibilité du pluralisme.

Ce livre est un manifeste contre la société unidimensionnelle, pour le pluralisme, pour une société ouverte. Mais le pluralisme qui doit aujourd'hui être défendu a peu à voir avec la marche triomphante vers l'avenir radieux de la démocratie qui inspirait la rhétorique occidentale en 1989, même si la tentation de faire de la Chine le nouvel adversaire stratégique – une version XXIe siècle de l'URSS – est de plus en plus forte aux États-Unis, et permet d'entretenir l'illusion confortable d'une nouvelle guerre froide qui opposerait le camp de la liberté à celui de la servitude. Alors que l'Occident démocratique traverse la crise la plus grave de son histoire depuis la fin de la guerre froide, il y a dans l'obsession chinoise un risque de diversion, si justifiées que puissent être les inquiétudes engendrées par le nouvel activisme chinois. L'Occident doit regarder en lui-même et, au lieu de s'abuser sur ce qu'il est en prétendant que la Chine est son exact opposé, il ferait mieux d'identifier, dans les deux systèmes – à tant d'égards si opposés –, les traits communs qui menacent, de façon différente, la possibilité d'un monde pluraliste.

Ce livre pose les premiers jalons d'une telle exploration. Il a été écrit avec un grand sentiment d'ambivalence, hésitant entre l'émerveillement devant tous les possibles qui se cachent derrière la ligne d'horizon et la peur que certains de ces possibles ne débouchent sur la disparition de l'esprit de liberté, à moins que ce ne soit l'extrême violence. Ma référence à une seconde Renaissance exprime cette ambivalence : la première Renaissance fut une époque de merveilleuse créativité, mais aussi de terribles guerres. Léonard de Vinci dessinait des canons et des catapultes : nos savants ont inventé la bombe atomique, les armes bactériologiques et la cyberguerre. Le potentiel de violence du XXIe siècle est d'un autre ordre de grandeur que celui des XVe et XVIe siècles. Devant le bouleversement des institutions politiques et des cadres de légitimité, devant l'ébranlement des piliers traditionnels de l'autorité, il est difficile de se défaire d'un sentiment de précarité : le monde contemporain semble à la fois fragile et imprévisible, et nous ne sommes pas assurés d'avoir prise sur lui. Nous pressentons que les institutions familières qui ont organisé le pouvoir politique tout en permettant son contrôle ont atteint leurs limites, mais il n'est pas encore possible de discerner les institutions nouvelles qui un jour les remplaceront. La lumière encore incertaine de l'aurore dans laquelle nous vivons ajoute à l'angoisse contemporaine. À toutes les époques, les crises de légitimité des institutions politiques ont débouché sur des révolutions et des guerres, dont il a fallu des décennies pour réparer les ravages. La particularité de notre époque est la disponibilité de moyens de destruction sans précédent dans l'histoire de l'humanité. Nous ne pouvons nous offrir le luxe d'aller, par tâtonnements successifs, d'erreur en erreur, jusqu'à ce qu'apparaissent de bonnes réponses.

Ce livre n'a pas la prétention d'apporter ces réponses. Il cherche seulement à dresser la carte provisoire des océans inconnus que nous avons commencé d'explorer, afin d'en éviter les écueils – et de tenir un cap.

Chapitre premier

Les mensonges de 1989

Ou comment nous avons confondu la faillite du système soviétique avec la victoire de la démocratie

1989 : Lech Walesa, Mikhail Gorbatchev, Vaclav Havel. 2019 : Donald Trump, Rodrigo Duterte, Jair Bolsonaro, Vladimir Poutine, Xi Jinping. Comment en est-on arrivé là ? Pour le comprendre, commençons par retracer le cheminement politique de ces trente dernières années. Tout a commencé par un mensonge. Dans la fièvre de cet automne magique de 1989, où chaque semaine apportait une nouvelle et heureuse surprise, nous avons cru à la victoire décisive de la démocratie. Ce grand bouleversement n'était-il pas le résultat du travail courageux des hommes et des femmes qui, depuis plus d'une décennie, luttaient pour une société ouverte, pour abattre les murs de pays qui ne tenaient que par l'enfermement de leurs citoyens ? Quinze ans plus tôt, à la conférence d'Helsinki, les pays d'Europe occidentale et d'Amérique du Nord avaient fait le pari qu'une légitimité internationale donnée à la revendication pour les droits de l'homme pouvait changer le monde, et ce pari semblait gagné. Quel meilleur symbole de cette victoire que l'effondrement du mur de Berlin ! Convaincus de notre victoire, nous avons pensé qu'au monde bipolaire de la guerre froide succédait un monde unipolaire, inspiré par des valeurs universelles et garanti par la bienveillante puissance américaine. Le politologue diplomate Francis Fukuyama traduisit bien l'esprit de l'époque quand il crut voir la fin de l'histoire annoncée par Hegel : le combat d'idées qui avait si longtemps déterminé l'histoire du monde était clos. Un modèle politique, celui de la démocratie libérale, l'avait emporté, et la bataille décisive, celle des idées, était gagnée. Il n'y aurait plus désormais que des escarmouches. Ce fut, pour une brève période, presque vrai.

En à peine plus de deux années, l'Allemagne était réunifiée, toutes les républiques socialistes d'Europe de l'Est avaient disparu, et l'URSS elle-même avait cessé d'exister. Jamais dans l'histoire moderne on n'avait vu aussi grand bouleversement accompagné d'aussi peu de violence. Très vite, le triomphe occidental devint celui d'un système qui embrassait dans une même vision démocratie libérale et économie de marché. Il fit presque oublier l'autre grand événement de 1989, la répression brutale de la place Tian Anmen en juin. Nous fûmes prompts à réinterpréter les images qui nous arrivaient de Chine. La photographie d'un homme debout dans une grande avenue de Pékin, seul face à une colonne de chars, ne fut plus l'image de la défaite de la liberté face à la force. Elle devint le symbole du courage individuel, provisoirement vaincu en Asie, mais vainqueur en Europe. Et, quand la Chine commença d'ouvrir son économie, nous nous sommes aisément persuadés que cette ouverture économique préparait l'ouverture politique.

L'illusion du nouvel ordre mondial

Le président George H.W. Bush ne fit donc pas sourire en appelant à un nouvel ordre mondial. Les États-Unis, soudain privés d'un adversaire à leur mesure, devinrent la référence obligée, et, pendant quelques années, les conséquences positives de l'unité apparemment retrouvée du monde dominèrent. Le nombre des conflits et des victimes diminua, et le Conseil de sécurité des Nations Unies, longtemps paralysé par la division Est-Ouest, put contribuer à leur résolution, en Amérique latine (Salvador), en Afrique (Mozambique, Namibie), en Asie (Cambodge), où il autorisa le déploiement de missions de maintien de la paix. L'accompagnement international par les casques bleus de l'ONU de processus de réconciliation nationale devint la meilleure illustration de ce nouvel ordre mondial. Nous avions l'espoir de gagner sur tous les tableaux. Nous aurions les avantages sans les risques. Un monde qui ne serait plus défini par la confrontation de grandes puissances serait un monde plus démocratique, mais nous éviterions les risques de la fragmentation stratégique, cette autonomie de dynamiques locales grosse de nouveaux conflits, grâce à l'unité morale croissante de l'humanité. En 2000, le rapport d'une commission présidée par un grand diplomate algérien, Lakhdar Brahimi, définit la feuille de route du maintien de la paix, et je fus pendant huit années chargé de la mettre en œuvre. Les crises de la décennie précédente, Yougoslavie, Rwanda, Somalie – j'y reviendrai –, qui avaient été à l'origine du rapport Brahimi, paraissaient surmontées, et les opérations de maintien de la paix connurent un essor sans précédent : l'ONU, expression d'une « communauté internationale » qui cessait enfin d'être une formule creuse, devenait l'agent d'une grande transformation démocratique du monde où des élections placées sous sa supervision consacraient des réconciliations nationales. J'ai décrit dans mon livre de mémoires *The Fog of Peace* les dilemmes éthiques, la complexité, les limites de cette entreprise excessivement ambitieuse. En dépit des échecs, je demeure convaincu qu'elle valait la peine d'être tentée et que, grâce aux opérations de maintien de la paix, beaucoup de vies humaines ont été sauvées dans ces années d'espoir. Nous espérions alors que le monde ne serait plus structuré par la confrontation des idéologies et des intérêts, mais par l'ambition partagée d'une humanité rassemblée autour de quelques principes fondamentaux ; le génocide et les crimes contre l'humanité seraient enfin effectivement bannis.

Les portes de la prison de peuples qu'était l'Europe orientale s'ouvrirent. La complaisance occidentale qui avait permis à l'apartheid de survivre en Afrique du Sud – parce que le camp occidental ne pouvait se passer de métaux rares qui, hors URSS, n'existaient qu'en Afrique du Sud et au Zaïre – cessa, comme cessa le soutien inconditionnel à Mobutu. Beaucoup de dictateurs ne pouvaient plus prétendre au soutien de leurs parrains protecteurs en se prétendant ennemis de leurs ennemis. L'Éthiopie de Mengistu dans le camp soviétique, la Somalie de Siad Barre dans le camp occidental en firent l'expérience, quand leurs dirigeants furent abandonnés par leurs parrains respectifs et finalement chassés par des rébellions nationales.

Quand la guerre froide s'acheva, la construction d'un « nouvel ordre mondial » prit pour un temps le relais de la lutte contre le communisme. Ce nouvel avatar de la foi dans le progrès était délicieusement confortable, car il ne nous obligeait pas à choisir. Nous n'avions pas à trancher parce que demain serait meilleur qu'aujourd'hui. Nous serions plus libres, plus riches, plus pacifiques. La question de ce que nous devrions faire de cette liberté toujours plus grande ne se posait pas, car l'histoire avait une fin, mais pas le progrès. Le mouvement nous définissait. La direction du mouvement ne pouvait qu'être bonne : plus il y aurait d'individus libérés, en mesure d'exercer leurs droits humains, plus le monde serait gouverné par la raison.

En un peu plus de deux siècles, l'esprit des Lumières avait donc triomphé. Il apportait dans un même mouvement prospérité, grâce au marché, liberté, grâce à la démocratie, et paix, grâce au renforcement graduel de la règle de droit. Cette combinaison a longtemps paru gagnante, et elle nourrissait la confiance satisfaite de tous les démocrates de la terre. Loin du pessimisme d'un Isaiah Berlin, qui pensait que la poursuite d'un bien pouvait parfois être incompatible avec celle d'un autre bien, nous nous sommes convaincus que prospérité, liberté, paix allaient ensemble et se renforçaient mutuellement. La croissance de ce qu'on appelait encore le Tiers-monde ne menaçait pas celle du monde développé. Elle la nourrissait. Le gâteau à partager continuait de grossir rapidement, au point que la lutte des classes apparaissait de plus en plus comme un concept désuet. Dans la course à la mondialisation, il n'y avait pas de perdants. Un monde de plus en plus riche serait de plus en plus démocratique. Et il était admis que les démocraties ne se font pas la guerre. Le psychologue Steven Pinker aura été l'apologiste le plus connu de cet optimisme rationaliste dans ses livres *La Part d'ange en nous* et *Le Triomphe des Lumières*, où il prétend démontrer, statistiques à l'appui, comment l'avancée des Lumières apporte avec elle la diminution des conflits.

La démocratie par défaut

Dans l'euphorie de 1989, nous avons cru que l'histoire est un processus linéaire, et nous sommes entrés dans l'avenir à reculons. Nous avons compris 1989 non comme une rupture qui obligeait à penser un monde nouveau, mais comme la fermeture d'une parenthèse : le rêve de 1945, le rêve de « nations unies », provisoirement tenu en échec par les divisions de la guerre froide, allait enfin pouvoir se réaliser. Les nations, naguère séparées par les divisions idéologiques, seraient désormais les briques d'un nouvel ordre qui allait se construire.

Notre plus grande illusion – notre premier mensonge ? –, dont tout découle, est d'avoir vu dans l'effondrement de l'URSS et du bloc soviétique la victoire de la démocratie. Les révolutions qui réussissent doivent le plus souvent leur succès à la perte de confiance des dirigeants en eux-mêmes, plutôt qu'à la force de leurs adversaires. Les bouleversements de 1989 n'ont pas démenti cette hypothèse. Les apparatchiks qui gouvernaient à l'est – à l'exception notable de Gorbatchev lui-même, qui rêvait de rénover le communisme – ne croyaient plus à rien. Ils furent vaincus parce qu'ils n'avaient plus la volonté de combattre. Ce n'est pas ainsi qu'on gagne.

Nous avons largement ignoré cette réalité et nous avons confondu la faillite du système soviétique avec la victoire de la démocratie ; cette confusion est au cœur de nos difficultés présentes : elle a contribué à l'échec de la transformation politique de la Russie, elle nous a empêchés de penser un nouvel ordre international, et elle nous a dispensés de réfléchir sur nos propres sociétés. Les ravages causés par ce mensonge hantent aujourd'hui l'Europe. François Furet aura été un des premiers à comprendre que 1989 n'était pas la victoire d'une idée, le triomphe de l'Occident, mais seulement la banqueroute du système soviétique, dont il dressa, dans *Le Passé d'une illusion* (1995), l'acte de décès.

La situation actuelle de la Russie et l'incapacité de l'Occident et de la Russie à inventer une relation fondée sur des convictions démocratiques partagées sont la conséquence directe de ce mensonge initial. Le désenchantement démocratique s'est conjugué avec la défaite stratégique pour produire la Russie d'aujourd'hui et en faire une sorte de caricature de nous-mêmes.

Il y a quelque amère ironie à constater que le terrain commun qui rapproche aujourd'hui la Russie de ses nouveaux amis occidentaux de l'extrême droite européenne et américaine est un mélange de nationalisme, de xénophobie et d'affairisme. Quel contraste entre les liens d'humanité qui unissaient entre eux les dissidents soviétiques et le monde cynique de pouvoir et d'argent qui caractérise la Russie d'aujourd'hui ! La Russie s'est incontestablement rapprochée du monde occidental, mais pour en copier les pires aspects. Les œuvres russes contemporaines montrent une Russie vidée de toute spiritualité, où pourrissement moral et extrême violence font bon ménage : les films d'Andreï Zviaguintsev, le dernier roman de Vladimir Sorokine, *Journée d'un opritchnik* décrivent un monde privé d'espérance, comme si la petite flamme de vérité précieusement sauvegardée pendant des décennies d'oppression s'était éteinte dans la bourrasque qui souffla sur la Russie quand elle s'ouvrit au monde extérieur.

Adam Smith souligne l'importance des sentiments moraux, et de ce qu'il appelle les *fellow feelings* pour la bonne marche d'une société. Son propos n'est pas un propos d'économiste mais de philosophe. Une société n'est pas une machine. Elle est un tissu fragile, dont la trame est faite d'émotions partagées qui adoucissent et civilisent les rapports humains. Quand l'horizon oppressant mais rassurant du système communiste a brutalement disparu, le monde occidental, inconscient de ses propres manques, a contribué à déchirer la trame d'une société russe que des décennies de dictature soviétique avaient cherché à détruire, mais où survivaient de fragiles îlots d'humanité. Il n'a su offrir en remplacement que des réponses mécaniques : la mécanique électorale et la mécanique du marché, et il ne l'a même pas bien fait… Les privatisations ont permis à des apparatchiks entreprenants de rafler la mise, en rachetant à vil prix des parts de sociétés dont les détenteurs initiaux, employés des grandes entreprises soviétiques, ne comprenaient pas la valeur. Les accapareurs habiles d'hier sont les oligarques d'aujourd'hui. Ces années de chaos – que certains Russes voient maintenant comme le produit d'un complot occidental – ont beaucoup contribué au succès de Poutine. Il est celui qui a rétabli l'ordre et redonné pour un temps sa fierté à un pays où beaucoup ont le sentiment d'avoir été trompés. Et tromperie il y a eu, plus par désinvolture que par dessein. Nous avons fait croire aux Russes, et à tous les anciens pays communistes, que le passage de la société communiste à la société démocratique était une opération technique. Nous avons superbement ignoré les liens organiques qui enracinent un système politique dans une société particulière. Le monde occidental continuait, mais ce devait être l'an zéro pour la Russie, qui n'avait qu'à rejoindre les voyageurs du wagon de première classe dont elle n'avait pas partagé l'histoire. La Russie de demain ne serait pas le produit de sa mémoire, mais un sous-produit de la nôtre. La sagesse était pourtant du côté des anciens dissidents soviétiques qui ont appelé leur association – qui, entre autres activités, recueille documents et témoignages sur la période stalinienne – « Mémorial ». Témoins d'un temps où les liens humains étaient ce qu'il y avait de plus précieux, les anciens dissidents n'ont pas oublié que ce travail de mémoire est la pierre de fondation d'une société vivante et robuste.

À la fois ignorants et fiers de notre passé, et méprisants à l'égard de celui de la Russie, convaincus de l'évidence de notre supériorité, nous avons encouragé la démarche inverse, et c'est sur une table rase morale que la nouvelle Russie a dû se construire : par un brutal raccourci, la démocratie a rapidement été réduite au jeu formel des élections, et la poursuite du bonheur à l'accumulation des biens matériels. Vingt-cinq ans plus tard, la Russie et l'Occident se ressemblent, mais ce qui les rapproche n'est pas ce qu'imaginaient ceux qui célébraient une nouvelle ère de liberté démocratique. La confrontation idéologique a bien pris fin, mais le seul culte dans lequel communient les anciens blocs ennemis est celui du veau d'or. On trouve à Moscou les mêmes voitures de luxe, les mêmes sacs à main griffés, la même consommation ostentatoire qui unit désormais tous les riches de la planète. L'étendard rouge de la révolution prolétarienne a été remplacé par le sac Louis Vuitton.

Cependant, dans ce monde où les ploutocrates l'emportent sur les démocrates, les Russes – à l'exception voyante de la frange des nouveaux riches – n'ont que peu bénéficié de l'ouverture du pays. Les disparités régionales sont considérables, et la prospérité qui s'affiche à Moscou ou à Saint-Pétersbourg contraste avec la pauvreté persistante de beaucoup de villes russes. La Russie ressemble de ce point de vue à son vieil adversaire américain, où les bienfaits de la croissance économique sont captés par les riches. Et comme la Russie post-soviétique partait de beaucoup plus bas que les États-Unis, dans un monde où la richesse est le critère déterminant de la réussite, elle reste le parent pauvre. Dans le wagon de première classe de la mondialisation, les Russes n'ont qu'un strapontin.

Dans le même temps, une partie de l'identité russe a été brutalement emportée par la chute de l'URSS. Le monde extérieur s'est préoccupé uniquement des conséquences internationales de cette disparition, veillant à ce que seule la Russie reste une puissance nucléaire et que les autres pays nés de sa disparition renoncent à la possession d'armes nucléaires (notamment l'Ukraine, qui en échange de cette renonciation crut obtenir des garanties de sécurité). Il n'a guère prêté attention aux multiples déchirures humaines que l'effondrement de l'URSS allait causer. Nous payons aujourd'hui le prix de cette désinvolture. Peu nous a importé que la Crimée, cadeau purement symbolique de Khrouchtchev à l'Ukraine tant que l'Ukraine n'avait qu'une autonomie de façade au sein de l'URSS, ait été russe plus longtemps que le Texas a été américain. La disparition de l'Empire russe a été un immense traumatisme. La Grande-Bretagne comme la

France ont mis du temps à définir leur identité post-impériale. Encore aujourd'hui, le Commonwealth, la Francophonie, au-delà de leurs objectifs d'influence politique, sont aussi une manière de gérer une mémoire qui fait partie de l'histoire de deux nations qui se sont longtemps pensées comme des empires. En Russie, la continuité territoriale entre « métropole » et « colonies » a rendu la séparation encore plus difficile, et les circonstances dans lesquelles elle est advenue ne pouvaient qu'aggraver le sentiment de beaucoup de Russes qu'ils étaient les victimes d'une balle perdue de l'histoire, d'un calcul tactique d'un dirigeant ivrogne, Eltsine, qui, ayant conquis le Parti communiste de Russie, pouvait plus facilement s'emparer du pouvoir en Russie que dans toute l'URSS. L'ambition personnelle d'un homme mettait fin à l'URSS, et la Russie cessait d'être un empire pour devenir un État-nation.

Ce nouvel État s'est retrouvé sans véritable famille pour l'accueillir. Parent pauvre économique de l'Occident, il a découvert après quelques années d'illusion qu'il était aussi le cousin pauvre politique. Il y a en Occident, et particulièrement aux États-Unis, beaucoup d'analystes pour prétendre que jamais un « vainqueur » ne fut aussi magnanime et que la Russie ne peut s'en prendre qu'à elle-même de l'échec de son intégration dans la famille occidentale. Et il est vrai que le thème, fréquemment invoqué dans la propagande russe, de l'humiliation de la Russie, ne correspond à aucune réalité objective. Contrairement à ce que prétendent certains Russes aujourd'hui, aucune promesse formelle de non-élargissement de l'OTAN ne fut faite, et l'Occident multiplia les gestes destinés à convaincre Moscou qu'il n'était plus un adversaire mais un partenaire. Le conseil OTAN-Russie était l'expression de ce partenariat. La Russie n'a pas été, comme elle le prétend, humiliée, mais elle a été trompée, parce que nous nous sommes trompés nous-mêmes. Nous avons essayé de nous convaincre que l'élargissement de l'OTAN n'était pas une assurance contre un retour de la menace russe, mais le simple accompagnement de l'agrandissement innocent de la famille euro-atlantique, alors que, pour les nouveaux membres, l'entrée dans l'OTAN était motivée par la peur bien compréhensible d'une recrudescence de la menace russe. L'hypocrisie de la relation stratégique avec la Russie était peut-être inévitable, mais ces mensonges ont eu un prix. Pour les dissiper, il aurait fallu suspendre nos doutes sur l'avenir de la Russie, et réfléchir à la signification d'une OTAN dont la Russie deviendrait membre. Mais soulever cette question aurait obligé à raisonner non en termes de vainqueurs et de vaincus, mais en coresponsables d'un monde nouveau à construire. Il nous aurait alors fallu réfléchir à ce que signifiaient nos nations, nos alliances, maintenant qu'elles étaient privées d'ennemi. Et celle réflexion nous aurait obligés à jeter sur nous-mêmes un regard critique, à poser la question des valeurs qui nous rassemblent, question que nous avons préféré éluder, et que nous continuons d'éluder.

Une Europe inachevée

Cette vision rétrospective de l'avenir nous a empêchés de repenser l'OTAN, et elle explique le deuxième demi-échec de l'après-guerre froide, l'incapacité à repenser la construction européenne. Les Européens n'ont pas eu le courage politique de remettre en cause les fondements de la construction européenne pour lui donner un nouvel élan et penser l'Europe dans ses rapports avec le reste du monde. Ils paient aujourd'hui le prix de cette complaisance : la relance européenne qui est actuellement tentée sera beaucoup plus difficile à mener à bien que si elle avait été engagée il y a trente ans. Mitterrand et Kohl, à la différence de Margaret Thatcher, étaient pourtant conscients de l'extraordinaire innovation politique que représente la construction européenne et voulaient la poursuivre en l'approfondissant. Mais, issus d'une génération dont l'expérience décisive fut la Seconde Guerre mondiale, ils ont appliqué à l'avenir les raisonnements qui avaient inspiré, quarante ans plus tôt, la création de la Communauté européenne. Dans les années cinquante du dernier siècle, il fallait empêcher le retour de la confrontation destructrice entre l'Allemagne et la France grâce à l'intégration de leurs économies, en particulier le charbon et l'acier, indispensables pour la guerre. En 1990, le même mode de penser voulait qu'on cherchât à empêcher la domination de l'Europe par une Allemagne réunifiée, en s'appuyant notamment sur l'intégration monétaire. Il fallait enchaîner Gulliver par mille liens avant qu'il ne soit trop tard pour l'empêcher d'user de sa puissance retrouvée.

Kohl lui-même se méfiait de son pays et voulait cette contrainte. C'est moins sûr pour les générations qui ont suivi : elles n'ont pas de rêve de puissance, mais n'ont guère d'enthousiasme pour un projet dont l'ambition est toute négative. Le succès même de l'Union européenne lui a enlevé beaucoup de ses attraits pour les autres Européens : on ne mobilise pas sur un projet dont l'objectif a été atteint, et ce n'est plus le passé qui fait peur, c'est notre avenir. En continuant de donner la priorité aux relations entre Européens plutôt qu'aux relations de l'Europe avec le reste du monde, l'Europe a fait preuve de myopie historique : elle a continué de se présenter comme une protection contre de vieux démons européens qui ne faisaient plus peur, tout en ignorant le monde alentour, qui faisait de plus en plus peur.

Elle n'a pas compris qu'en cessant d'être le principal enjeu d'une confrontation mondiale, le lieu où se concentrait l'affrontement militaire et idéologique de deux blocs, elle perdait sa centralité stratégique, une centralité qu'elle avait jusqu'alors conservée en restant le principal terrain d'affrontement, à défaut d'être le principal acteur, ce qu'elle avait été jusqu'à la Seconde Guerre mondiale. Personne, bien sûr, ne pouvait regretter que le continent européen, ensanglanté plus qu'aucun autre par des siècles de guerre, échappe enfin à une histoire de violences, et beaucoup se sont, avec raison, réjouis de cette discrète sortie de l'histoire. Instruits par leur passé tragique et violent, les Européens pouvaient à juste titre se féliciter d'être de Vénus plutôt que de Mars. Mais cette marginalisation stratégique, dont les Européens ne prennent que très lentement conscience, est à l'origine de leur anxiété grandissante. Les Européens sont allés au monde, et voilà que le monde vient à eux.

Pendant deux millénaires, l'histoire de l'Europe était graduellement devenue l'histoire du monde, dans une longue suite de violences, au fur et à mesure que la guerre ouvrait aux idées européennes de nouveaux champs d'expansion. L'Empire romain, les empires coloniaux, la République américaine ont marqué les étapes de cette conquête politique, intellectuelle et économique du monde par l'Europe. D'autres empires – turc, mogol, chinois – ont certes existé, mais aucun n'eut de prétention universelle. Et quand deux guerres mondiales eurent épuisé le vieux continent, les États-Unis d'Amérique prirent le relais, et l'Alliance atlantique permit aux Européens de garder l'illusion qu'ils restaient des acteurs centraux du jeu stratégique. Avec la fin de la confrontation militaire de la guerre froide, les Européens se sont trouvés confrontés à des questions pour eux inédites, auxquelles ils ont répondu avec un mélange d'arrogance et de naïveté.

Quel serait leur nouveau rapport au monde, ce monde qu'ils avaient violenté, conquis, esclavagisé ? Ils ont cru qu'une réponse très simple suffirait : l'Europe nouvelle agirait par son exemplarité et non par la force. Elle exporterait à travers le monde un modèle dont le succès en Europe était le meilleur argument de vente. Et grâce à un budget d'aide au développement considérable, elle aiderait les pays les plus pauvres à la rejoindre dans un monde libéré de conflits où la coopération internationale permettrait de dépasser les antagonismes nationaux. Des structures comparables aux institutions européennes se mettraient progressivement en place sur tous les continents. Il y avait quelque naïveté à espérer qu'un monde qui avait si longtemps subi l'Europe en accepterait les leçons. Et sans doute aussi quelque arrogance à penser que des peuples dont l'histoire n'avait rien de commun avec celle de l'Europe auraient la confiance nécessaire pour surmonter leurs angoisses et leurs fragilités, alors qu'il avait fallu deux guerres mondiales pour convaincre les Européens eux-mêmes. Je fis moi-même cette erreur de jugement dans les années quatre-vingt-dix, espérant qu'un monde postmoderne et postnational pourrait sans douleur se mettre en place. C'est au contact des États africains en crise, quand je dirigeais les opérations de maintien de la paix, que j'ai compris combien le dépassement des institutions nationales traditionnelles est une entreprise difficile, qui suppose un degré de confiance en soi des communautés concernées qu'on trouve rarement. La vague nationaliste qui s'est emparée de l'Europe, et sur laquelle je reviendrai, confirme combien, même dans les vieux États d'Europe, cette confiance était fragile ; le triomphalisme européen du début des années quatre-vingt-dix était injustifié.

L'Europe a été nostalgique et narcissique. Dans son organisation interne, elle a choisi la continuité plutôt que la rupture. Dans ses relations avec le monde, que ce soit avec la Russie ou le reste de la planète, elle n'a pas imaginé qu'une autre histoire que la sienne ait pu inspirer d'autres émotions et d'autres attentes. Excessivement confiante dans sa solidité, elle n'a pas mesuré l'impact de la fin de la guerre froide sur les relations entre nations, et sur les nations elles-mêmes.

La crise des États-nations

La troisième grande erreur des dernières décennies est de n'avoir pas compris l'impact que la fin de la guerre froide aurait sur la stabilité interne des nations, et par voie de conséquence sur la possibilité même d'un système international et d'institutions internationales dont les nations sont les briques. Trois crises – en Yougoslavie, en Somalie, et au Rwanda – ont assez vite révélé les fragilités de ce nouvel ordre. Mais nous choisîmes de n'y voir que des échecs tactiques qu'une meilleure gestion des opérations de maintien de la paix surmonterait.

La Yougoslavie de Tito avait été un pilier du non-alignement, ce qui lui assura pendant des décennies un rayonnement très supérieur à sa position géographique et à son poids démographique. Les peuples divers qui la composaient étaient rassemblés non seulement par le charisme et l'habileté tactique d'un leader grandi par l'histoire, mais aussi par un positionnement géostratégique qui donnait une identité au pays. Avec la disparition du clivage Est-Ouest, ce n'était plus le cas, et chaque Yougoslave dut se poser la question de ce qu'était la Yougoslavie. Cinq années d'une guerre qui fit cent mille morts, suivie quelques années plus tard d'un nouveau conflit au Kosovo, ont montré combien la réponse était difficile.

La « libanisation » du monde que j'évoquais dans *La Fin de la démocratie* était en marche : avec la disparition du conflit Est-Ouest, les dynamiques internes prirent le pas sur la politique internationale. Dans un système international dégelé où la menace extérieure passait au second plan, la question de l'identité nationale prit une urgence nouvelle. Privée d'ennemis, chaque communauté nationale devait déterminer ce que ses citoyens ont en partage. La question s'est posée avec une urgence différente selon les situations nationales. Le tissu social, l'histoire qu'on se raconte, avec les embellissements et les oublis qu'évoque Ernest Renan dans *Qu'est-ce qu'une nation ?*, comptent, et le bouleversement géostratégique a eu des conséquences différentes d'un pays à l'autre.

En Yougoslavie le rejet de l'appartenance à un bloc, en Somalie l'alignement sur un bloc avaient aidé à construire le projet national. Une fois les blocs disparus, des entrepreneurs politiques convoquèrent d'autres identités – le nationalisme serbe, le nationalisme croate, les clans somaliens – pour rallier des soutiens et conquérir le pouvoir. Ces identités n'avaient jamais disparu, mais un âge dominé par de grandes idéologies les avait reléguées au second plan. Elles étaient devenues plus culturelles que politiques. Elles étaient fragiles, et leur fragilité même a contribué à l'extrême violence des conflits qu'elles ont nourris. Pour des individus perdus, incertains de ce qu'ils sont, l'affirmation de soi par l'annihilation de l'autre prend vite un caractère existentiel. Les massacres de Palestiniens par les phalanges libanaises, l'extermination des habitants de Srebrenica, les horreurs de la guerre civile somalienne ont préparé le nihilisme (on y reviendra) des années plus récentes, et devraient être un avertissement sur les dangers de la tentation identitaire qui touche maintenant les vieilles démocraties.

En Afrique, la fin de la guerre froide a de plus coïncidé avec l'épuisement des légitimités héritées de la lutte contre le colonisateur. Trente ans après les indépendances, dans beaucoup d'anciennes colonies, la légitimité que les gouvernants acquièrent par une bonne gouvernance n'était pas au rendez-vous pour prendre le relais de la légitimité historique vieillissante issue de la lutte anticolonialiste, et ce au moment même où les régimes contestés commençaient à perdre les soutiens extérieurs liés au contexte géopolitique de la guerre froide. 1989 eut donc des conséquences apparemment contradictoires : d'une part il mit fin à des conflits que la confrontation globale entretenait au niveau local ; d'autre part il accéléra l'émergence de conflits d'origine locale, dont la guerre froide avait contenu le développement. La confrontation idéologique de la guerre froide donnait au monde son unité stratégique. Sans elle, les conflits devenaient plus autonomes : dans certains cas, leur résolution en a été facilitée, dans beaucoup d'autres, empêchée.

L'éclatement de la Yougoslavie et de la Somalie mit en évidence la fragilité interne de nombre de nations, dès lors qu'elles doivent exister par elles-mêmes et ne bénéficient plus du soutien artificiel que leur apportait un monde bipolaire. Le génocide rwandais, suivi un an plus tard par le massacre de Srebrenica, fit une autre démonstration, celle de la fragilité des liens qui sont supposés unir entre elles les nations. L'ambition d'un monde rassemblé autour de quelques grands principes s'est révélée être une illusion, et les efforts accomplis depuis pour asseoir dans des pratiques et des institutions une véritable unité morale du monde ne démentent malheureusement pas ce diagnostic pessimiste. L'abandon précipité par l'administration Clinton de la Somalie après le massacre à Mogadiscio de soldats américains (*Black Hawk Down*) avait été le premier indice que la rhétorique de l'interventionnisme international ne résisterait pas aux pressions de la politique intérieure : en l'occurrence, une opération américaine lancée sans coordination avec la mission de maintien de la paix de l'ONU présente à Mogadiscio tourna mal, et la meilleure manière de limiter l'impact aux États-Unis de cet échec (qui fit dix-huit victimes américaines et des milliers de victimes somaliennes) fut de blâmer les Nations Unies et de se désengager des opérations de maintien de la paix de l'ONU. Ce désengagement aura fait du Rwanda la victime collatérale du désastre de Mogadiscio. Le Conseil de sécurité y avait autorisé sans enthousiasme le déploiement d'une mission de maintien de la paix deux jours après les événements de Somalie. Sa dimension et son mandat, reflétant les recommandations du Secrétaire général, avaient dès l'origine limité sa capacité d'action. Quand, au printemps 1994, les premiers massacres commencèrent, et que des casques bleus belges furent tués, la Belgique retira ses troupes, et le

Conseil de sécurité, influencé par l'administration Clinton et unanime dans sa lâche hypocrisie, écarta l'option de renforcement de la force et retint celle, également proposée par le Secrétariat de l'ONU, d'une réduction de la mission. La seule action militaire d'envergure à Kigali fut le déploiement temporaire de forces occidentales pour faciliter l'évacuation des ressortissants des pays concernés. Il n'y eut plus ensuite, pour sauver l'honneur d'une communauté internationale absente, que le courage du commandant canadien de la force, Roméo Dallaire, et des quelques casques bleus restés sur place, en particulier un bataillon ghanéen. Cette première déroute morale fut suivie un an plus tard par le massacre de Srebrenica : le Conseil de sécurité de l'ONU avait mis le poids de son autorité dans la création de « zones de sécurité » en Bosnie, mais la population qui avait cru trouver refuge dans celle créée à Srebrenica y trouva sa perte. La catastrophe de la Syrie achève de démontrer les limites de notre universalisme. Nous nous y résignons…

Les illusions de l'universalisme et le doute occidental

L'histoire que nous nous sommes racontée après la chute du mur de Berlin était donc un mensonge. Nous ne l'avons pas tout de suite admis. L'élection de Kofi Annan au Secrétariat général des Nations Unies, la création de tribunaux spéciaux pour le Rwanda et la Yougoslavie, puis celle de la Cour pénale internationale, l'invention du concept de responsabilité de protéger ont été les manifestations de cette ambition, qui a culminé dans le sommet mondial de 2005. Parce que le mur qui séparait l'Est de l'Ouest était tombé, nous avons rêvé d'un monde qui deviendrait une grande famille. Ce faisant, nous avons négligé le fait que les liens de proximité, que les sentiments humains continuent de compter. La géographie n'a pas disparu. Nous sommes plus attachés à notre famille qu'à des inconnus. Un malheur qui frappe notre ville nous touche davantage que celui qui touche une province éloignée de notre pays, et le sort de notre patrie nous mobilise plus que celui d'un pays dont nous ignorons presque tout. Il n'y a pas de honte à avoir de telles émotions, qui contrecarrent l'universalisme de la raison. Elles ne signifient pas que les universalistes ont tort, elles montrent seulement la grande distance qui sépare la vision d'un monde encadré par des principes universels de sa mise en œuvre politique. Quoi que nous prétendions, et malgré l'activisme des militants humanitaires, la distance compte, et le génocide rwandais ne nous bouleverse pas comme il a bouleversé les Rwandais. Le président du Rwanda, Paul Kagame, qui suit en cela le modèle israélien, en a tiré les conclusions et martèle que les Rwandais ne doivent compter que sur eux-mêmes. L'universalité d'une idée ne crée pas l'universalisme des émotions, et la circulation des hommes et des idées ne crée pas une grande communauté humaine : la fin des grandes confrontations idéologiques ne conduit pas naturellement à la solidarité entre les nations. L'ouverture des sociétés ne commande pas nécessairement celle des esprits. 1989 n'a pas produit la mondialisation politique et morale espérée.

Nous devons aujourd'hui admettre à contrecœur que ce que nous présentions comme un projet universel, un « ordre multilatéral libéral », était d'abord un projet occidental, expression du moment éphémère où l'Occident parut dominer le monde. Cette utile chimère servait les intérêts de la puissance américaine, qui n'a pas hésité à en violer les règles quand cela lui semblait conforme à son intérêt. Elle servait aussi les intérêts de l'Europe occidentale, dont la sécurité était assurée à frais réduits. Et ce n'était pas la moindre contribution de cet ordre à la paix internationale que de se présenter comme un bien commun bénéficiant à l'humanité tout entière : cette hypocrisie convenait à la vanité des uns et à la naïveté des autres. Il évitait notamment aux Européens d'avoir à admettre qu'en fin de compte, ils se soumettaient à un ordre dont certes ils retiraient quelques bénéfices, mais qui résultait plus d'un rapport de force entre nations que du choix de la raison. Il n'y avait là rien de surprenant : un des attributs de la puissance est la capacité à penser le monde d'une façon qui sert ses intérêts tout en persuadant les autres que cette vision sert également les leurs. Néanmoins, malgré les hypocrisies et les mensonges, les principaux piliers de cet ordre – États-Unis, Union européenne, grandes démocraties – étaient d'accord sur un point fondamental : entre intérêts nationaux, régionaux et globaux, il pouvait parfois y avoir concurrence, mais il y avait toujours plus à gagner à la coopération qu'à la confrontation. Le monde n'était pas un jeu à somme nulle.

Près de trente années ont passé, et le « triomphe » de 1989 s'est évanoui. La chimère s'est dissipée. Pendant quatre ans, le président du pays le plus puissant, celui qui en a été le principal bénéficiaire, a même décidé de la dénoncer, et ce revirement décisif, l'abandon de l'universalisme par la puissance qui incarnait le vieil universalisme européen, est comme l'emblème de l'âge nouveau dans lequel nous sommes entrés. Le reste du monde occidental, soudain orphelin, a été plongé dans le plus profond désarroi. Poutine gouverne la Russie ; la Hongrie, hier laboratoire des « sociétés ouvertes » soutenues par George Soros, mène une campagne antisémite contre le philanthrope américain. Quant à la Chine, elle offre l'exemple insolent d'un État qui s'apprête à devenir la première économie mondiale tout en continuant de réduire l'espace des libertés publiques. L'Amérique n'est plus une référence, elle est devenue un avertissement. Que s'est-il passé ?

Le décalage entre les discours et la réalité est aujourd'hui béant. En évoquant les mensonges d'après 1989, nous sommes peut-être allés trop loin. « Mensonge » suppose une connaissance de la vérité et un effort délibéré pour la cacher, précisément ce que la Russie reproche à l'Occident. La réalité est moins stratégique. « Illusion » décrit mieux notre situation : au fond de nous-mêmes, il n'y a finalement rien, et nous paradons. Si nous avons menti, c'est d'abord à nous-mêmes, et il s'agissait moins d'un mensonge que d'un refus de voir la réalité, par paresse et par souci de notre confort. Après le long combat qu'avait été la guerre froide, le temps du repos paraissait arrivé. Nous n'avions aucune envie de construire un nouveau monde, nous voulions seulement jouir de ce que nous croyions être notre victoire. Convaincus de notre supériorité, nous n'avons éprouvé aucun besoin de changer quoi que ce soit à des pratiques et des institutions qui nous avaient si bien réussi.

Trente ans plus tard, nous faisons le douloureux constat que cette nonchalance satisfaite – que j'avais commencé de dénoncer en 1993 dans *La Fin de la démocratie* – débouche sur la crise de nos sociétés, une crise radicale, amplifiée par les transformations du monde et les nouvelles technologies. Nous nous sommes pour un temps rassurés sur nous-mêmes en appelant « États fragiles » ces États qui, sur l'autoroute du progrès, n'avaient pas encore atteint le niveau de développement des sociétés les plus avancées, la maturité des « États arrivés ». Aujourd'hui, ces États arrivés sont, d'une autre manière, en crise, et, dans le même temps, la Chine semble être sur le chemin de devenir la première puissance économique mondiale.

L'Occident doute, en Amérique comme en Europe. L'élection à la présidence des États-Unis de Donald Trump a ébranlé non seulement le Parti démocrate américain, mais les démocrates du monde entier. Au moment où j'écris ces lignes, il apparaît que Trump a été battu, et beaucoup voudront voir dans sa défaite la confirmation que son mandat n'aura été qu'un mauvais rêve, une sinistre parenthèse. Dans le temps court de la politique, cette analyse est juste ; dans le temps long de l'histoire, l'élection de 2020 n'est qu'une anecdote qui n'efface pas la rupture qu'a constitué l'élection de Trump en 2016 : le seul fait que Donald Trump ait pu être élu nous a fait changer de monde, de la même manière que l'explosion de deux bombes atomiques en 1945 a inauguré une nouvelle ère. Deux piliers de la confiance des sociétés occidentales, la confiance dans le progrès et la foi dans l'universalisme, ont été irrémédiablement ébranlés. L'idéal démocratique avait été pendant toute la guerre froide le point de ralliement du « monde libre ». On combattait pour un processus dont on ne doutait pas qu'il produisît les meilleurs résultats. On prend conscience du caractère aléatoire de toute élection. On connaissait les risques de la « roulette russe » : on découvre ceux de la « roulette américaine », qui n'est qu'une variante de la « roulette démocratique ».

Cette prise de conscience est dévastatrice. Nous découvrons que l'histoire n'a rien de linéaire, qu'elle est contingente, et cette contingence emporte beaucoup des certitudes qui ont étayé le succès de l'idée démocratique. Que recouvre le drapeau du progrès derrière lequel nous nous sommes rangés ? La question nous touche au cœur parce que la foi dans le progrès, qui s'est exprimée dans la conviction que l'histoire a une direction, et que cette direction a une valeur normative, a été une pierre de fondation de l'Occident. Elle substitue aux valeurs religieuses qui donnèrent un socle moral aux empires issus des grandes découvertes un contenu séculier qui, de manière similaire, a pu transformer en mission civilisatrice l'expansion coloniale : à défaut d'une loi naturelle sur laquelle un Occident sécularisé n'osait plus fonder la société, le cours naturel de l'histoire offrait un substitut commode et rassurant, et la vérité des valeurs occidentales était confirmée par leur victoire.

Et voilà que l'idée du progrès reçoit un double coup : la démocratie la plus avancée démontre le caractère aléatoire des processus électoraux, et, avec la montée en puissance de la Chine, l'idée de progrès cesse de se confondre avec le progrès de l'Occident : il n'y a pas aujourd'hui un empire-monde, il y a une économie-monde, et cette économie-monde dépasse largement l'Occident. L'Occident devient un moment d'une histoire dont il n'est plus l'avant-garde, et la promesse d'un avenir toujours meilleur n'est plus là pour faire oublier les ombres de son passé. Que la domination occidentale cesse, que la foi dans le progrès indéfini apporté par l'Occident s'affaiblisse, et c'est l'universalisme occidental qui est remis en cause dans ses fondements. L'idée même de monde est une idée européenne. Elle s'est progressivement imposée au cours des deux derniers millénaires. Née dans un Empire romain pour lequel le monde était d'abord la Méditerranée, elle s'est universalisée avec le christianisme, et cette ambition d'universalité, portée par les Européens puis par les Américains, a effectivement changé le monde. Mais l'Occident n'est plus assuré ni de l'efficacité de sa force ni de la justesse de ses valeurs. Il ne sait plus où il va, s'il va quelque part. Il n'est plus certain d'avoir raison ; il est sur la défensive, face à un monde qui lui fait désormais peur.

On lui fait honte de son histoire ; traite des esclaves, extermination des populations autochtones, colonialisme : son passé est parcouru de crimes et de guerres, et il n'ose s'y référer. Mais, en perdant son passé, l'Occident perd son identité et finalement son avenir. Les communautés humaines comme les individus sont lestés par leur passé. Il les alourdit et les freine, mais il est également la source de leur stabilité : il permet de résister aux bourrasques, de tenir un cap. Le passé ne légitime rien, et les crimes d'hier n'autorisent pas les crimes d'aujourd'hui. Mais les événements passés composent une sorte de carte de la mémoire. Ils aident à trouver des repères. La distance même qui nous en sépare nous permet de passer de l'ordre du jugement moral à celui de l'analyse historique, et ce détour par l'analyse est précieux quand il s'agit de faire face au présent et de peser la moralité d'une action. En nous faisant prendre la mesure du chemin parcouru, il forme notre jugement, et ce jugement n'est pas celui d'un sceptique. La complexité de l'histoire, les bonnes actions qui n'ont pas toujours apporté le bonheur et la justice, le difficile choix entre des fins justes mais incompatibles entre elles, les crimes qui n'étaient pas perçus comme crimes, les crimes qui ont aussi eu des conséquences heureuses n'obligent pas à suspendre le jugement sur toutes affaires humaines. Au contraire, l'histoire est une invitation à la rigueur, car la seule vraie leçon de l'histoire est une leçon de méthode : tout événement est un concours unique de circonstances, et c'est ce caractère unique qui donne à l'action humaine sa dimension morale. Nous ne sommes pas des robots appliquant mécaniquement des recettes, et en chaque circonstance nous n'avons d'autre recours que nous-mêmes pour faire le juste choix, aidés seulement par la mémoire de tous les détours qui nous ont menés où nous sommes. Le passé de l'Occident, pas plus que le passé d'aucune civilisation, ne peut être jugé par le tribunal du présent : le passé que nous prétendons surplomber nous a construits et, sans lui, nous ne sommes rien.

Les polémiques qui montent sur le passé de l'Occident ont cependant une signification profonde : toute civilisation dominante impose une mémoire collective, et la mémoire dominante a été celle de l'Occident. La remise en cause de personnages de l'histoire européenne comme Christophe Colomb est moins un jugement sur le passé de l'Europe qu'une manière de solder les comptes avec un Occident qui ne façonne plus le récit mondial. Qu'est-ce que cet ensemble dont le fil conducteur a été une suite de crimes ? Où est sa légitimité ?

Nous découvrons que la marche vers l'unification du monde inaugurée par les puissances occidentales ne conduit pas nécessairement au triomphe de l'Occident, que le progrès économique ne débouche pas inévitablement sur le progrès démocratique, et qu'au menu de l'avenir figurent d'autres plats que la démocratie occidentale. Ces découvertes sont d'autant plus difficiles à admettre que nous avons longtemps prétendu que le succès des idées nées en Europe était la preuve de leur validité. Et voilà que nous n'osons plus qualifier de succès l'histoire ensanglantée de nos victoires, et que nous sommes de moins en moins assurés que nos victoires passées annoncent des victoires futures. Le XXIe siècle sera-t-il l'enfant de la place Tian Anmen ou de la chute du mur de Berlin ? Deux récits là aussi s'opposent, et celui de la victoire ultime de l'Occident a perdu son évidence.

CHAPITRE 2

L'individu, triomphe et déroute

Toute époque est marquée par une idéologie dominante, dont – comme l'oxygène qu'on respire – elle n'a même pas conscience. Ce n'est qu'au moment où elle entre en crise que nous découvrons les *a priori* que nous avons pris pour des évidences. Nous en sommes là : l'idéologie de l'individu tout-puissant est au cœur des bouleversements que nous vivons, et elle a dominé le monde depuis 1989. Elle atteint aujourd'hui ses limites. L'histoire de cette idée mérite d'être contée, car elle donne la mesure du choc qui nous ébranle aujourd'hui. Nous avons commencé ce livre en exposant les « mensonges » de 1989. Il nous faut maintenant remonter beaucoup plus loin.

Le débat sur l'individu traverse la civilisation européenne sinon depuis l'Antiquité, au moins depuis les débuts du christianisme. Fustel de Coulanges, dans *La Cité antique*, insiste sur les différences qui nous séparent des citoyens grecs et romains, pour lesquels le culte de la famille avait une grande importance, et Larry

Siedentop, dans son livre sur l'invention de l'individu, montre comment son triomphe est le produit d'une longue histoire : la plupart des grandes civilisations ont mis l'accent sur la communauté ; la civilisation européenne est sans doute la seule à avoir fait le pari de l'individu. Selon lui, l'invention de l'individu définit la modernité et trouve son origine dans la religion chrétienne. Il oppose les sociétés antiques, où la famille étendue était l'unité de référence et la société une association de familles et non d'individus, aux sociétés modernes. À l'autorité patriarcale du *pater familias* s'est substituée l'expérience individuelle du rapport personnel de chaque chrétien avec Jésus, à l'immortalité de la famille, l'immortalité dans le corps du Christ ressuscité. Ce rapport individuel et direct du fidèle avec Dieu établit l'égalité morale du croyant devant Dieu et remet en cause un des fondements du monde antique, l'inégalité essentielle des êtres : inégalité entre le prêtre et les fidèles, inégalité entre le père et le reste de la famille, inégalité entre le citoyen et l'esclave.

Le génie politique du premier christianisme, qui a certainement beaucoup contribué à sa rapide expansion, est ainsi d'avoir rompu avec l'ordre hiérarchique des religions antiques, où le prêtre, séparé des fidèles, officiait à distance, dans un lieu auquel il avait seul accès. Les premiers autels chrétiens, ceux qu'on voyait dans les plus anciennes églises de Syrie avant qu'elles ne soient détruites par la guerre, illustrent cette rupture : ils ressemblent aux autels où les prêtres antiques procédaient aux sacrifices, mais ils s'en distinguent par un trait essentiel : tous les fidèles sont désormais réunis autour de l'autel, où l'esclave a sa place comme le citoyen, et l'illettré comme le lettré. Cette rupture « populiste » opérée par le Christianisme établit l'individu moderne, qui existe désormais sans la médiation de la famille, du prêtre ou de la cité, dans une relation directe avec le divin qui confère à chaque être humain une éminente et égale dignité, en dehors de toute considération de savoir, de richesse ou de pouvoir.

Au fil des deux mille années qui se sont écoulées depuis que saint Paul l'inventa, l'idée de l'individu, comme un fleuve qui se divise en plusieurs bras, a pris des formes multiples qui l'éloignent de son origine. Larry Siedentop observe que le sécularisme libéral dans lequel, depuis le XVIIIe siècle et l'âge des Lumières, le monde occidental se reconnaît, y trouve paradoxalement son fondement. De l'égalité des âmes devant Dieu découle l'autonomie morale de l'être humain, cette flamme intérieure que rien ne peut éteindre. C'est elle qui inspire la phrase que la légende attribue à Galilée : « *E pur si muove* » (« et pourtant elle tourne »), aurait murmuré le savant florentin, pressé par l'Inquisition de reconnaître que la Terre était le centre immobile de l'Univers. Le libéralisme séculier se sépare du christianisme en abandonnant la théorie du salut, mais il en est le fils spirituel dans sa conviction que chaque individu doué de raison peut accéder à la vérité, et que la pierre de touche de la vérité est en chacun de nous. L'individu,

« en son âme et conscience », peut avoir raison contre la majorité.

L'individu se dressant contre l'autorité, contre l'arbitraire, parfois seul mais toujours porté par un engagement moral qui en fait la voix d'une société, nous le retrouvons en 1989, dans ce qui peut être pensé comme l'épisode le plus récent de ce combat multiséculaire. C'est d'ailleurs ainsi que l'effondrement du communisme puis de l'URSS a d'abord été compris. Ce qui a alors frappé les esprits, c'est le rôle exemplaire, l'engagement personnel d'individus hors du commun, Mikhail Gorbatchev, Vaclav Havel, Bronislaw Geremek, Lech Walesa, qui ont donné aux événements de l'époque une signification morale. Sur le fond comme dans les symboles, l'effondrement du communisme s'est donc naturellement inscrit dans la continuité d'un combat de la conscience individuelle contre l'arbitraire.

L'individu et le citoyen

Le triomphe de l'individu laisse cependant sans réponse la question de l'inégalité et de l'autorité dans une communauté humaine. Quel est le fondement de l'autorité ? Quel est le rapport de l'individu au collectif ? Dans l'enthousiasme de l'époque, nous n'avons pas vu que cet individu triomphant de 1989, porteur d'un message éthique, était arrivé à une bifurcation, à un choix entre deux conceptions du rapport de l'individu au collectif. Deux textes fondateurs, rédigés deux siècles plus tôt, en définissent les termes : en France, la *Déclaration des droits de l'homme et du citoyen* de 1789 établit un lien étroit entre les droits de chaque citoyen et la Société (avec un grand S) dans laquelle ils s'exercent, et organise un délicat équilibre entre la nation où réside le principe de toute souveraineté, et les droits naturels et imprescriptibles de l'Homme, dont la conservation est le but de toute association politique. Les droits de l'homme sont inséparables des droits du citoyen. La même année aux États-Unis, le *Bill of Rights*, détaillé dans les dix premiers amendements de la Constitution américaine, a un accent différent, qui reflète la tradition anglaise dans laquelle il s'inscrit. Les droits qu'il énumère sont d'abord destinés à protéger les individus (on n'y parle pas de « citoyens ») contre le risque d'un pouvoir excessif de l'autorité gouvernementale. La comparaison de l'article 12 de la Déclaration française avec le second amendement de la Constitution américaine est révélatrice. L'article 12 précise que « la garantie des droits de l'Homme et du Citoyen nécessite une force publique : cette force est donc instituée pour l'avantage de tous, et non pour l'utilité particulière de ceux auxquels elle est confiée. » Le second amendement dit seulement : « Une milice bien organisée étant nécessaire à la sécurité d'un État libre, il ne pourra être porté atteinte au droit du peuple de détenir et de porter des armes. » C'est sur cet amendement, et spécifiquement sur la seconde partie de la phrase, que les partisans américains du libre accès aux armes à feu s'appuient aujourd'hui pour bloquer toute réglementation jugée trop restrictive. Allant jusqu'au bout d'une philosophie qui place les droits de l'individu au-dessus de toute autre considération, ils ignorent la référence aux milices. Chacun est dépositaire de droits, indépendamment de toute organisation collective.

John Jay, Alexandre Hamilton, James Madison, les auteurs du *Fédéraliste*, série d'articles publiés pour promouvoir l'adoption de la Constitution américaine, n'ignoraient pas qu'au-delà des individus, il faut un gouvernement qui garantit la protection de la communauté sur laquelle il exerce son autorité. À peine sortis de la guerre d'Indépendance, ils comprenaient la nécessité d'organiser un pouvoir responsable de la défense collective : Hamilton, dans un article consacré aux milices, souligne que celles-ci doivent être placées sous le commandement d'une autorité fédérale pour être efficaces. Les « pères fondateurs » avaient beaucoup réfléchi sur la question de l'autorité, de sa légitimité et de son contrôle. La Constitution américaine, qui depuis plus de deux cents ans, au prix de multiples adaptations, continue de régler l'ordre politique américain, est le fruit de cette réflexion, et, depuis plus de deux siècles, elle démontre que les « pères fondateurs » avaient de l'équilibre entre le collectif et l'individu une vision plus subtile et plus nuancée que leurs épigones contemporains.

Il demeure que les arrangements pragmatiques qu'ils inventèrent, et dont le peuple américain est si fier, ne remettent pas en cause une conception de l'individu qui préexiste en quelque sorte à la Constitution qui les organise en communauté politique. Cette conception distingue les États-Unis de la tradition européenne. Dans la conception américaine, les droits humains sont protégés d'abord par la « règle de droit », qui évite d'avoir à poser la question du corps politique qui la produit. Les êtres humains détiennent des droits, et la Société vient après. Toute l'attention peut alors se concentrer sur le processus qui garantit les droits, la règle de droit. Le *Bill of Rights* est muet sur les fins qu'un être humain pourvu de droits doit poursuivre, mais la déclaration d'indépendance, en ajoutant aux droits à la vie et à la liberté la « poursuite du bonheur », avait pointé la direction que doivent prendre des êtres humains libres. Elle se gardait cependant de définir le bonheur, renvoyant chacun à la solitude de ses choix personnels, et acceptant ainsi, au cœur de l'organisation de la société, un point de fuite. En France, Benjamin Constant reprend presque cette conception quand il écrit : « Prions l'autorité de rester dans ses limites ; qu'elle se borne à être juste. Nous nous chargerons d'être heureux. » En utilisant le mot « juste », il introduit cependant une nuance, en reliant l'autonomie de l'individu à une vision de la société.

Sans surprise, quand, à l'automne 1989, la France voulut célébrer le bicentenaire de la Révolution française, elle inclut dans la grande parade qui défila sur les Champs-Élysées des étudiants chinois, dont la défaite face aux tanks de l'armée fut sublimée en victoire de l'esprit de liberté. À deux siècles de distance, le fil des droits de l'homme unissait dans un même combat Tian Anmen, les révolutions de 1989 et la prise de la Bastille. Dans cette mise en scène, les individus courageux de 1989 s'inscrivaient dans la tradition d'un engagement collectif conforme à la vision française des droits de l'homme et du citoyen.

L'individu avant la société

Ce n'est cependant pas cette vision qui a été dominante après 1989. Le débat sur la relation entre les droits humains et la citoyenneté a été éludé, et, peu à peu, la vision du *Bill of Rights* l'a emporté sur celle de la *Déclaration des droits de l'homme et du citoyen*. L'effondrement du communisme a permis à un projet américain, ou plus exactement à la moitié du projet américain, la célébration de l'individu occultant l'organisation constitutionnelle des pouvoirs, de devenir provisoirement un projet mondial. Et l'individu, progressivement détaché du collectif, est alors apparu à la fois comme l'auteur et le but ultime de cette transformation. C'est grâce à lui, et c'est pour lui que le monde se transforme. L'histoire n'est pas le produit de forces collectives qui le dépassent et l'enchaînent. L'individu n'est pas le prisonnier d'une classe ni des idées qu'il a reçues en héritage. Il est à lui-même son Prométhée.

Cette vision qui fait de l'individu l'acteur de son destin est extraordinairement séductrice : elle a enivré le monde dans les années qui ont suivi 1989, elle continue d'inspirer un libéralisme postmoderne. Et les États-Unis, plus qu'aucun autre pays, en ont fait un dogme. L'idéologie de l'individu minimise le rôle des forces collectives dans l'évolution des sociétés et se plaît à célébrer les individus qui portent un rêve collectif. Notre imagination est naturellement attirée, comme un papillon par la lumière, par ces personnalités qui semblent capables de changer le monde par la seule force têtue de leur volonté et de leur exemplarité. Une idée, une politique ne commencent d'exister que quand elles s'incarnent dans une personne. Même l'idée de solidarité a besoin d'individus qui l'incarnent pour exister. Chaque mois apporte ainsi son lot de héros éphémères qui concentrent pendant un court moment les espérances de l'humanité, un jour des sauveteurs thaïlandais d'enfants prisonniers dans une grotte, un autre un jeune immigrant escaladant la façade d'un immeuble pour sauver un enfant : les « faits divers » écrivent l'histoire de l'humanité et toute histoire doit devenir une histoire personnelle. Des galas de bienfaisance aux campagnes de mobilisation, l'attention se porte sur des personnalités exemplaires auxquelles on s'identifie ou au contraire qu'on repousse comme le symbole du mal. L'égalité des femmes, c'est Malala Youzafzai. La relance de l'Europe, c'est Bono. Les violences sexuelles, c'est Harvey Weinstein… Le message est toujours le même : chaque individu porte en lui la transformation du monde, pour le meilleur ou pour le pire. L'insistance sur les dynamiques collectives qui a caractérisé la période précédente avait pu mobiliser les énergies dans le cadre d'un parti ou d'un syndicat qui apportaient la chaleur encourageante d'un combat partagé. Mais elle pouvait aussi conduire à la passivité du découragement, si chacun se persuade que le monde est mu par des forces sur lesquelles il n'a pas prise. La revanche de l'individu a été une réponse à ce sentiment d'impuissance. On ne raisonne plus en termes de rapports de force collectifs : le culte des victimes et le culte des héros vont de pair. C'est à travers la mort d'un Noir dans les mains de la police que la mobilisation antiraciste s'opère. Le monde révèle sa vérité à travers des histoires individuelles. Comme aux débuts du christianisme, l'espoir de le changer individu par individu, un par un, fait à nouveau rêver l'humanité.

« Le monde commence aujourd'hui, et tu en seras l'auteur » est donc pour beaucoup ce qui reste du message de 1989. Chaque individu est un nouveau commencement. Chaque individu porte en lui la possibilité d'une rupture avec le passé, et la transformation du monde est le produit de ces actions individuelles. Le fait que Bill Gates, Steve Jobs, Mark Zuckerberg n'aient pas terminé leurs études séduit non seulement à cause de l'espoir qu'il donne à tous les cancres, mais aussi, plus profondément, par la célébration de la rupture dont ces réussites individuelles sont l'emblème.

Il y a loin cependant de la célébration de l'individu d'exception à l'infinie médiocrité d'un Trump… Comment passe-t-on de l'un à l'autre ?

Les hommes et les femmes d'exception qu'on célèbre aujourd'hui sont comme des plantes hors sol. Ils sont à eux-mêmes leur propre référence. L'individualisme triomphant dont ils sont les hérauts a largué les amarres. Il y a gagné un extraordinaire dynamisme, toujours relancé par l'insatiable curiosité humaine. Il y a perdu un certain ancrage moral qui enlève à l'homme d'exception son assise collective. L'homme d'exception est exceptionnel par son exception même, plutôt que par la manière dont il incarnerait les valeurs d'une communauté humaine en les portant plus loin que le commun des hommes. Il est devenu une star, dont la renommée est à elle-même sa propre justification. Bien sûr, comme je l'ai noté plus haut, l'exemplarité éthique des individus emblématiques qui inspirèrent les révolutions de 1989 a beaucoup contribué à leur autorité, et elle contrastait avec le vide moral de régimes communistes à bout de souffle. Mais ce n'est pas elle qui en fin de compte l'emporte aujourd'hui. La « réussite » est imperceptiblement devenue le critère ultime.

Le meilleur exemple de ce passage de l'individualisme des hommes d'exception à l'individualisme sans racines de l'homme masse est la Chine. Après avoir longtemps prétendu fonder l'organisation de la société sur une forme de vertu, la Chine a finalement décollé quand elle a libéré les « esprits animaux » – l'expression provocante utilisée par Keynes pour décrire les émotions de toute nature, y compris l'appât du gain, qui inspirent l'action humaine –, tandis qu'elle continuait d'enfermer ses dissidents. Le nombre d'êtres humains alors sortis de la misère en trois décennies est plus important que dans les deux mille années qui avaient précédé. Il a suffi pour cela que l'État relâche ses contrôles, laissant aux paysans la possibilité de cultiver leurs terres, aux cadres d'entreprise celle de chercher des clients et de déterminer leur production en fonction d'eux. En l'espace de quelques années, la Chine est devenue l'usine du monde. Cette transformation est intervenue dans un régime qui se dit encore communiste, mais dont le dirigeant Deng Xiaoping avait repris à son compte la formule de Guizot, dirigeant de la France bourgeoise du XIXe siècle, « enrichissez-vous ! », mobilisant ainsi au service du destin collectif de la Chine l'appétit de richesse dont les économistes utilitaristes font le moteur de la société.

Famille, entreprise, territoire : l'individu sans attaches ?

En fin de compte, la « personne de l'année » que *Time Magazine* aurait dû couronner en 1989, c'est « l'individu », non un individu particulier, un individu d'exception – ce fut Gorbatchev en 1989 –, mais l'individu en tant que tel, l'individu pour lui-même, cet individu qui connaît son apothéose contemporaine avec le selfie, l'individu à la poursuite de lui-même. L'individu générique est le vrai héros de notre temps, et les personnes d'exception qu'on célèbre encore dans les banquets de charité et les magazines dissimulent le vrai vainqueur de 1989, l'individu « sans qualité » que décrivait déjà Musil, l'individu bientôt sans amarres. L'individu contemporain, après s'être détaché de la religion, s'affranchit des amarres qui le reliaient encore à des structures plus larges que lui-même : la famille, l'entreprise, le territoire où il est né. Ce sont les étapes de ce détachement qu'il nous faut maintenant analyser.

Comme on l'a noté plus haut, avec l'avènement en Occident du christianisme, la famille étendue avait perdu sa dimension religieuse, les dieux lares ne la protégeaient plus. Mais, même dans le monde moderne, le lien de proximité entre les générations n'avait pas disparu, et la famille étendue survécut pendant longtemps sous une forme affaiblie en Europe. En Afrique, en Asie (moins en Chine, où la révolution communiste brisa la famille), la famille étendue est longtemps demeurée un élément essentiel de l'organisation sociale. Elle disparut finalement en Europe et en Amérique avec l'industrialisation et la vie urbaine : la famille se rétrécit alors aux parents et à leurs enfants : dans les économies les plus avancées, la famille nucléaire a définitivement pris le dessus sur la famille étendue, d'autant que la mobilité réduit les contacts entre générations : entre grands-parents et petits-enfants, la distance s'accroît.

Aujourd'hui, même cette famille réduite recule. Le pourcentage des enfants nés hors mariage a augmenté très rapidement dans tous les pays riches. Il dépasse les 50 % dans beaucoup de pays européens et atteint environ 40 % aux États-Unis (ce taux encore important reflétant le pourcentage élevé de filles mères pauvres de race noire, pour lesquelles la procréation hors mariage est subie, alors qu'elle est un choix en Europe). Ces chiffres sont à comparer aux 10 % d'enfants nés hors mariage des années 1970 et aux 25 % des années 1995. Le Japon, la Corée et la Turquie, avec des taux qui restent aux alentours de 2-3 %, font figure d'exception. Le pourcentage est également élevé pour les mariages qui se terminent en divorces, mais les situations varient beaucoup d'un pays à l'autre, et, dans nombre de pays, il diminue. On divorce moins, en partie parce qu'on se marie moins. En fait, la nature du mariage a changé.

Concurrencé en Europe et aux États-Unis par des pactes civils, il n'est dans bien des cas guère plus qu'un acte juridique, un contrat qui confère des droits et des obligations avant d'être un engagement devant la société. Avec les mariages entre personnes du même sexe, avec la multiplication des possibilités offertes par les progrès de la biologie (procréation assistée, mères porteuses, bientôt ingénierie génétique), le mariage figure toujours au menu de la vie, mais il n'est plus qu'un des moyens d'assurer le bonheur individuel. De même qu'on peut maintenant concevoir la robe de ses rêves en indiquant sur un site internet non seulement ses mensurations, mais ses couleurs, son tissu préféré, il est devenu possible, grâce à des sites de rencontre de plus en plus sophistiqués, de dresser le portrait-robot du conjoint idéal, et on peut envisager le moment où l'intelligence artificielle corrigera ce portrait, car la personne qui cherche se connaîtra moins bien que l'intelligence artificielle ne la connaît. Puis viendra le temps où, grâce à l'intelligence artificielle, l'individu saura s'il est fait pour le mariage, la polygamie, le célibat, au regard des critères de bonheur définis par l'algorithme. La poursuite du bonheur aura évincé la fonction sociale de la famille. Dans les pays les plus avancés, la famille ne sera plus qu'une option dans un menu toujours plus vaste, et, dans la vie personnelle aussi, chaque jour sera un nouveau commencement.

Dans le même temps, la multiplication des polémiques engendrées par les questions sexuelles est révélatrice : la sexualité confronte chaque individu, tout occupé qu'il est à la poursuite de son bonheur personnel, à la société ; selon la formule des juristes, même si la société n'entre pas dans la chambre à coucher, elle a son mot à dire sur le cadre juridique de la sexualité, qu'il s'agisse d'assurer l'égalité des droits civiques des homosexuels, transgenres ou bisexuels, de déterminer la propriété d'un spermatozoïde, d'un ovule ou d'un embryon, ou de condamner la pédophilie. Mais, sur toutes ces questions, la logique du marché et de la concurrence est incapable d'apporter des réponses : la violence des passions qu'elles suscitent est à la mesure de l'angoisse morale d'individus abandonnés à leur liberté. L'individu, y compris dans sa vie personnelle, a presque tous les choix, mais cette liberté est pour beaucoup lourde à porter. La famille à la carte émancipe l'individu contemporain d'un des cadres les plus anciens des sociétés humaines.

Le travail a pendant des millénaires été une autre composante essentielle de la dimension collective du destin humain. À l'origine, dans des économies de subsistance où il n'y avait pas encore de spécialisation, les structures qui organisaient le travail se confondaient avec celles de la famille étendue. Puis, la spécialisation venant, d'autres structures se sont développées : les guildes, les corporations qui regroupaient, par type d'activité et de spécialisation, les travailleurs et assuraient la transmission de savoirs spécialisés. Avec l'âge industriel est apparue l'entreprise, avec ses grandes usines et ses milliers d'employés attachés à leurs machines. Pendant longtemps, l'entreprise a été comme une seconde famille. On y entrait souvent pour la vie, et on rêvait d'y faire entrer ses enfants. Dans certains cas, des patrons paternalistes fournissaient logement, éducation, services de santé. De leur côté, les travailleurs se regroupaient en syndicats, organes de lutte, mais aussi lieux de fraternisation.

Aujourd'hui, cependant, la grande entreprise qui a été le symbole de l'âge industriel commence elle aussi à changer, reflétant l'atomisation d'un monde plus fluide et moins collectif. On entrevoit le moment où l'automation aura considérablement réduit le nombre des employés, où les imprimantes trois D et la fabrication numérique feront de chaque individu un producteur, et de chaque produit un objet unique correspondant aux instructions de plus en plus détaillées de l'acheteur. Cette évolution est déjà bien avancée dans les grandes entreprises de services : elles peuvent employer un grand nombre de personnes, mais ces personnes sont reliées entre elles non par la proximité physique d'un lieu de production ou de distribution, mais par les liens beaucoup plus abstraits de normes et de logiciels partagés. Cette évolution se reflète également dans le déroulement des parcours professionnels. Dans les économies les plus avancées, la vie n'est plus ponctuée par les quelques grands choix professionnels qui la définissaient : carrière dans le secteur public ou le secteur privé ; choix de l'entreprise ou de l'administration dans laquelle on ferait sa vie. Aux États-Unis, la durée médiane de maintien dans un emploi est à peine supérieure à quatre ans, et on change en moyenne douze fois d'employeur dans une vie. Dans des entreprises comme Uber, le désir des employeurs d'échapper aux contraintes du droit du travail rencontre le désir de certains employés d'échapper à la contrainte d'un emploi permanent. La nouvelle économie fait reculer le salariat, mais les nouveaux travailleurs « indépendants » sont plus atomisés qu'indépendants : entièrement tributaires de plateformes virtuelles pour trouver des clients, ils sont, vis-à-vis de l'entreprise à laquelle ils sont affiliés, dans une situation beaucoup plus fragile que les anciens salariés. De fait, dans nombre de métiers, l'évolution rapide des savoirs invalide le modèle de l'ouvrier d'abord apprenti, puis ouvrier qualifié, et peut-être un jour contremaître. Le savoir initialement acquis se périme vite, et la capacité d'adaptation compte davantage qu'une connaissance spécialisée. Dans le travail aussi, chaque jour risque de devenir un nouveau commencement, et l'individu contemporain n'est enraciné ni dans un métier ni dans une entreprise. Ce qu'on fait à vingt ans est de moins en moins l'indice de ce qu'on fera à quarante. Aucun engagement n'est durable.

Libéré de la famille, libéré de l'entreprise, l'individu moderne l'est de plus en plus du lieu où il est né. Cette transformation a commencé par l'exode rural, qui a fait échapper des centaines de millions d'êtres humains à la proximité parfois étouffante du village où rien ne passe inaperçu. L'individu a trouvé dans l'anonymat de la grande ville une liberté jusqu'alors inconnue. Ce mouvement, commencé plus tôt dans les pays aujourd'hui les plus industrialisés, se poursuit dans le reste du monde.

Des villes gigantesques sont apparues sur tous les continents. Mais pourquoi limiter le voyage à son pays ?

Un mouvement beaucoup plus vaste a commencé, dont l'ampleur dépasse toutes les migrations qui l'ont précédé. Après la traite des esclaves de l'époque moderne, qui a touché entre 12 et 15 millions d'Africains, après les grandes migrations du XIXe siècle, qui ont concerné plus de 55 millions d'Européens, une troisième vague de migrations commence juste à déferler sur le monde. Elle se distingue de la première car elle n'est pas un transfert forcé. Elle se distingue de la seconde en ce qu'elle a des difficultés croissantes à trouver des terres d'accueil : à la différence des Indiens d'Amérique ou des aborigènes d'Australie, qui n'eurent jamais la capacité de résister à l'occupation de leurs terres, les peuples des nations souveraines du XXIe siècle ont leur mot à dire. Le monde est en marche, mais les individus libérés de leurs origines et rêvant d'un ailleurs se heurtent à la réalité d'un monde qu'ils ne dominent pas et où chaque recoin de la planète a un propriétaire.

La troisième vague de migrations est un phénomène complexe, addition d'une multitude de situations individuelles, des plus confortables aux plus tragiques. Une seule certitude : la cohorte des migrants ne cesse de grossir, au point que les personnes vivant dans un autre pays que leur pays de naissance sont aujourd'hui un quart de milliard, soit 3,4 % de la population de l'humanité. Leur nombre a augmenté de près de 50 % en moins de vingt ans, et il y a tout lieu de penser qu'il continuera d'augmenter, comme augmentera le pourcentage de migrants dans la population mondiale (il était de 2,8 % en 2000). Cette croissance n'est pas le symptôme d'une aggravation de la misère humaine, mais, à l'opposé, la confirmation de l'élargissement des horizons individuels, même si, bien sûr, les 5,5 millions de réfugiés du conflit syrien, chiffre énorme pour un pays qui comptait 22 millions d'habitants, portent témoignage de l'horreur de la guerre. Cependant, dans leur grande majorité, les migrations contemporaines ne sont pas des migrations de la misère, de la famine et du désespoir, comme le fut, par exemple, l'émigration irlandaise au XIXe siècle. Elles sont des migrations de l'espoir.

Bien sûr, la distance est immense, du diplômé d'une prestigieuse école de commerce qui va grossir les rangs d'une élite globalisée au jeune Africain qui a mis de côté juste assez d'argent pour financer un dangereux périple à travers le Sahara et la Méditerranée. Il y a bien des manières de mener une vie nomade.

À un extrême, il y a ces riches expatriés de l'élite globalisée, dont la vie est une sorte de vitrine de la mondialisation. La société qu'ils forment n'est pas enracinée dans un territoire. Ils sont à cet égard très différents de leurs ancêtres sociologiques, les notables sédentaires qui donnaient le ton à leur ville, à leur province. Ils ont plus de contact avec leurs collègues, y compris, par visioconférence, à quelques milliers de kilomètres, qu'avec la population locale. À l'aise à Hong Kong ou à Paris, à Londres ou à New York, leur mode de vie est déterminé par le métier plutôt que par la nationalité ou le lieu de leur travail. Travaillant sans relâche, bénéficiant souvent d'un régime fiscal favorable, ils sont comme l'oiseau sur la branche : toujours prêts à s'envoler vers l'environnement le plus favorable. Leurs enfants reflètent cette déterritorialisation. Ils ne se mêlent guère aux enfants de leur lieu de résidence, sinon à ceux dont les parents rêvent de les faire accéder à cette même société dont l'horizon est la planète entière. Ils fréquentent des écoles au cursus internationalisé, où ils rencontrent d'autres enfants comme eux, polyglottes et sans patrie. Le moment venu, ils feront l'objet de toute l'attention d'universités en âpre concurrence pour attirer les meilleurs d'entre eux, et leur choix se portera sur celles qui apparaissent comme les plus cosmopolites.

Entre eux et les malheureux sauvés de la noyade en Méditerranée, il y a toutes les situations intermédiaires. Les étudiants qui poursuivent leurs études dans les universités de plusieurs pays ; les cadres d'entreprise pour lesquels un passage à l'étranger est une étape nécessaire de la carrière ; les diplômés de pays en développement pour lesquels le diplôme est un visa d'accès à une autre vie, car ils ont compris qu'il est moins difficile de changer sa vie que de changer son pays. Il y a aussi tous les travailleurs venus de pays en développement qui remplissent les tâches que les citoyens des pays d'accueil, dans le Golfe persique, en Europe, en Amérique du Nord, ne veulent plus accomplir.

Entre le jeune Africain dont des passeurs exploitent sans scrupule le rêve d'émigration et l'avocat international, il y a une immense différence : le premier est dans une situation d'exploitation, le second dans une situation de pouvoir. Un point commun les rapproche pourtant : leur vie ne se joue plus dans l'horizon limité du lieu qui les a vus naître, et ils aspirent tous à tirer parti individuellement de cet horizon élargi. Ils sont, chacun à leur manière, des acteurs de la mondialisation, dont les choix individuels ont désormais autant de poids que les choix collectifs : il est remarquable que la masse des transferts d'argent effectués par les travailleurs migrants vers des pays en développement ait atteint 502 milliards de dollars en 2019 (chiffres de la Banque mondiale), soit plus de trois fois le total de l'aide publique au développement ! On ne saurait mieux illustrer le transfert de pouvoir qui s'opère des États vers les individus. Les nomades du XXIe siècle changent leur vie par leurs choix individuels, et ces choix bouleversent les conditions d'action des États. Pour beaucoup, la nation dans laquelle on va vivre est devenue, comme la famille, comme l'entreprise, un choix, que des États dépassés par des mouvements qu'ils ne contrôlent pas cherchent à encadrer. On reviendra sur les conséquences d'une telle perte de pouvoir pour les institutions politiques. Qu'il suffise ici de souligner l'extraordinaire bouleversement que cet arrachement au territoire dans lequel on est né produit dans la vie de chaque individu.

L'individu est donc bien le héros de notre temps. Jamais il n'a été devant autant de possibles, dans sa vie personnelle, dans sa vie professionnelle, dans sa vie citoyenne, si tant est qu'on puisse utiliser encore le mot citoyen quand la nation devient elle aussi un choix éphémère.

L'insupportable « liberté des Modernes »

L'individualisme a changé le monde, en libérant la curiosité humaine. Le champ des possibles n'a depuis lors cessé de s'étendre. En quelques siècles, l'accumulation des inventions a bouleversé, pour le meilleur, nos vies. Et, loin de se ralentir, cette recherche du nouveau s'accélère. Une multitude d'ingénieurs, de programmeurs, de savants travaillent en ce moment même à inventer des objets, des applications, des systèmes dont nous n'avons pas même idée. Ils vont au-devant de désirs que nous n'avons pas encore formulés, mais qui seront demain nos désirs, puisque nous dépenserons de l'argent pour les satisfaire. Cet appétit de trouver réponse à toute question, et ce avant même qu'elle soit posée, cette agilité à anticiper des besoins encore inconnus, à les imaginer et même à les créer, cette capacité à faire de l'argent grâce aux besoins des hommes ont produit la transformation la plus profonde de l'humanité depuis qu'elle a une histoire. Max Weber y voyait l'illustration de l'éthique de travail du protestantisme. Mandeville, dès le XVIIIe siècle, y a vu, avec plus de réalisme, la confirmation que la poursuite de ses intérêts, détachés de toute notion de vertu, était le plus grand stimulant qui soit.

Cet individu, débarrassé du fardeau de sa famille, de son milieu, de ses origines, semble incarner la liberté des modernes, ce que Benjamin Constant décrit comme « la jouissance paisible de l'indépendance privée », dont notre temps confirme chaque jour la victoire sur la liberté des anciens, cette liberté qui s'épanouissait dans la participation aux affaires publiques. Benjamin Constant voyait dans le gouvernement représentatif le moyen de se décharger sur un nombre limité de personnes de la gestion des affaires publiques, qui devient un fardeau pour l'homme moderne d'abord préoccupé de ses jouissances privées. Ne peut-on affirmer que les progrès de la technologie, en réduisant le rôle des institutions, en dispersant dans une multitude de mécanismes d'autorégulation la gestion des affaires publiques, en offrant à la gestion des affaires humaines le secours de l'intelligence artificielle, va bien au-delà de ce que pouvait imaginer Constant il y a deux siècles, et apporte une solution encore plus radicale que le gouvernement représentatif à la gestion du fardeau des affaires publiques ? Pour les libertaires, c'est une chance dont il faut profiter.

Ont-ils raison ? Benjamin Constant, tout épris qu'il fût de la liberté des Modernes, aurait sans doute donné une réponse plus prudente. Dans le texte fameux où il compare la liberté des Modernes à celle des Anciens, il apporte une nuance à la déclaration d'indépendance américaine qui fait de la « poursuite du bonheur » un droit inaliénable ; il ose en effet affirmer : « Est-il donc si vrai que le bonheur, de quelque genre qu'il puisse être, soit le but unique de l'espèce humaine ? En ce cas, notre carrière serait bien étroite et notre destination bien peu relevée. Il n'est pas un de nous qui, s'il voulait descendre, restreindre ses facultés morales, rabaisser ses désirs, abjurer l'activité, la gloire, les émotions généreuses et profondes, ne pût s'abrutir et être heureux. Non, […] ce n'est pas au bonheur seul, c'est au perfectionnement que notre destin nous appelle ; et la liberté politique est le plus puissant, le plus énergique moyen de perfectionnement que le ciel nous ait donné. » Benjamin Constant, avocat de la liberté des Modernes, de cette liberté qui nous permet de vaquer à nos « jouissances privées », n'abandonne donc pas complètement, bien au contraire, la liberté des Anciens, cette liberté politique qui nous permet au minimum de surveiller la gestion des affaires publiques. Et il n'est pas attaché à la liberté des Anciens seulement parce qu'elle nous protège du risque de la servitude, une servitude dont on a vu, un siècle plus tard, avec les régimes communistes, comment elle aboutissait à la privation des jouissances privées. Il ajoute en effet : « La liberté politique soumettant à tous les citoyens, sans exception, l'examen et l'étude de leurs intérêts les plus sacrés, *agrandit leur esprit* [souligné par moi], anoblit leurs pensées, établit entre eux tous une sorte d'égalité intellectuelle qui fait la gloire et la puissance d'un peuple. » Agrandir l'esprit : l'individu seulement préoccupé de lui-même, lancé dans la course-poursuite éperdue du bonheur, est un individu étriqué, qui en fin de compte n'accomplit pas la destinée humaine. L'ambition de penser au-delà de soi-même donne la puissance, mais aussi la gloire, et elle établit ce que Benjamin Constant appelle curieusement « une sorte d'égalité intellectuelle » entre tous les citoyens, l'égalité d'un rêve commun. L'inégalité des destins individuels est corrigée par l'ambition partagée d'un projet collectif, autrement dit l'engagement politique.

Avec plus d'un siècle d'avance, Constant aide à comprendre combien menaçante est la rupture de l'équilibre entre la liberté des Anciens et celle des Modernes, cette rupture dont nous n'avons pas eu immédiatement conscience en 1989, étourdis que nous étions par la liberté politique retrouvée des peuples naguère asservis par les régimes communistes. Nous n'avons pas vu que le triomphe de l'individu portait en lui la dissolution des cadres dans lesquels s'enracine sa liberté. Entre le monde et chaque individu, il n'y a plus rien. Il n'y a plus de religion, il n'y a plus de culture, il n'y a plus d'institutions. L'« égalité intellectuelle » d'une ambition collective partagée dans l'exercice de ses droits politiques a été remplacée par le rapport personnel à des personnalités d'exception. Cette désintermédiation morale, économique, financière et politique investit l'individu d'une écrasante responsabilité, mais elle le laisse terriblement seul : enivré par l'abondance des possibles, angoissé par le vide qui se cache au cœur de lui-même. Où va-t-il trouver la boussole qui va le guider, lui, enfin libéré de ses amarres morales, économiques et politiques ? Qui est-il, cet individu libéré des entraves de la société ?

L'égoïsme ontologique

La réponse de l'utilitarisme économique est simple. Robert et Edward Skidelsky ont très bien montré dans *How Much is Enough?* comment Adam Smith, en inventant le concept de « main invisible », fait habilement échapper au monde des valeurs l'activité économique.

Le langage de l'utilité et des préférences employé par les économistes contemporains achève de débarrasser les activités humaines de toute considération morale. L'individu n'a qu'à prêter attention à lui-même, guidé non par une introuvable loi naturelle, mais par la poursuite de son intérêt. Cette option évite habilement d'avoir à répondre à la question des fins dernières – comme disaient les philosophes et les hommes d'Église de l'ancien temps –, puisque chaque individu, en poursuivant la « maximisation de son utilité marginale », permet à la société tout entière d'atteindre le meilleur résultat possible. La question d'une « bonne vie » est évacuée, comme celle du « bon gouvernement » : l'étalon de mesure de l'argent permet de donner à chaque objet, à chaque situation un prix, et ce prix, dans un marché ouvert, est nécessairement juste, puisqu'il reflète la combinatoire des préférences des individus consommateurs et producteurs, qui ont tous cherché à maximiser leur revenu et à optimiser leurs dépenses. Il en va de même pour l'élection, où la victoire est à elle-même sa propre justification. Le débat se déporte alors sur les conditions de fonctionnement d'un marché, sur l'intégrité d'un processus électoral, et sur cette fameuse autonomie de l'individu que rien ne doit entamer. L'égoïsme ontologique est devenu le fondement de la société.

L'individu contemporain est à la fois très seul et obsédé par les autres. En se regardant lui-même, il regarde les autres, car en lui-même il ne voit que le vide, et il ne sait comment se définir sinon en se comparant. C'est pourquoi, dans un apparent paradoxe, l'individu contemporain à la poursuite de l'autonomie absolue ne cesse de se mesurer aux autres. La société devient un jeu de miroirs, une composition en abîme, où le regard se perd dans la réflexion à l'infini de soi-même.

Cette habitude de comparer devient pour l'individu moderne le chemin d'approche naturel vers le monde et vers les autres. Comme il compare les prix de toutes choses, il a le culte du numéro un – le meilleur hôtel, la plus belle plage du monde, le meilleur moulin à poivre, la plus belle femme. La prolifération de classements sur tous les sujets est révélatrice de notre époque, absolument incapable d'attribuer une valeur intrinsèque à quoi que ce soit, et pour laquelle la comparaison se substitue à l'évaluation. Le corollaire de cette manie de la comparaison est que l'individu moderne admire plus que tout autre celui qui rafle la mise, car c'est la victoire qui détermine la valeur. Il n'y a pas de numéro deux. Par une logique circulaire, le succès va au succès, puisqu'il est le critère ultime. Il n'y a donc de valeurs que relatives.

On est bien loin de Galilée, de la voix intérieure qui donne le courage de résister à l'opinion dominante. Quels vont être le prochain produit, la prochaine chanson, la prochaine idée qui s'empareront du monde ? Personne ne pense plus que la réponse puisse être trouvée dans l'analyse de la qualité intrinsèque du produit ou de la personne. Tenter de répondre à ces questions est davantage comparable à l'exercice que font les météorologues quand ils construisent des algorithmes de plus en plus complexes qui cherchent moins à comprendre la réalité qu'à l'enfermer dans les filets de leur prévision.

Chercher à comprendre le pourquoi des choses, distinguer le vrai du faux, le juste de l'injuste, se convaincre qu'il y a une vérité et une justice en dehors de nous-mêmes : autant d'activités superflues, sinon inutiles, dans un monde où, comme disent les Anglais pragmatiques, « la preuve est dans le pudding ». Ce raccourci habile qui nous épargne de poser la question des « fins dernières » nous a pour un temps enivrés. Il est maintenant la cause de nos angoisses.

Nous voilà à la fois parfaitement autonomes, libres de ne penser qu'à nous-mêmes et incapables de nous définir autrement que par notre relation avec un système que nous avons renoncé à comprendre. Et quand une pandémie nous a frappés, rendant soudain plus réelle la perspective de notre mort éventuelle, nous nous sommes raccrochés à ces autres avec qui nous croyons former une communauté humaine, nous avons bavardé avec eux sur FaceTime, Houseparty ou Zoom, et nous avons fait l'amère découverte que nous avions bien peu de choses à nous dire, parce que nous n'avions que nos vacuités à échanger.

Ainsi, au bout du triomphe de l'individu, par un retournement dramatique, il y a son anéantissement. L'idéologie de l'individu qui a prévalu en 1989 nous laisse aujourd'hui désemparés. Nous avons largué les amarres, et nous nous retrouvons au milieu de l'océan contemporain, sans repères et sans compas pour rejoindre l'abri d'un port : nous ne savons plus qui nous sommes. Nous avançons, impatients mais sans but. Le *selfie stick* que nous brandissons a remplacé la lance des chevaliers. Et il y a dans notre agitation affairée une inquiétude. Nous ne savons pas d'où nous venons, et nous ne savons pas où nous allons. Mais nous documentons chaque instant de nos vies indéterminées, avides que nous sommes de les partager avec nos « amis », nos suiveurs… Car le nombre de nos « amis », sur Facebook, sur Instagram, est lui aussi devenu un élément de la compétition qui nous définit. Il nous faut sans cesse alimenter par des photos, des tweets, des messages que nous affichons sur notre page ce fil de notre vie qui ne doit pas s'interrompre. Infiniment seuls, et tellement désireux de faire partie d'un groupe, d'une véritable communauté humaine.

CHAPITRE 3

La crise de la politique traditionnelle

Individu ou citoyen ? Depuis la Révolution française, la politique s'est inscrite dans l'espace défini par ces deux pôles, et tout au long des XIXe et XXe siècles, la liberté des Modernes célébrée par Benjamin Constant n'a pas fait disparaître la liberté des Anciens, l'honneur de participer à la gestion des affaires publiques. À côté d'Adam Smith, il y avait Jean-Jacques Rousseau, et la Révolution française, avec ses licteurs et ses bonnets phrygiens, avait rêvé de restaurer la liberté antique, l'expérience quasi religieuse de la vie civique. La légitimité religieuse, qui dans tant de pays avait pendant des siècles été un des piliers de la légitimité politique, avait progressivement disparu, mais la politique s'était approprié une part de religieux, et les responsables politiques étaient devenus les prêtres de cette religion civique. Au lieu d'être seulement le jeu des princes, la politique était redevenue une part de l'identité de l'être humain, et donc aussi de ses rêves. Idéologie, utopie et politique avaient partie liée.

La politique est devenue la scène où s'affrontaient nos rêves et nos illusions, et le clivage droite/gauche, né de la place occupée par les représentants dans les assemblées de la Révolution française, a gagné le monde entier. Il a structuré une confrontation qui opposait deux rêves : celui d'un avenir radieux promis par la croyance dans le progrès ; celui de l'harmonie perdue du passé promis par les conservateurs. Deux utopies : à gauche, celle de la transformation du monde par des forces collectives qui donnent un sens à l'histoire ; à droite, celle de la conservation du monde par des individus libres, mais enracinés dans des valeurs héritées. Siècle de la science triomphante, le XIXe siècle a pu compter sur les économistes pour inventer l'avenir et sur les historiens pour reconstituer le passé. La politique moderne s'est ainsi construite sur le combat entre deux imaginaires. Le XXe siècle idéologique a voulu aller encore plus loin et donner réalité à l'utopie. L'utopie, jadis réservée aux philosophes, est entrée dans le quotidien de l'humanité, et le XXe siècle a été son catastrophique triomphe, quand elle s'est incarnée dans les deux systèmes politiques les plus meurtriers que nous ayons connus, le communisme et le nazisme. Cette double expérience nous a instruits, et le rejet des idéologies définit en large part l'après-1989. Mais il emporte avec lui beaucoup plus que nous ne l'imaginions. Le triomphe de l'individu jette le doute sur l'idée même de société, et l'ambition d'un parti politique de proposer dans un programme une vision globale d'une société a cessé d'être crédible.

Nous n'avons pas tout de suite compris combien le triomphe de l'individu au détriment du citoyen allait bouleverser les conditions d'exercice de la politique. Nous avons cru que 1989 était la victoire d'une idéologie sur une autre, et que la structuration de la politique dans les grandes démocraties resterait inchangée, entre partis du mouvement (la gauche en Europe, les « libéraux » en Amérique du Nord) et partis conservateurs. Seuls les extrêmes seraient touchés, puisque la démocratie l'avait emporté sur le communisme. En fait, c'est la raison d'être de partis politiques proposant des visions concurrentes de la société qui a été mise en cause par l'idéologie de l'individu. Cette crise de la politique a commencé par la crise de la gauche, qui se crut d'abord victorieuse, avant de gagner la droite traditionnelle, qui eut l'illusion qu'elle bénéficierait durablement de la déconfiture de la gauche.

À gauche, 1989 a d'abord été interprétée comme la conclusion heureuse d'un long combat : pendant tout le XXe siècle, socialisme démocratique et communisme avaient entretenu les relations difficiles de deux membres d'une famille qui n'ont pas la même idée de leurs parents. Parfois alliés, mais le plus souvent adversaires. La gauche démocratique européenne crut donc assez naturellement que ce qui était mort avec l'Union soviétique, c'était seulement le léninisme, la confiscation, au nom de la classe ouvrière, de l'État par un parti. L'illusion était d'autant plus forte que, dans la plupart des pays d'Europe centrale, le combat contre le communisme avait été mené par des intellectuels proches du socialisme démocratique. Et Gorbatchev lui-même ne rêvait-il pas de réformer le Parti communiste soviétique, de le démocratiser ? Le socialisme démocratique, débarrassé de son cousin communiste, allait enfin pouvoir s'épanouir.

L'impasse de la social-démocratie

L'évolution de la gauche européenne dans les décennies qui ont suivi et la montée de ce qu'on appelle paresseusement le populisme racontent une autre histoire. La trajectoire de Tony Blair, l'inventeur de la « troisième voie » qui prétendait moderniser la social-démocratie, aujourd'hui riche consultant vendant ses services à qui veut bien les payer, mêlant philanthropie et affaires, ou celle de Bill Clinton aux États-Unis sont deux illustrations de la débâcle idéologique qui a frappé le socialisme en Europe et les démocrates héritiers de Roosevelt aux États-Unis.

Pourquoi le compromis qui avait été théorisé depuis des décennies par la social-démocratie allemande, « l'économie sociale de marché », qui fit la réussite des « trente glorieuses » de l'après-guerre en Occident, au lieu de se consolider, a-t-il explosé ? Pourquoi, après avoir accepté le marché comme le cadre optimal pour la production des richesses, se méfie-t-on désormais de la puissance publique quand elle intervient dans leur distribution, par l'impôt, par la protection contre les aléas (notamment l'assurance chômage), par l'accès des plus démunis aux services publics d'une société inspirée par la justice ?

Pourquoi, dans les années qui ont suivi la chute du mur de Berlin, la logique de ce compromis a-t-elle été remise en cause, y compris par des gouvernements qui se réclamaient de la social-démocratie, mais la rebaptisaient « troisième voie » ?

La gauche démocratique, un court moment triomphante, s'est en fait très vite retrouvée sur la défensive. Le rôle du secteur privé dans la création de richesses n'était plus contesté, mais celui de l'État dans la protection de l'individu et la promotion de la réussite individuelle l'a été de plus en plus. Partout, de la Grande-Bretagne de Blair à l'Allemagne de Schröder, et maintenant dans la France de Macron – du moins celle d'avant le virus –, le périmètre de l'État et le rôle de l'action publique ont été revus à la baisse.

Une première explication reflète la perte de crédit que l'effondrement de l'URSS a infligée à tous les États, y compris ceux qui n'ont jamais été communistes. L'échec avéré de l'Union soviétique a jeté le doute sur la capacité des autres États à porter une ambition collective. L'État est devenu un vulgaire gestionnaire, et il en a été abaissé. L'État n'est plus le dépositaire de l'intérêt public, il est une bureaucratie. Comme l'apparatchik de l'ancienne URSS, le fonctionnaire est soupçonné de servir les intérêts de sa bureaucratie plutôt que l'intérêt public, et ce discrédit s'est traduit dans les rémunérations. Non seulement le décalage ancien entre rémunérations publiques et rémunérations privées s'est accru, mais il n'a plus été compensé par la rémunération morale d'estime dont jouissaient les serviteurs du bien public. En fin de compte, pour des citoyens devenus des clients, l'État a été ravalé au rang de simple prestataire de services : à cette aune-là, il ne fait pas toujours très bonne figure. Certes, il se voit obligé d'adopter, là où c'est possible, des méthodes de gestion qui ont fait leurs preuves dans les entreprises, et certains pays ont mieux réussi cette adaptation que d'autres. Mais, partout, cette adaptation rencontre des difficultés considérables, car il est de plus en plus difficile aux États d'attirer les meilleurs, et ils rencontrent des difficultés croissantes à se financer. Comme on va le voir, l'évolution du monde menace la base territoriale de l'impôt et mine sa légitimité. L'État n'est plus perçu comme l'acteur central d'une société dont il incarne les valeurs et assure la cohésion. Il est devenu son parent pauvre, nécessaire, mais finalement méprisé. La pandémie et la crise économique qui en est la conséquence lui redonnent aujourd'hui un début de légitimité, mais ne renversent pas des tendances lourdes. Au plus profond, la crise de l'État reflète le bouleversement de l'échelle des valeurs. La « chose publique », comme on disait autrefois, n'emporte plus le respect, et, dans un monde où l'étalon de la valeur est l'argent, le fonctionnaire mal payé perd non seulement l'estime des autres mais celle de lui-même. La gauche démocratique, identifiée à un État fort, est suspecte.

Une deuxième explication de la crise de la gauche démocratique tient à la mondialisation, elle-même conséquence indirecte de la fin de la guerre froide. La mondialisation jette le doute sur ce que l'État peut faire : quel niveau de protection sociale est possible qui n'entame pas la compétitivité des entreprises ou les conduise à délocaliser leurs investissements ? Quel niveau de pression fiscale est tolérable, pour les entreprises comme pour les personnes physiques, qui ne pousse pas les entreprises comme les individus les plus riches à chercher ailleurs un environnement plus favorable à leurs intérêts ? Peut-on empêcher que la concurrence entre les États pour mettre en place les conditions les plus favorables à la création de richesses par des acteurs privés ne conduise à une course au moins-disant social et fiscal ? L'existence de bonnes infrastructures, matérielles et immatérielles (éducation, santé, environnement…) peut-elle compenser le poids de charges sociales et fiscales élevées auprès de chefs d'entreprise jugés sur leurs résultats financiers ? Les États ne sont-ils pas dès lors condamnés à s'appauvrir, et donc à fournir moins de services, à opérer moins de transferts, d'autant qu'une pression fiscale ou sociale élevée est immédiatement ressentie, alors que les effets du sous-investissement dans les infrastructures ne deviennent que lentement visibles ?

La social-démocratie européenne a cru trouver une réponse à ces questions dans l'Union européenne : parce qu'une large part des échanges de ses États membres s'opère au sein de l'Union, il semblait possible, pour un groupe d'États relativement homogènes, de se mettre d'accord entre eux de façon à éviter une concurrence sociale et fiscale excessive. L'argument a sa valeur, mais il porte de moins en moins auprès d'électeurs qui voient dans l'Union européenne moins une protection contre les menaces de la mondialisation que son cheval de

Troie, qui lamine les acquis sociaux en imposant des règles de concurrence fragilisant le compromis social-démocrate. Le cadre européen atténue la pression, il ne l'élimine pas. Et même les gouvernements européens ne renoncent pas à se faire concurrence entre eux, ce qui a jusqu'à présent empêché que les questions relatives à la fiscalité et à la protection sociale puissent être traitées à la majorité qualifiée : chaque État membre a voulu conserver la faculté de bloquer toute directive qui lui serait défavorable. Le propos de cet ouvrage n'est pas d'explorer la dimension économique de ce débat, car beaucoup de livres ont déjà été écrits sur les effets économiques de la mondialisation et l'affaiblissement de l'État qui en résulte. Ce débat économique pourrait sans doute trouver une réponse technique, et d'autres politiques sont possibles, mais il ne peut ignorer une question plus fondamentale, qui relève de la politique et non de l'économie.

La mondialisation pose en effet une question politique et éthique plus radicale à laquelle l'analyse économique ne peut apporter de réponse. Dans un monde mobile où l'identité et la cohésion des États-nations sont incertaines, quel est le cadre légitime de la solidarité et de la redistribution ? La ville où l'on réside ? La nation dont on est citoyen ? L'Europe qui protège ? Le monde dont on dépend ? Si le principe directeur de l'action publique est de donner à chaque être humain une égale chance de réussite, quelle inégalité est la plus urgente à corriger ? Celle qui en France sépare le chômeur du cadre supérieur ? Celle qui en Europe sépare le citoyen européen d'Europe centrale, pour lequel la richesse est encore une aspiration, du riche Luxembourgeois installé dans son confort, ou celle qui, dans le monde globalisé, sépare un Africain rêvant d'émigrer de l'Européen qui reste chez lui ?

La réponse éthique devrait nous interdire d'établir quelque séparation que ce soit entre les êtres humains : toute vie humaine a le même prix. Mais la réponse politique ne peut ignorer les émotions, et donc les liens de proximité. Cette tension entre politique et éthique a toujours existé, mais, dans un monde statique composé d'unités homogènes, elle pouvait être ignorée et ne faisait pas partie du débat politique. Tout change quand les communautés deviennent des communautés de choix, quand nous devons décider qui nous sommes prêts à accueillir dans la nation, qui a droit à notre solidarité, dans nos frontières et au dehors. La question devient alors éminemment politique, et les nouveaux nationalistes ont beau jeu de répéter qu'aucun pays ne peut porter les misères du monde, et qu'il est grand temps de penser d'abord à soi. Ils exploitent le plus humain des sentiments et le tournent en programme politique. Dans un monde en mouvement où la proportion des immigrants dans une population donnée augmente et où la diversité s'accroît, le contrat social qui lie entre eux les citoyens est redéfini. L'évolution politique des pays nordiques, riches, de taille moyenne et jusqu'à il y a peu de population homogène, pose des questions inquiétantes : la part élevée de la dépense publique et des transferts dans le produit national brut y a été bien tolérée tant qu'elle bénéficiait à des concitoyens qui avaient la même couleur de peau et les mêmes cheveux blonds… C'est moins le cas aujourd'hui, même si les mécanismes de solidarité y restent forts. *A contrario*, l'absence d'homogénéité de la population américaine est peut-être une explication de la faiblesse structurelle des idées sociales-démocrates aux États-Unis, pays trop divers pour accepter un niveau élevé de solidarité. Le Canada, lui aussi très divers, accepte néanmoins un peu plus de solidarité. Partout cependant, malgré la diversité des situations nationales, les politiques de solidarité deviennent plus difficiles à mettre en œuvre.

Ce débat sur les bénéficiaires de notre solidarité embarrasse bien davantage la social-démocratie que d'autres mouvements politiques, parce que socialistes et sociaux-démocrates ont toujours voulu donner à leur combat politique une dimension éthique où la justice était la valeur centrale. Depuis Jean Jaurès, ils n'ont cessé d'affirmer qu'en défendant la classe ouvrière, ils ne défendaient pas seulement une classe, ils défendaient la justice. Cette exigence éthique a eu son utilité tactique : elle a permis aux sociaux-démocrates comme à ceux des démocrates américains qui se réclament encore des idéaux de Roosevelt d'échapper à l'idéologie de la lutte des classes, et de devenir de grands partis centristes qui avaient l'ambition de représenter la société tout entière. Ils n'étaient plus des partis de classe, mais ils restaient des partis de combat, un combat moral auquel la guerre froide donnait une dimension géopolitique. Face au communisme, la social-démocratie pouvait se présenter comme une courageuse alternative démocratique. Privée de son adversaire communiste, elle a beaucoup plus de mal à incarner une réponse à l'idéologie du marché et de la libre entreprise, car il lui manque clarté morale et idéologique. Son universalisme éthique est désormais un universalisme honteux, qui essaie maladroitement de dissimuler la distance séparant éthique et politique. En fin de compte, pour ne pas perdre le soutien d'une base populaire qui ne se reconnaît plus dans un universalisme qu'elle juge menaçant pour ses intérêts, la gauche démocratique le modère sans toujours convaincre et, ce faisant, finit souvent par perdre sur tous les tableaux, précipitant et aggravant sa crise politique : une partie de la base populaire de la social-démocratie la quitte, préférant la clarté de la préférence nationale et du protectionnisme, et ceux pour qui la politique était d'abord un engagement éthique se détachent d'une action politique faite de compromis ambigus. La modération ne satisfait ni les militants ni les moralistes. Ne reste alors acquise à la gauche démocratique que la nouvelle bourgeoisie des travailleurs du savoir, que ne menace pas l'internationalisation des échanges de marchandises.

La social-démocratie en tant que grande famille politique est donc malade dans beaucoup de pays : elle ne sait comment réconcilier son universalisme éthique avec la défense des intérêts des travailleurs d'un pays, d'autant que, dans un marché du travail de plus en plus fragmenté, l'idée même de « classe ouvrière » n'a plus guère de sens. La mondialisation a miné sa posture morale, la transformation du travail mine sa base sociologique, et l'effondrement du communisme a discrédité l'ambition d'une gestion scientifique de la société. Attaqué sur plusieurs fronts, son programme politique s'est peu à peu limité à raboter les aspérités du capitalisme. Ce compromis modéré entre marché et action publique ne mobilise plus. La social-démocratie privée de son frère ennemi communiste ressemble trop au modèle dominant qu'elle prétend corriger. Elle apparaît comme sa copie affadie. En proposant modestement de civiliser à la marge l'économie de marché par des politiques publiques qui doivent veiller à ne pas perturber le principe qui l'organise, la poursuite du profit, elle a perdu toute charge émotionnelle. Elle a implicitement concédé à ses adversaires de droite l'essentiel : la quête de l'argent est le moteur le plus puissant de l'action humaine.

Nul étonnement, donc, si les idées sociales-démocrates sont dans la plupart des démocraties avancées en crise (avec l'exception notable des États-Unis, où la fragilité du filet de protection sociale exacerbe les conséquences des inégalités), alors même que la stagnation des revenus des classes moyennes et la captation des fruits de la croissance par une infime minorité – en particulier, mais pas seulement, aux États-Unis – semblaient devoir accroître leur audience. Jeremy Corbyn en Grande-Bretagne, une partie de la gauche en France ont cru pouvoir retrouver l'élan perdu d'une social-démocratie malade et restaurer une alternative progressiste au modèle dominant. Mais leurs efforts ont jusqu'à présent échoué. Incapables de proposer une véritable analyse de la transformation du capitalisme par la mondialisation et par les nouvelles technologies de l'information, les leaders de la gauche radicale en ont été réduits à chercher des alliances de circonstance avec l'écologie et à dénoncer les effets du système dominant, les inégalités croissantes, sans être capables de proposer en termes politiques une vision alternative. À la différence des idéologies conquérantes du XXe siècle, il y a plus de nostalgie que d'anticipation dans leurs programmes. Ils expriment une attitude, une façon de dire non, l'expression d'un rejet plutôt qu'une nouvelle voie. Ils dénoncent les méfaits de la mondialisation, mais hésitent à embrasser franchement le nationalisme. En fin de compte, ils risquent de préparer le terrain du nationalisme, et deviennent souvent une passerelle vers l'extrême droite.

La crise des partis conservateurs

Les vrais vainqueurs de 1989 seraient-ils alors la droite de Ronald Reagan et Margaret Thatcher ? Ils peuvent à juste titre revendiquer d'avoir accéléré, par une course aux armements qu'un système soviétique épuisé ne pouvait pas suivre sans se détruire lui-même, l'effondrement de l'URSS. Ils peuvent prétendre qu'en faisant de l'initiative individuelle le principe moteur de toute société, ils frappaient au cœur un système soviétique fondé sur la prééminence des intérêts collectifs. En cela, ils étaient sans doute des adversaires beaucoup plus radicaux et plus dangereux que des dissidents qui rêvaient d'une autre forme de mobilisation collective.

Une cassette vidéo (qui me fut montrée par Lech Walesa quand je le rencontrai au printemps 1989) enregistrée lors de sa première rencontre avec Margaret Thatcher – quand il n'était encore qu'un leader syndicaliste – illustre cette distance. On y voit une Première ministre britannique, dont une des actions d'éclat fut de détruire la puissance syndicale, essayer de comprendre comment utiliser la force collective d'un syndicat pour assurer en fin de compte la libération des individus. On comprend par ses questions qu'elle est uniquement intéressée par le bénéfice tactique que le combat contre le pouvoir communiste peut retirer de la force syndicale incarnée par Lech Walesa. Et, de fait, le syndicat Solidarnosc, dont le rôle fut décisif en 1989, n'est plus aujourd'hui la force politique clef en Pologne. La solidarité syndicale y a perdu son pouvoir d'attraction.

Margaret Thatcher a en ce sens gagné. Mais elle a aussi perdu : les partis conservateurs de toutes les grandes démocraties sont en crise : aux États-Unis, le Parti républicain des précédentes décennies a été détruit par Trump, et le Parti républicain de 2021 n'a plus guère de ressemblance avec un parti conservateur traditionnel ; en Grande-Bretagne, le Parti conservateur s'est déchiré à propos du Brexit ; en France, la droite traditionnelle s'est effondrée d'un seul coup et peine à se redresser. Même en Allemagne, la démocratie chrétienne s'affaiblit. Dans chacun de ces cas, on invoque des circonstances particulières, mais il est difficile de voir dans ces crises qui interviennent presque simultanément une simple coïncidence. La droite classique a du mal à survivre à l'effondrement de la gauche. Elle ne peut mobiliser les conservateurs en brandissant l'épouvantail du collectivisme : un programme qui a été largement mis en œuvre ne peut plus mobiliser comme il mobilisait à l'époque de Thatcher. Privée d'ennemis, elle périclite, car elle a gagné au-delà de ses espérances et est maintenant la victime de l'idéologie qui a assuré sa victoire, la réaction conservatrice des années quatre-vingt. Le Parti républicain aux États-Unis, les conservateurs en Grande-Bretagne sont à la recherche d'une nouvelle idéologie. La célébration de l'individu porte en effet en elle la disparition de la dimension collective de l'action humaine, qui donne son sens à l'action de tous les partis politiques, y compris ceux de droite.

Dès 1987, Margaret Thatcher l'avait très bien dit, quand elle affirmait dans un entretien avec le magazine féminin *Woman's Own* : « Et vous savez, la société, ça n'existe pas. Ce qui existe, ce sont les individus, des hommes et des femmes ; ce sont les familles. Et aucun gouvernement ne peut faire quoi que ce soit sinon à travers les gens, et les gens doivent commencer par s'occuper d'eux-mêmes. » Elle ne mesurait peut-être pas, en prononçant cette phrase provocatrice, qu'après avoir redonné confiance à tous les partis conservateurs du monde, elle annonçait leur crise future.

Dans un monde où la société n'existe plus, la politique ne pouvait que perdre sa centralité, puisque seule compte désormais l'interaction entre des individus libres. L'avenir ne dépend plus de la « société », il n'est plus déterminé par la confrontation des groupes, il est dans les mains de chaque individu. Et chaque individu n'est libre que de poursuivre la maximisation de ses intérêts, tels que les décrit la théorie économique néoclassique. Comment mobiliser des électeurs sur un programme politique dont l'objectif affiché est la disparition de la politique ? En fin de compte, il était inévitable que la droite traditionnelle finisse elle aussi par se retrouver sans véritable programme politique, parce que l'essence de son programme était l'abolition de la politique et que 1989 a effectivement, pour un temps, presque réussi à l'abolir.

S'il n'y a plus de société, de cité, de *polis*, il n'y a plus de politique possible, alors même que le débat démocratique ne peut prospérer que s'il s'organise autour de quelques questions qui structurent une société. Dès lors qu'entre grands partis, il n'y a plus que des nuances d'exécution dans le champ devenu étriqué qui reste à la politique, les partis de gouvernement perdent inévitablement du terrain : qu'ils l'aient voulu – comme la droite thatcherienne – ou subi – comme la gauche traditionnelle –, la réduction du champ de la politique telle qu'ils la définissent réduit leur propre base. La gauche et la droite « de gouvernement » sont atteintes de la même maladie.

La place centrale de l'État comme objet de conquête de la politique est remise en cause, car sa conquête a de moindres conséquences. L'État ne porte plus les espérances d'une société. Pis, comme un grand navire qui ne change de cap que très lentement, alourdi par un siècle de croissance ininterrompue, il est de plus en plus imperméable aux impulsions de la politique. L'État qui cherche à regagner une légitimité est en effet un État qui se veut apolitique. Un État expert, un État assureur, protégeant du risque plutôt que défendant une certaine idée de la justice.

Abolir la politique ?

La politique traditionnelle n'a plus d'idéologie à départager, d'intérêts collectifs à arbitrer. Au contraire, elle tente d'écarter tout ce qui pourrait fausser le jeu de lois économiques supérieures, quitte à en adoucir les effets. Partie calcul tactique – il faut attirer le plus grand nombre possible d'électeurs –, partie conviction idéologique – c'est l'individu qui est roi –, les responsables politiques n'hésitent pas à se présenter en techniciens gestionnaires de la société, abrités par l'autorité du savoir. Ils prétendent être la voix de la raison, gommant les conflits d'intérêts au profit d'une vision scientifique de la société, simple agrégat d'individus à la poursuite de leur bonheur personnel.

Le corollaire de ce déclin de la politique et de l'État est la montée des institutions spécialisées dont l'autorité réside dans leur indépendance, dans leur apolitisme : banques centrales, autorités de la concurrence, Commission européenne… L'affirmation de plus en plus stridente de l'indépendance des banques centrales a coïncidé avec la période d'inflation qui suivit le choc pétrolier de 1973 : les mesures de lutte contre l'inflation ne pouvaient qu'être très impopulaires, et aucun gouvernement démocratique ne pouvait les adopter sans prendre un grand risque politique. Paul Volker, gouverneur de la Banque centrale américaine, n'aurait jamais pu prendre les mesures brutales qui cassèrent l'inflation aux États-Unis, mais firent bondir le chômage, s'il n'avait pas été protégé des réactions de l'opinion publique par le dogme de l'indépendance de la Banque centrale. On pourrait faire un raisonnement voisin pour la Commission européenne, qui n'aurait pas pu pousser l'intégration européenne comme elle l'a fait si elle avait dès l'origine été soumise à un contrôle démocratique. La prolifération d'institutions indépendantes a été pour des classes dirigeantes qui n'étaient plus protégées par le suffrage censitaire le moyen d'échapper à la tyrannie du suffrage universel et d'affirmer, à côté de la légitimité démocratique, la légitimité du savoir. Mais le savoir auquel on a demandé assistance pour fonder une nouvelle légitimité non seulement avait perdu le caractère problématique que doit garder tout savoir, mais prétendait de plus en plus à l'exclusivité, aux dépens d'une légitimité démocratique que la crise de la politique engendrée par la fin de la guerre froide avait affaiblie.

TINA (*There is no alternative*) est ainsi devenu l'ultime argument, exact opposé de la formule utilisée dans un autre temps – 1953, en pleine guerre froide – par Pierre Mendès France, qui avait dit dans un discours célèbre : « Gouverner, c'est choisir. » Ce n'est pas le moindre paradoxe de l'après-guerre froide que l'émancipation de l'individu a d'abord débouché sur l'élimination de la politique et la réduction des choix. Gouverner n'était plus choisir, mais seulement créer les conditions qui permettent à chaque individu de faire son choix. L'individu « libre » de la théorie économique a devant lui une infinité de choix, et l'autorité politique se retrouve ligotée par ces choix individuels. L'individu est libre, mais l'État qui est supposé le représenter est devenu l'esclave des experts. Certains diront qu'il n'y a là rien de nouveau. La droite traditionnelle s'est toujours abritée derrière la contrainte économique pour conserver. Elle s'abrite maintenant derrière des institutions, et elle y a été rejointe par une partie de la gauche traditionnelle qui embrassa un moment avec enthousiasme les nouveaux dogmes : quand, dans une Europe dominée par le centre droit, la gauche a dû choisir entre le risque d'une crise européenne et le risque d'une crise de la gauche, elle a sans hésitation choisi de préserver l'Europe, pour sauvegarder la possibilité d'une puissance européenne indépendante qu'elle voyait comme la matrice du monde à venir. Ce faisant, elle a sacrifié le volontarisme politique national à la possibilité d'un futur volontarisme européen. Elle avait refusé le communisme scientifique ; elle a dû accepter l'autorité de la science du marché. Et, à l'instar des démocrates américains, une partie de la gauche, n'ayant plus de programme économique crédible, a trouvé dans les valeurs de l'antiracisme et de la libération des mœurs un socle moral de substitution.

1989 ne marque donc pas seulement la fin du collectivisme soviétique. L'effondrement du monde soviétique a emporté provisoirement avec lui non seulement l'utopie mobilisatrice d'un monde meilleur, mais l'idée même d'un projet collectif, que ce soit un projet de transformation ou un projet de conservation. Orphelins des idéologies dont nous avons trop tard compris l'immense capacité destructrice, nous le sommes aussi de la politique classique, qu'elle soit de droite ou de gauche. La mise en question du rôle central de la politique bouscule le fonctionnement des démocraties : l'action collective qui s'organisait dans la confrontation politique tourne à vide, et la conquête du pouvoir a cessé de faire rêver. À quoi bon vouloir conquérir l'État quand on ne croit plus à l'État ? À quoi bon vouloir penser une autre société quand il faut, comme le recommande Margaret Thatcher, d'abord s'occuper de soi-même ? À quoi bon débattre de l'avenir de son pays si cet avenir vous échappe, individuellement et collectivement ? Le totalitarisme soviétique avait prétendu évincer la politique au nom du socialisme scientifique. L'individualisme post-1989 a la même prétention au nom du capitalisme scientifique : il dissout la « chose publique » dans l'acide de l'action individuelle, une liberté moderne qui n'est plus tempérée par la mémoire de la liberté des Anciens et l'ambition d'une action collective. L'utopie d'un autre monde a été étouffée. Le triomphe d'une vision de l'individu réduit à son rôle d'agent économique, sans relation organique avec la société à laquelle il appartient, en détruisant la société et donc les nations, détruit la politique. L'individu, privé de tout projet collectif, ne sait plus qui il est, et la société, agrégat d'atomes libres de toutes attaches, se déstructure, vidant le débat politique de sa substance.

La politique, telle qu'elle fut inventée par les Grecs, semble ainsi arriver au bout d'un long cycle : elle a commencé par l'immense ambition d'organiser dans la cité des hommes le dialogue des idées d'où émergerait la raison. Les démocraties modernes ont été plus modestes, prétendant seulement organiser la confrontation pacifique des intérêts collectifs. On voit aujourd'hui comment même cet objectif plus limité paraît hors d'atteinte, car la crise simultanée de la gauche et de la droite détruit le terrain commun sur lequel pouvait s'engager la négociation des intérêts, projet contre projet. L'espace public disparaît, et avec lui le débat politique : il n'y a plus de lieu où échanger les arguments de la raison ni où négocier la confrontation d'intérêts rivaux. À défaut de rassembler autour de programmes, la politique rassemble désormais sur des identités. Et ces identités, construites sur l'affirmation d'une différence, loin d'organiser la société en groupes qui pourraient structurer un débat politique, la fragmentent presque à l'infini.

Cette défaite de la politique a sur les démocraties contemporaines des conséquences redoutables : désormais impuissantes à négocier des intérêts, elles sont confrontées au choc des identités, qui menace d'achever de détruire des communautés politiques en lambeaux : on ne négocie pas une identité. Incapables de rétablir un terrain commun où puisse s'installer un vrai débat, les démocraties battent en retraite et s'efforcent de gérer pacifiquement, grâce à la règle de droit, la fragmentation croissante de la société, en restreignant, au nom de la sauvegarde d'un espace commun, tout propos, toute action susceptible de provoquer l'inconfort du voisin. Au lieu de proposer un projet collectif incarné dans un programme politique, les partis limitent leur ambition à la protection de nos identités particulières. De même que nous nous sommes protégés du Covid-19 en gardant à distance nos semblables et en évitant de leur tousser à la figure, nous devons désormais éviter toute intrusion dans la zone de confort de l'autre, en contrôlant nos propos pour ne jamais choquer. Il appartient à la loi de veiller à ce qu'aucune image, aucune pensée, ne trouble la tranquillité publique. Beaucoup de libéraux américains, jadis fervents défenseurs de la liberté d'expression, se sont convaincus que l'autocensure généralisée est désormais la seule manière de garder un monde vivable. Ils demandent qu'on codifie de plus en plus rigoureusement la parole publique. Faute de pouvoir compter sur des citoyens pour constituer un corps politique, ils doivent se résigner à remplacer le dialogue de la raison par la cohabitation tendue de groupes fermés sur eux-mêmes et qui s'ignorent. La définition de ce qui constitue une offense ne cesse donc de s'étendre. Ainsi, même dans les universités, en principe lieux de dialogue et de critique, il est de plus en plus fréquent que les professeurs se censurent, veillant à éviter tout propos qui pourrait offenser leurs étudiants, et les prévenant de l'inconfort que pourrait créer la lecture de certains livres. Quant à l'information historique, tandis que certains pays européens (France, Allemagne, Italie…) ont légiféré pour interdire la négation de faits historiques avérés comme l'holocauste, ce précédent incite des activistes américains à exiger qu'on aille beaucoup plus loin et que toute publication de fausse nouvelle puisse être poursuivie devant les tribunaux. L'impossibilité du débat de la raison débouche sur la fuite en avant vers une histoire officielle.

Cependant, quand tout acte peut devenir offense, le cloisonnement de la société en groupes repliés sur eux-mêmes a de plus en plus de mal à assurer la paix : les manifestants violents qui, au nom de la protection de la planète, empêchent les consommateurs d'acheter le jour des soldes, les militants qui obtiennent la non-diffusion de films réalisés par des auteurs accusés d'abus sexuels, les étudiants qui n'acceptent pas l'« offense » faite au groupe dont ils s'estiment être les membres poursuivent, par des chemins divers, le même objectif : préserver de toute contradiction, même argumentée, la quiétude confortable des certitudes dans lesquelles ils se sont enfermés. Ils recherchent la même paix que ne troublerait aucun élément extérieur ; ils la trouvent dans une juxtaposition de bulles fragiles qui risquent d'éclater au moindre contact. La politique, en passant de la confrontation des intérêts à celle des identités, devient plus imprévisible et plus brutale.

CHAPITRE 4

La nouvelle politique

La politique a changé de monde, mais elle ne change plus le monde. Dans beaucoup de pays, et pas seulement les démocraties occidentales, les catégories traditionnelles – droite/gauche – sont de moins en moins pertinentes. Comment en serait-il autrement quand le plus grand pays communiste du monde, la Chine, est devenu un temple du capitalisme et une vitrine de l'inégalité ? Chacun voit ce grand chamboulement en fonction de la place où il se trouve dans l'échelle des richesses et des espérances. Les pays riches regardent avec angoisse un avenir où ils ne sont plus assurés de rester l'avant-garde du monde. Les pays dont la population sort de la misère voient bien naturellement l'avenir avec confiance et optimisme. Le « déclinisme » qui s'est emparé des grandes démocraties occidentales leur est étranger.

Le phénomène remarquable de notre temps est cependant que, malgré ces immenses différences de situation, il y a entre les leaders et les partis très divers qui incarnent la nouvelle politique une sorte de cousinage qui transcende les frontières et les régimes politiques. Sur le fond comme dans la forme, de Modi à Erdogan, de Duterte à Trump, les mêmes passions, et souvent la même violence apparaissent, comme si l'esprit du temps avait changé.

Par beaucoup de traits, la situation actuelle rappelle les années trente et la montée des régimes fascistes. Aujourd'hui comme hier, on observe une montée des peurs, un accroissement de la violence qui va de pair avec un mépris de la recherche de la vérité donnant toutes leurs chances aux *fake news*. Les moutons perdus sont inquiets et veulent retrouver un troupeau, quel qu'il soit : ils courent dans tous les sens, ballottés par des peurs multiples dont s'emparent les nouveaux entrepreneurs de la politique. Les nazis des années trente jouaient sur la peur qu'inspirait le communisme, et la droite conservatrice allemande leur a ouvert les portes du pouvoir par peur de la gauche. Aujourd'hui, dans les démocraties les plus riches, les entrepreneurs de la politique jouent sur de nouvelles peurs – la peur du terrorisme, la peur des migrations et de la disparition de la société traditionnelle – et font ainsi glisser la droite et une partie de la gauche vers l'extrême droite, ouvrant la voie à des alliances encore impensables il y a quelques années. Dans des pays pauvres, on mobilise sur d'autres thèmes – pogroms antimusulmans en Inde, lutte contre les trafiquants de drogue aux Philippines… Mais les mêmes dynamiques de peur sont à l'œuvre. On se rassemble davantage par la peur et l'exclusion que par l'adhésion.

Comme dans les années trente, la violence, dans les paroles comme dans les actes, est réapparue, y compris dans des démocraties qu'on croyait apaisées. Cette violence nouvelle est en partie la conséquence de ce que j'ai décrit dans le précédent chapitre.

La politique sans boussole

La table de la politique a été renversée, et on n'y retrouve plus ni l'échiquier ni ses pièces. Le cadre intellectuel qui structurait le débat politique s'étant effondré, les électeurs des démocraties n'ont plus de boussole qui les guide. Cela explique l'extrême fluidité des alignements politiques. On s'accroche à ce qui paraît réussir, quitte à ce que le désamour soit aussi soudain que l'engouement. Des partis nationalistes de droite ou d'extrême droite s'entichent de la Chine ou de la Russie. Des pauvres apportent leurs suffrages à ceux qui allègent l'impôt des riches et réduisent leurs prestations sociales. Comment expliquer de tels paradoxes ? Comment peut-on voter contre ses intérêts ? Par ignorance ? Par bêtise ? Les démocrates américains se sont persuadés que leur recul était temporaire, le fruit d'un malentendu, le triste résultat du vote de tous ces « déplorables », comme les a appelés Hillary Clinton, qui ne savent pas ce qu'ils font. Une campagne méthodique des démocrates a depuis l'échec de 2016 permis de ramener au parti une partie des classes populaires du Middle West, mais, dans le même temps, Trump a lui aussi augmenté son score, obtenant même le soutien d'une petite minorité de Noirs et d'un tiers des Hispaniques. Les démocrates l'ont finalement emporté, mais les républicains ont obtenu plus de suffrages qu'Hillary Clinton en 2016 ! En Europe aussi, à la surprise de la gauche traditionnelle, dont les résultats électoraux baissent à chaque scrutin, une partie significative des anciens électeurs de gauche, orpheline de ses leaders traditionnels, rejoint la droite extrême, et les ouvriers votent en plus grand nombre pour l'extrême droite que pour l'extrême gauche ou la droite.

Les règles de la grammaire traditionnelle de la politique sont périmées, et plusieurs élections ont montré les limites de l'idée reçue selon laquelle les élections se gagnent au centre, auprès d'électeurs indécis, qui d'une élection à l'autre changent de camp. Les entrepreneurs de la nouvelle politique tablent sur le fait que l'indifférence remplace l'indécision, et que les électeurs qui hier n'avaient pas de fortes convictions politiques ne se déplacent même plus pour voter. Leur camp est désormais celui des abstentionnistes. Ces électeurs ne croient plus à la possibilité du changement, et encore moins à la capacité des politiques de le conduire. Essayer de les séduire n'est donc pas un investissement rentable, car il faut beaucoup d'efforts pour les convaincre de voter, et ce avant même de les convaincre de voter pour son camp. La priorité n'est donc plus d'aller chasser l'électeur centriste aux marges de son camp par un discours modéré auquel personne ne peut objecter : cette modération ne fera que confirmer les indifférents dans leur conviction que la politique est un breuvage insipide qui ne mérite pas d'être goûté. La priorité est à rechercher dans la direction exactement opposée, auprès de sa base, auprès de ceux qui sont le plus éloignés du centre, un centre qui peine à exister comme force politique. Les nouveaux leaders mobilisent leur base avec un tout autre discours que celui qui peut attirer le centre : ils ne cherchent pas un terrain commun et, au lieu de gommer leurs différences pour plaire à tout le monde, ils s'efforcent désormais de les souligner. L'objectif n'est pas de rassembler par le compromis des électeurs divers, mais de creuser les clivages. Dès lors, ce qui choque, ce qui va faire fuir les tièdes et les modérés, est précisément ce qui va mobiliser la base. Le pari est gagné si, par la brutalité du langage et des actes, on mobilise davantage sa base qu'on ne fait sortir de leur indifférence ceux qui ne croient plus à la politique. La dernière élection américaine ne s'est pas jouée au centre, mais dans une mobilisation sans précédent du corps électoral, où chaque parti a accentué ce qui le séparait de son adversaire. Ce raisonnement fut celui des partis fascistes, qui ne cherchèrent jamais à se rendre « respectables ». Il ne s'agit plus de présenter la politique qui aura le plus large soutien, celle qui est la plus « réaliste », et l'espoir des politiciens traditionnels de contrer les extrêmes en soulignant l'irréalisme des programmes qu'ils avancent est régulièrement déçu.

La brutalité croissante du langage politique, du président Trump aux gilets jaunes en France, peut alors être célébrée comme un sain retour à l'honnêteté : ne pas offenser, c'est commencer de mentir. Le langage de la colère est devenu le langage de la politique dans beaucoup de démocraties occidentales. Volontairement provocateur, il sonne la revanche sur l'hypocrisie policée de l'ancienne politique. Il faut « dire les choses comme elles sont ». Exister, c'est ignorer les autres. La civilité – le respect des autres –, cette composante essentielle de la vie en société, l'implicite d'une société, sa fondation invisible, disparaît. L'espace partagé de la raison, qui depuis l'Antiquité a été le socle du débat démocratique, se fragmente en une multitude d'îlots de certitudes incompatibles et irréconciliables. À quoi bon ménager ceux avec qui on n'a rien de commun ? À quoi bon chercher avec eux une vérité partagée ? Insulter, mentir n'ont pas de conséquences quand on n'est pas destiné à se revoir, quand le fil du temps ne relie plus passé, présent et futur. On se désintéresse de la vérité non en se référant à une vérité supérieure, mais parce que l'idée même de vérité est devenue suspecte. Elle est le vestige d'un monde où existait un espace commun, dont elle était la ligne d'horizon, ligne jamais atteinte, mais toujours désirée. Les spécialistes de la communication diraient que la vérité a cessé d'être « porteuse » : elle n'est plus à la mode, et c'est la controverse qui attire. Le chemin semé d'embûches qui conduit à des vérités toujours problématiques est insupportable à une foule impatiente de certitudes, et l'idée même que la vérité est une recherche permanente paraît un peu désuète, voire ridicule. Désormais, la seule vérité qui compte est celle avec laquelle on vit, dans la forteresse de ses certitudes.

À l'arrogance du savoir répond l'arrogance de l'ignorance. Triste revanche qui conduit directement à l'obscurantisme…

Chacun a désormais ses faits à lui, qui construisent un rempart contre les attaques d'un monde aussi incontrôlable qu'incompréhensible. Les faits deviennent des opinions et les opinions des faits. Les contester, leur opposer d'autres faits devient une menace existentielle. Sur la scène de la politique, chacun désormais hurle plus qu'il n'argumente sa vérité, car la vérité de l'autre ne peut être que mensonge. Dans un monde sans référence partagée, le rappel des faits devient intrusion, et la statistique la plus incontestable, parce qu'elle crève la bulle protectrice, et ignore les émotions individuelles et la réalité des souffrances personnelles, est une insulte.

Comme l'a montré Hannah Arendt dans *Le Système totalitaire*, la cible idéale d'un régime totalitaire n'est pas le communiste convaincu ou le nazi convaincu, mais celui pour lequel la différence entre le fait et la fiction, entre le vrai et le faux, n'existe plus. « Les leaders des partis de masse totalitaires ont fondé leur propagande sur une hypothèse psychologique correcte : dans des conditions données, on peut faire croire aux gens les affirmations les plus absurdes un jour, et être cependant assuré que, si le lendemain une preuve irréfutable leur est donnée de la fausseté de ces affirmations, ils se réfugieront dans le cynisme ; au lieu d'abandonner les leaders qui les ont trompés, ils prétendront qu'ils ont toujours su qu'il s'agissait d'un mensonge, mais ils admireront leurs leaders pour l'habileté tactique supérieure dont ils ont fait preuve ». Cette analyse, qui décrit bien les pratiques d'Hitler et de Staline, s'applique parfaitement à la période contemporaine, y compris le dernier épisode de la pandémie, où Trump et d'autres avec lui ont pu tour à tour minimiser les risques pour ensuite se vanter de leur prescience sans que leur popularité ait trop à souffrir de ces contradictions.

Cette relation nouvelle à la vérité, ou plutôt ce désintérêt pour la recherche patiente de la vérité, dévalue le politicien traditionnel, gardien de l'espace public où devait se révéler l'intérêt commun. Il n'est plus respecté comme un professionnel de la négociation de compromis, car le compromis est mensonge. Pire, il est accusé d'être un menteur dès qu'il bouscule une « vérité » particulière. La complexité ne fait plus recette. On l'appelle enfumage. Cette hostilité viscérale aux politiciens rappelle le rejet dont ils furent l'objet dans les années de la montée des fascismes : dans la hiérarchie des métiers, la profession politique est à nouveau tout en bas de l'échelle. Beaucoup n'ont que soupçons et mépris pour ceux qui prétendent avoir choisi le service du bien commun. Ou bien leur intérêt pour la politique n'est que le déguisement d'intérêts privés – et le dévouement apparent à la chose publique n'est que le masque de leur corruption. Ou bien le choix d'une carrière politique est un choix par défaut : comme les fonctionnaires, également méprisés, ils ont choisi la politique faute de mieux. Triste alternative qui fait du responsable politique un pourri ou un incapable, sinon les deux à la fois.

Un nouveau type de leaders apparaît alors, dont le profil rappelle ceux qui émergèrent il y a un peu plus d'un siècle quand montaient les fascismes. Le culte du chef, de l'homme fort qui transcendera les divisions d'une société, se répand. Le narcissisme de Trump, ce besoin pitoyable de toujours se rassurer sur lui-même en affirmant sa supériorité est un écho des histrionades de Mussolini, lui-même modèle d'Hitler avant d'en devenir la parodie. La multiplication des hommes – et exceptionnellement des femmes – providentiels en est l'illustration. On se mobilise désormais derrière des individus charismatiques dont on n'attend pas qu'ils argumentent, qu'ils convainquent les autres, mais qu'ils affirment, confirmant les certitudes dans lesquelles on s'est enfermé.

Le culte du chef, la personnalisation extrême de la politique diffèrent cependant sur un point essentiel de la révérence dont Hitler, Staline, Mao Zedong bénéficièrent. Seul Xi Jinping semble tenter de recréer en Chine le mythe du leader surplombant la nation de sa sagesse. Mais, dans la plupart des pays, l'individu-masse ne demande pas à ses chefs de lui être supérieurs, car il ne croit plus au leader démiurge qui va imprimer sa marque sur un État fort. Il le veut au contraire le plus ressemblant possible à sa propre médiocrité. Il revendique le droit à la vulgarité. L'admiration est un sentiment qui lui fait horreur, car il le ressent comme une diminution de lui-même. Les fidèles de Trump, de Salvini ou de Duterte n'attendent plus du responsable politique qu'il représente des idées, mais plutôt qu'il incarne un caractère. Et plus le caractère est tranché, provocant, outrageusement excessif, plus il attire, comme si les excès de sa posture offraient à tous ceux qu'écrase la fatalité du monde une sorte de revanche symbolique. On attend du chef qu'il soit, plutôt qu'un modèle, un miroir, le « selfie » d'une médiocrité partagée.

Cette différence est révélatrice du chemin parcouru par la politique en un siècle. Dans ses méthodes, dans son style, dans sa brutalité, la « nouvelle politique » rappelle la montée des fascismes. Dans ses ambitions, elle en diffère assez profondément. Bien sûr, la conquête du pouvoir reste le but de la politique, mais il est de plus en plus douteux qu'elle en soit le seul objet : le scepticisme sur le pouvoir et l'État est une différence majeure avec les années trente du siècle dernier. La conquête du pouvoir n'a plus le même sens : il s'agit de moins en moins, par une action collective, de faire de l'État l'agent d'une transformation de la société, et, dans la plupart des cas, il n'y pas d'ambition collective de créer un nouveau rapport de force, pour retrouver un sentiment de maîtrise du monde. Les militants du XXe siècle croyaient encore avec Karl Marx à la possibilité de « changer la vie », beaucoup de militants du XXIe siècle n'y croient plus. Quand on ne croit plus à l'État, mais seulement à des personnes, le « programme » perd grandement de son importance.

On aurait pu penser que le rôle central assumé par l'État pendant la crise sanitaire et économique le réhabiliterait, et avec lui la sphère des intérêts publics et la politique : la pénurie de moyens pour faire face à l'urgence a donné aux défenseurs de la « chose publique » de bons arguments pour plaider que la logique de l'argent et des intérêts privés est dangereuse quand on l'applique à des biens collectifs qui requièrent une perspective de long terme. La rentabilité des chaînes d'approvisionnement tendu est apparue comme une grave erreur, quand il a fallu assurer la sécurité d'une nation. Statuer sur ce qui est nécessaire pour faire face à un événement improbable mais catastrophique s'il se produit, pandémie ou guerre, déterminer l'étendue de la solidarité, et donc les mesures de protection, sont des décisions auxquelles ni la logique de l'individu à la poursuite de son bonheur personnel ni la logique du savoir n'apportent de réponse. L'horizon d'une communauté humaine n'est pas celui du profit, et les critères de bonne gestion d'un État ne sont pas ceux d'une entreprise. Nous avons fait en grandeur réelle l'expérience de la fragilité relative des États, de leur dépendance à l'égard des entreprises, elles-mêmes tributaires de chaînes d'approvisionnement globales, mais aussi de leur utilité.

Cependant, le plus remarquable est d'observer à quel point ces considérations n'ont pas jusqu'à présent débouché sur une vraie réhabilitation de la politique traditionnelle. En Europe, à quelques exceptions près comme l'Allemagne, l'État reste l'objet de méfiance et de sarcasmes. On l'attaque volontiers pour son incompétence, mais personne ne propose les voies d'une véritable refondation. Il suffit, pour mesurer son effondrement, de comparer les discours que pouvaient tenir un Roosevelt ou un Léon Blum dans les années trente du dernier siècle avec ceux qu'on entend aujourd'hui. La crise sanitaire ne réussit pas à relégitimer la politique, car les opinions publiques sont aussi désemparées que les politiques sur la réponse à la pandémie, et les héros vers lesquels se tourne une partie significative de l'opinion ne sont pas des responsables politiques, mais des médecins médiatisés transformés en thaumaturges.

Dans ce monde désenchanté où monte la violence et rôde la tragédie, la politique donne alors, et paradoxalement, l'impression d'être une comédie d'une extraordinaire légèreté. Une réputation se bâtit sur des images, sur un style, mais il suffit d'une image pour l'ébranler, comme le Premier ministre canadien en fit l'expérience, quand une photo de jeunesse apparut, le montrant maquillé de noir. Peu importe alors que ses actes de gouvernement aient été antiracistes. L'image a presque détruit un bilan honorable, et il ne saurait s'en plaindre, car ce sont aussi des images, autant que des actes, qui avaient d'abord bâti sa popularité. La volatilité de la politique contemporaine, où des mouvements, des héros disparaissent presque aussi vite qu'ils sont apparus, ne devrait donc pas surprendre. La tragédie du monde se joue ailleurs, dans les villes de Syrie, dans les villages du Yémen, dans les camps du Myanmar, très loin de la ronde de plus en plus frénétique que dansent des dirigeants qui se tutoient et s'appellent par leur prénom, un instant avant de s'insulter ou, pour certains, de faire assassiner leurs opposants. La politique est de plus en plus violente, mais elle est de moins en moins sérieuse.

La politique n'est trop souvent que la scène de théâtre où chacun peut prendre sa revanche sur le triste aujourd'hui. Nulle surprise, donc, si tant de nouveaux politiques sont d'abord des comédiens comme Beppe Grillo ou Volodymyr Zelensky, ou même Donald Trump, qui doit sa réputation médiatique à une émission de téléréalité plus qu'à sa carrière – incertaine – dans l'immobilier. La *com'*, le *spin* sont de moins en moins l'emballage de la politique, ils sont la politique même, une scène de théâtre où les symboles et les images finissent par compter davantage qu'un réel sur lequel beaucoup ont renoncé à avoir prise. On tente de maîtriser les perceptions à défaut de maîtriser les réalités. Il arrive cependant que la réalité s'impose, comme ce fut le cas avec la pandémie. Le théâtre alors ne suffit plus, et l'insuffisance de la politique symbole ne peut plus être ignorée. Mais, même dans cette situation extrême, le théâtre reprend vite ses droits.

Peut-on vivre sans utopie ?

Comment mobiliser sa base quand on n'a plus de programme ? Quelle pièce joue-t-on sur la scène du théâtre ? Quelle peut encore être l'ambition de la politique ? Débarrassée de la droite et de la gauche, sans illusion sur la capacité des États à modeler une société, autour de quels étendards la nouvelle politique peut-elle espérer rallier ses troupes ? Quel est son combat ?

Peu après la fin de la guerre froide, en un temps où pourtant dominaient encore l'optimisme et la confiance dans l'avenir, François Furet écrivait : « L'idée d'une autre société est devenue presque impossible à penser, et d'ailleurs personne n'avance sur le sujet, dans le monde d'aujourd'hui, même l'esquisse d'un concept neuf. Nous voici condamnés à vivre dans le monde où nous vivons. » Quand Furet dressait ce constat désabusé, il pouvait imaginer que la gestion remplacerait la politique, ou que la politique se réduirait à une confrontation paisible et organisée d'intérêts se disputant le pouvoir sur un territoire bien défini. Vingt ans plus tard, nous savons que ce n'est pas le cas. Les communautés humaines ne se satisfont pas d'un monde sans utopie. Elles ont besoin d'adhérer à un rêve collectif, mais l'irréalisme assumé des nouveaux politiques du XXIe siècle n'a rien à voir avec les utopies modernistes du XXe siècle. Ils ne proposent ni un Reich de mille ans ni l'avenir radieux du socialisme.

Les utopies identitaires ont remplacé les utopies de projet, et le secret de leur réussite est de permettre à un groupe de s'identifier, de se définir. Le programme est alors moins un catalogue de mesures qu'un défilé de symboles. Les promesses de souveraineté de Boris Johnson n'auront sans doute guère plus de réalité que le mur de Trump, le port du voile ne débouche sur aucune action tangible, sinon, dans le cas de certains islamistes, sur l'atrocité d'un acte terroriste, mais qu'importe pour leurs promoteurs : ce qui compte dans ces actions, c'est moins leurs conséquences pratiques que le signal qu'elles envoient. Et quand ce signal va jusqu'au crime, le crime scelle l'appartenance à la communauté.

Les utopies du ressentiment

L'utopie est donc revenue. Elle n'est pas l'utopie transformatrice des grandes idéologies du XXe siècle. Elle est de moins en moins une utopie de conquête du pouvoir. La complexité insaisissable du monde crée un sentiment d'impuissance qui nourrit la colère. Et cette impuissance même devient une composante de l'identité : on communie dans un ressentiment partagé, le ressentiment de l'invisibilité à laquelle on est condamné. Cynthia Fleury montre très bien comment ce ressentiment peut être nourri par le désir démocratique d'une égalité hors d'atteinte. On est victime plutôt que citoyen. Tout en récusant l'idéologie de l'individu et en affirmant le besoin d'une identité collective, cette idéologie du ressentiment est le produit de l'idéologie de l'individu, car la communauté qu'elle essaie de construire n'a plus pour fonction de porter un projet collectif, mais seulement de venir soutenir des identités individuelles menacées. On se tourne vers le collectif moins pour établir un rapport de force, pour défendre des intérêts, que pour retrouver cette identité, fut-ce dans un monde imaginaire. Après des décennies d'une poursuite exténuante de la réussite individuelle, qui émiette les communautés humaines, le besoin de communier dans une identité collective partagée est aujourd'hui un phénomène universel, et il s'exprime avec brutalité. Partout on observe la même âpreté, le même appétit violent de rejoindre ceux qui vous ressemblent, et surtout d'exclure ceux qui ne vous ressemblent pas, au risque d'accentuer les collisions internes. Partout, grâce à l'internet, on mobilise ses semblables, ou plus exactement, ceux qui ont en commun la même différence. Le désir d'homogénéité débouche sur l'affirmation passionnée de sa différence, nationale, ethnique, religieuse, culturelle. La diversité devient intolérable.

Les individus qui ont fait l'amère découverte qu'ils ne changeront pas le monde refusent que le monde les change. Il ne s'agit donc pas pour les adeptes d'une nouvelle politique de redonner à des institutions la puissance qu'elles ont perdue, mais de protéger une identité en définissant des lignes de partage, des frontières qui délimitent le groupe et lui donnent consistance par rapport aux autres. La perte de centralité de l'État comme enjeu du débat public et l'importance croissante des mondes imaginaires explique l'apparition sur toute la planète de mouvements qui existent à côté des États plutôt que contre eux. Qu'ils se regroupent dans les meetings de la National Rifle Association (NRA) aux États-Unis ou sur les ronds-points de France, les nouveaux militants de la politique recherchent d'abord la chaleur de valeurs partagées. D'un pays à l'autre, ces stratégies qui remplacent un programme politique par un projet identitaire varient. Mais elles ont toutes un point commun : nationalistes, islamistes, entrepreneurs de l'identité, ils partent à la reconquête d'un espace d'expression plus que d'action.

Les nouveaux nationalismes

Le nationalisme est la réponse la plus simple : il offre la clarté tangible de la frontière géographique qui sort de l'univers flou et angoissant de la mondialisation. Les nationalistes célèbrent, face au triomphe de l'individu, les cadres traditionnels de la solidarité, famille et nation. Comme les fanatiques religieux, ils font de l'objet de leur passion une chose. Peu leur importe que la réponse à la question de Renan, « qu'est-ce qu'une nation ? », soit encore beaucoup plus difficile à donner aujourd'hui qu'il y a cent cinquante ans. Leur priorité est de maintenir, par la peur s'il le faut, une cohésion nationale menacée. Le terrain qu'ils prospectent est fertile : appauvris de leur passé, ou divisés par lui, les individus solitaires et sans mémoire qui composent les sociétés contemporaines cherchent une appartenance, un groupe auprès duquel se réfugier ; ils se découvrent faibles et menacés par un monde hostile, et rêvent de retrouver un sentiment d'appartenance qui se nourrirait d'une mémoire et de rêves communs, forgés par les mille liens qui tissent la toile fragile d'une société : un capital secret de souvenirs anciens et d'émotions partagées.

En Europe et aux États-Unis, ces rêves prennent la forme de nationalismes défensifs, plus rétrospectifs que prospectifs, réfugiés dans un passé où Europe et Amérique ont dominé le monde. Ce sont des nationalismes de la peur, enracinés dans la crainte d'un avenir imprévisible. Les mythologies nationales avec lesquelles les nationalistes mobilisent leurs adhérents sont bien différentes de celles qui, il y a un siècle, opposaient les Teutons et les Gaulois. Pour les vieilles nations européennes, le passé n'est plus que la nostalgie d'un temps où c'était l'Europe qui faisait irruption dans le monde, et non l'inverse. Ce repli sur soi explique que les nationalistes d'aujourd'hui s'entendent si bien entre eux : aucun enracinement dans un passé reconstruit ne se met en travers d'alliances de circonstance impensables il y a vingt ans. Le même parti d'extrême droite européen peut être cajolé à la fois par Steve Bannon – un ancien conseiller de Trump – et par Vladimir Poutine. Il faut d'abord penser à soi, et « mon pays d'abord » est un slogan commode. Repliés sur eux-mêmes, les nationalistes d'aujourd'hui ne sont pas impérialistes parce qu'ils ne sont pas universalistes, bien au contraire : il était commode d'être universaliste quand l'Occident était en expansion et dominait le monde. Il ne faut plus l'être quand il se contracte. L'évolution des États-Unis et la manière dont Trump a su capter la peur de l'uniformité sont révélatrices. Comme le montrent Ivan Krastev et Stephen Holmes, le refus du messianisme par les partisans de Trump ne traduit pas seulement une fatigue d'empire. Il exprime le refus de n'être que la matrice d'un monde uniforme. Le fameux exceptionnalisme américain n'est plus la lumière sur la colline qui doit inspirer le monde ; toute nation est exceptionnelle et doit suivre son chemin particulier. L'exceptionnalisme n'est plus le modèle d'un universalisme, mais son exact antagoniste. Les nouveaux nationalistes, à la différence des nationalistes du XIXe et XXe siècle, n'ont pas d'ambition au-delà de leurs frontières. Ils refusent seulement que le monde extérieur s'impose à eux et enragent qu'on leur dénie leur irréductible différence. Hongrois, Polonais, Américains ne sont pas seulement des agents économiques, exemplaires indéfiniment reproductibles d'un être abstrait construit par la théorie. Ils ont leur histoire, leur mémoire, qui ne ressemble à aucune autre et qui les relie à la fois à un passé et à une communauté unique. Et ils ne veulent pas que cette histoire unique ne soit qu'une étape vers une histoire universelle.

En Inde, en Chine, en Russie, le nationalisme a d'autres ressorts. Il vise d'abord à nier les différences internes ou à recréer le ciment social que la croissance rapide, ou, au contraire, la stagnation, risquent de détruire. L'Inde célèbre ainsi son hindouité, en excluant virtuellement de l'imaginaire national 175 millions de musulmans, et en réaffirmant la supériorité des hautes castes. La Chine et la Russie sont plus subtiles : elles prétendent respecter les diversités ethniques, mais elles les « folklorisent » et poussent systématiquement une culture dominante. Celle de la Russie, définie par la langue russe, dépasse les frontières du pays, ce qui fait craindre qu'elle annonce un nouvel impérialisme. La Chine, où les Han, groupe dominant, ont le nombre pour eux, conjugue endoctrinement, répression et peuplement pour noyer les différences. De façon moins brutale que dans les pays où on commence à douter du progrès indéfini de l'humanité, les sociétés enivrées de croissance sont elles aussi mises à l'épreuve de l'acide de la réussite individuelle, qui dissout les liens de la société : dans le désert spirituel légué par le communisme, ou dans l'aliénation de millions d'êtres humains qui résulte d'une affirmation agressive de l'hindouité, le nationalisme est en fin de compte le contrepoison le plus efficace.

La revanche des valeurs

L'alternative que proposent les islamistes occupe elle aussi le terrain de l'imaginaire, même si dans les pays où l'islam domine, les frères musulmans ont tenté de le transformer en projet politique, avec une ambition de conquête du pouvoir. Dans la plupart des pays cependant, et certainement dans les pays d'immigration où l'islam est minoritaire, c'est sur le terrain des rêves qu'ils livrent d'abord bataille. Dans la pratique de leurs actions, ils agissent aux marges de la société, se battant sur les symboles et les rites, à défaut de changer les structures économiques et politiques d'un pays. Et les islamistes les plus radicaux, ceux qui rêvent de revenir au temps du Prophète, ou les catholiques intégristes qui voudraient que l'Europe d'aujourd'hui soit celle de Catherine de Sienne attirent précisément parce qu'ils proposent un monde alternatif sans rapport avec celui dans lequel nous vivons. Sa séduction réside dans l'absence de passerelle avec le monde tel qu'il est, ce qui a le grand avantage de dispenser d'ouvrir un véritable débat. Le trait commun des fanatismes est de nous faire échapper à la complexité insupportable des choses en nous permettant d'accéder à des mondes clos qui se suffisent à eux-mêmes. La religion, ou plutôt l'idolâtrie, c'est-à-dire l'adhésion à une religion figée dans des rites, devient ainsi un chemin possible vers une identité devenue chose plutôt que poursuite complexe et toujours à construire d'une véritable foi. Le télévangéliste américain qui promet la richesse et le prédicateur islamiste qui promet le paradis sont en fait cousins : ils font de la religion une technique de réussite personnelle dont il suffit d'apprendre les règles, et demandent à leurs fidèles de bien suivre les recettes du manuel...

Ces stratégies, nationalistes ou religieuses, caricaturent la nation comme la religion, mais elles révèlent un besoin profond de notre époque, qui leur survivra : elles ont en commun d'être, ou de prétendre être, des combats pour les valeurs. Ce retour des valeurs est une manifestation de la crise générale de légitimité dont souffrent les institutions politiques à travers le monde ; dans les démocraties, cette crise prend la forme d'une rébellion contre une société dont la seule religion est celle du processus, et où la loi exprime moins la souveraineté du peuple que l'asservissement à la technique. La loi est devenue un alibi : les politiciens qui se cachent derrière la technique sont soupçonnés de continuer à trahir grâce à une ultime diversion : l'invocation de la règle de droit, et la célébration presque religieuse de processus qu'ils manipulent. Ils mettent l'accent sur la forme pour éviter d'avoir à répondre sur le fond. Quelle meilleure revanche, pour ces électeurs qui s'estiment bernés, que de replacer la politique sur le terrain des valeurs, à l'exact opposé de la religion du processus. J'ai montré comment cette crise de la politique touche tous les partis de gouvernement, qu'ils soient de gauche ou de droite. Les uns comme les autres ont compris qu'il fallait reconquérir le terrain des valeurs et essaient aujourd'hui d'échapper au piège dans lequel l'idéologie de l'individu les a fait tomber. La « droite » qui se radicalise y réussit cependant mieux que les partis traditionnels, et le combat est déséquilibré.

D'un côté en effet, il y a des choix assumés. Pour la réaction conservatrice, ces choix sont clairs et se résument en quelques phrases : l'homosexualité est un vice ; la civilisation occidentale est supérieure ; le christianisme est la vérité, l'islam est une menace ; la nation est le réceptacle de notre identité... De l'autre, du côté de la politique traditionnelle, il y a l'extension insupportable de l'idéologie du marché au terrain des valeurs. De même qu'un marché efficace est un marché ouvert sur lequel beaucoup de produits se font une concurrence libre, la meilleure société est celle qui laisse le champ libre à une multitude de systèmes de valeurs sur lesquels il ne convient pas de porter de jugement : la tolérance n'est plus la valeur d'une philosophie humaniste qui ne renonce pas à la recherche de la vérité, mais une commodité de fonctionnement dans une société sans repères. Cette célébration d'un processus est pour la réaction conservatrice la pire des hypocrisies : celle d'une société qui, sous couvert du respect des processus qu'elle a mis en place (liberté d'expression, discrimination positive...) consacre un ensemble de valeurs (tolérance des diversités raciales, sexuelles, religieuses) qui aboutissent à nier celles sur lesquelles leur société à eux repose. Cette subversion est d'autant plus insupportable qu'elle se fait en catimini. La corruption de la société, ce n'est pas le pouvoir de l'argent, les conflits d'intérêts, mais la dissolution des valeurs qui l'ont définie dans des processus qui sont d'autant plus nocifs qu'ils sont sournois : ces processus prétendent en effet contourner la question des valeurs en évitant soigneusement de se prononcer sur le fond, qu'il s'agisse de religion, de race, de mœurs. Le paradoxe qui voit les mêmes électeurs affubler la classe politique de l'étiquette « tous pourris » pour ensuite porter leurs suffrages sur des hommes dont l'intégrité est douteuse n'en est donc pas un. Comme l'explique très bien Peter Beinart dans un article de *The Atlantic*, ils n'ont pas la même définition du mensonge et de la corruption. La vraie corruption n'est pas la violation de la loi, mais celle des hiérarchies et des normes qui donnent à une société sa solidité. Peu importe que les leaders auxquels ces électeurs s'identifient mentent comme ils respirent. L'ultime mensonge est ailleurs, dans la prétention que des processus consacrés par la loi prétendent remplacer l'implicite qui assurait leur position dans la société. Pour eux, le mensonge et la corruption résident dans un État qui se prétend impartial et neutre, alors que sa règle de fonctionnement les menace dans leur être même. Le rôle de la politique n'est pas de promouvoir un illusoire intérêt général, mais d'imposer les valeurs qui redonneront une identité à ceux qui craignent de la perdre.

L'écologie renouvellera-t-elle la politique ?

Le retour des valeurs dans le débat politique est pour le moment capté par des stratégies identitaires, mais il est sans doute porteur d'avenir. C'est tout l'enjeu de la montée des mouvements écologiques dans le débat contemporain. La question de notre rapport à un monde fini va-t-elle permettre à la politique d'échapper aux logiques identitaires pour revenir à des débats sur des projets ? L'écologie sera-t-elle pour le XXIe siècle ce qu'a été le mouvement socialiste aux XIXe et XXe siècles, une utopie mobilisatrice qui va renouveler la politique ? La question écologique touche à tous les aspects de la vie d'une société, et elle est à ce titre éminemment politique : elle impose de faire des choix entre des objectifs qui ont chacun leur légitimité mais ne peuvent être tous atteints simultanément. Risque de l'énergie nucléaire ou risque d'une économie trop carbonée ; risque d'une production agricole insuffisante ou risque de l'utilisation de produits toxiques ; risques pour un avenir proche et risques pour un avenir plus lointain ; risques pour son pays et risques pour la planète. Les mouvements socialistes se sont battus pour une répartition plus juste des fruits de la croissance libérés par la révolution industrielle. Les mouvements écologistes sont-ils les acteurs d'un nouveau combat pour un partage plus juste des risques engendrés par les progrès de la révolution industrielle et technologique ?

L'écologie jouera peut-être un jour ce rôle, contribuant à la renaissance durable de la politique. Mais, pour véritablement structurer la vie politique, elle devra suivre la même évolution que les mouvements socialistes du passé. Ceux-ci ont connu une phase utopique où le but était de construire une société alternative plutôt qu'un nouvel équilibre de la société, ce qui a condamné la plupart d'entre eux à la marginalité et a conduit à la catastrophe quand les circonstances exceptionnelles de la

Première Guerre mondiale permirent aux bolchéviques de s'emparer du pouvoir. Aujourd'hui, les militants de l'écologie radicale, en brandissant la menace de l'enfer climatique et de la fin de l'humanité, sont dans la même logique absolutiste que ceux qui vantaient hier l'avenir radieux du socialisme ou ceux qui promettent aujourd'hui le paradis du califat avec l'État islamique. Quand on est convaincu que c'est le paradis ou l'enfer qui sont au bout du chemin, le débat démocratique devient impossible : l'enjeu est trop grand pour prendre le risque du débat, et un pouvoir dictatorial devient légitime. À situation d'urgence, état d'urgence. Cette radicalité utopique fait l'attrait et la faiblesse de l'écologie radicale : elle séduit tous ceux qui cherchent une identité dans un monde imaginaire ; elle repousse ceux qui veulent conquérir le pouvoir pour infléchir la courbe d'évolution du monde.

Cette contradiction explique le contraste entre le succès identitaire transnational du mouvement écologique, incarné par des personnalités comme Greta Thunberg, et des succès politiques nationaux jusqu'à présent beaucoup plus limités. L'appartenance au mouvement écologique offre une identité transnationale ancrée dans des valeurs et répond au besoin de collectif, mais elle ne crée pas de véritables débats nationaux. Elle entretient l'illusion caractéristique de l'idéologie de l'individu que la courbe du changement climatique sera infléchie par une multitude d'actions individuelles. L'obstacle le plus difficile que l'écologie doit surmonter reste pourtant celui du cadre de l'action politique : le défi écologique est un défi planétaire, qui ne peut être résolu que par une action mobilisant les États tout en les situant dans un cadre plus large, et l'articulation avec des combats politiques qui restent nationaux est problématique. Pour que l'écologie nourrisse de tels débats, il faudra qu'elle soit portée par plusieurs partis proposant une pluralité de réponses. Nous n'en sommes pas encore là, et le débat public se perd dans des discussions techniques où chacun cherche à imposer une vérité parée des couleurs de la science. L'écologie deviendra politique quand ces discussions techniques, au lieu de clore le débat, feront émerger les choix politiques d'une société suffisamment mûre pour décider des risques qu'elle choisit de prendre. Ces choix-là sont des choix de valeurs, et la leçon de l'écologie est sans doute que la politique se reconstruira sur des débats de valeurs qui mobiliseront des identités collectives.

Les États eux-mêmes ont commencé de comprendre que c'est sur le terrain des valeurs plus que sur celui des intérêts que la nouvelle politique mobilise, et ils s'inquiètent de n'être plus le cadre naturel où le besoin de collectif trouve son expression. Ils s'efforcent donc de réinvestir le terrain des valeurs, et cette réaction n'est pas propre aux démocraties empêtrées dans la religion du processus. Les régimes autoritaires multiplient les signes destinés à rassembler sous l'étendard des valeurs. On ne leur donne pas le même nom au Brésil ou aux Philippines, à Moscou ou à Pékin. Qu'on l'appelle harmonie ou ordre, la réaction contre le sentiment de précarité qu'inspire un monde fluide qui n'est structuré ni par la religion, ni par l'idéologie, ni par la raison engendre dans des pays différents des besoins similaires. À défaut d'incarner des programmes de gouvernement, un nombre croissant d'États cherchent d'abord à porter des valeurs.

Dans ce monde où notre premier instinct est de ne pas faire confiance, et de soupçonner le mensonge et le complot, la renaissance du combat pour les valeurs, si imparfaite et si dangereuse dans la forme qu'elle prend, est un signe, le symptôme d'une réaction profonde et générale contre le nihilisme sur lequel débouche en fin de compte le triomphe de l'individu. Les tribus passionnées que nous formons attendent des leaders politiques qu'ils donnent l'occasion d'un engagement collectif autour de valeurs, plutôt que la conquête d'un pouvoir auquel beaucoup ne croient plus ; les individus désorientés du monde contemporain brûlent de livrer un combat collectif, mais ils ne savent sur quel terrain ils doivent le faire, sur quel protecteur ils peuvent compter, sur quel pouvoir ils exerceront un contrôle ! Dans les pays les plus riches comme dans les plus pauvres, dans les pays qui stagnent comme dans ceux dont la croissance explose, le même besoin d'affirmer des valeurs afin de recréer du lien social l'emporte sur la poursuite solitaire de la réussite. Pour le moment, le monde ressemble plutôt à une collection d'individus affairés, individus sans racines qui veulent appartenir à un troupeau, et cette renaissance des valeurs peut déboucher sur la multiplication de groupes enfermés dans leurs identités. Mais il est également possible que cette attention nouvelle portée aux valeurs nous rapproche d'une société ouverte où un dialogue plus riche redeviendrait possible.

J'ai montré comment les trente dernières années ont pulvérisé les cadres de la politique et comment l'idéologie de l'individu, qui a si puissamment contribué à transformer le monde, arrive en bout de course. Le collectif veut prendre sa revanche. Cette évolution ne serait pas une révolution si elle ne se produisait pas au moment même où une révolution technologique est en passe de redéfinir non seulement les modes de création et de diffusion du savoir, mais également la façon dont les communautés humaines se font et se défont. La fin de la guerre froide avait fragilisé les communautés politiques ; l'internet, en opposant la concurrence du monde virtuel au monde « réel », va obliger à repenser les fondements même de leur légitimité. Comme la première Renaissance qui mit fin, en bien comme en mal, à un ordre dominé par l'autorité de la religion, la nouvelle Renaissance qu'annonce l'internet nous force à entrer dans un autre monde.

CHAPITRE 5

De Gutenberg à l'internet

L'invention en Europe du livre imprimé à la Renaissance a transformé le rapport au savoir de la civilisation occidentale. Quelques siècles plus tôt, en Chine, le livre imprimé, en permettant la diffusion des textes aux lettrés, avait contribué à installer le savoir au cœur des hiérarchies de pouvoir. En Europe, nous n'avons compris que très progressivement la dimension révolutionnaire de l'imprimerie, et le monde entier risque aujourd'hui de commettre la même erreur d'appréciation s'il ne prend pas rapidement toute la mesure du bouleversement politique que porte en germe l'internet. La transformation de la politique décrite au chapitre précédent résulte pour une part du changement radical que les nouvelles technologies introduisent dans notre rapport au savoir et dans ses conditions de production.

Reprenons l'histoire politique du livre imprimé pour comprendre ce qui nous attend. Le livre imprimé apparu en Europe avec Gutenberg enleva aux clercs le monopole de ce savoir qu'ils conservaient dans les manuscrits de leurs monastères. Cette révolution dans les techniques de diffusion du savoir a fait sentir tous ses effets politiques par étapes successives. Elle changea d'abord les rapports de force dans l'Église catholique, en donnant, par la diffusion de la Bible, une autorité nouvelle à des moines auparavant sans autorité comme Luther, qui pouvaient désormais communiquer par le livre hors des hiérarchies ecclésiastiques. Ce bouleversement scinda les Églises d'Europe en deux camps, catholique et protestant, et cette scission, à son tour, bouleversa la carte politique de l'Europe, en sapant la fondation religieuse de la légitimité des princes et des rois. Des légitimités concurrentes s'affrontèrent, qui conduisirent à près d'un siècle de guerres. La seconde secousse provoquée par la révolution du livre imprimé attendit près de deux siècles : la diffusion des connaissances grâce à celle du livre apporta à une bourgeoisie instruite une nouvelle légitimité, dont la Révolution française fut l'expression la plus radicale. La démocratie libérale moderne dont nous avons hérité a prétendu être, dans sa version idéale, le dernier avatar de cette révolution : dialogue de la raison entre personnes instruites, unies dans un même espace de réflexion par l'éducation et formées par la lecture des mêmes livres. Le savoir, en se diffusant largement, a changé pour toujours les fondements de l'autorité.

L'avènement du monde digital annonce un bouleversement encore plus considérable. Le changement le plus immédiat et le plus visible est la transformation de la communication politique. Chaque époque reflète à cet égard la technologie du moment. Les révolutions américaine et française furent marquées par la prolifération de brochures, de pamphlets rapidement imprimés et diffusés. Ce furent les débuts de la presse politique. La radio a accompagné la montée des mouvements totalitaires, et son utilisation par Hitler a été considérée à l'époque comme révolutionnaire, car elle a changé la pratique de la politique et les conditions d'exercice du pouvoir. Elle a été une puissante caisse de résonance, amplifiant l'impact des meetings de masse qui ponctuèrent la montée des fascismes. Dans ces meetings, la foule prenait conscience de sa puissance collective, et, grâce à la radio, ce moment de communion collective a pu entrer dans chaque foyer et établir un rapport personnel, presque charnel, entre les gouvernants et les gouvernés, entre le chef et la masse. La politique traditionnelle a ensuite exploité les mêmes techniques, et Franklin Roosevelt, avec ses causeries radiodiffusées, a été le premier responsable d'un pays démocratique à comprendre l'importance des médias. Depuis, l'usage de la télévision est devenu systématique, et tout acteur politique, dans les démocraties comme dans les dictatures, utilise la télévision et la radio.

On ne remarque même plus le bouleversement que l'utilisation de ces médias a introduit dans la vie politique, en substituant à la délibération une communication univoque qui s'introduit dans chaque foyer. Le rapport des gouvernants aux gouvernés en a été profondément transformé, réservant la délibération aux seuls représentants, les électeurs étant réduits au rôle de récepteurs passifs. Mais l'idéologie de l'individu et du marché, qui substitue la comparaison à la délibération, pouvait s'en accommoder. La délibération restait en théorie possible entre les représentants, tandis que les représentés – les électeurs – pouvaient comparer les étiquettes, comme on compare les prix au supermarché. Et, de la même manière qu'on protège la concurrence dans les affaires en interdisant les positions de monopole, on a réglementé, dans les campagnes électorales, les temps de parole, en veillant à une égale distribution entre différents candidats : on applique ainsi au champ de la communication politique et du marché des idées la même philosophie qui est supposée réguler le fonctionnement de la société tout entière : le meilleur est celui qui gagne à la faveur d'un processus correctement régulé.

Quand les médias sociaux ont pris leur essor, on a d'abord cru que la même logique pourrait leur être appliquée. Ils étaient seulement une arme supplémentaire dans la panoplie dont dispose l'industrie de la publicité. Ils venaient s'ajouter aux meetings, aux journaux, à la radio, à la télévision, et la raison de leur succès était d'offrir un meilleur ciblage des messages publicitaires. L'activité des internautes, les sites qu'ils visitent, les messages qu'ils affichent sur leur page Facebook ou leur compte Instagram permettent d'en dresser un portrait de plus en plus fidèle, ce qui évite d'adresser à des vieillards cacochymes des publicités pour soutien-gorge, et à des électeurs des messages qui les irritent ; un pas supplémentaire a été franchi quand on a commencé de compter le nombre de clics que déclenchait un post, et que ce résultat très concret a pu être intégré dans la facturation des annonceurs. Il est devenu possible de mesurer presque en temps réel l'impact d'un message.

On voit comment la mise en œuvre de ces méthodes dans le combat politique peut augmenter l'efficacité d'une campagne. Les politiques utilisent pour obtenir les suffrages des citoyens les techniques auxquelles les entreprises ont recours pour gagner de nouveaux consommateurs. Façonner les perceptions par un usage de plus en plus ciblé des médias sociaux, grâce à une maîtrise de plus en plus fine des données, est devenu une composante essentielle des campagnes politiques contemporaines. Le ciblage de groupes réceptifs au message d'un candidat est autrement plus rentable que les affiches vite déchirées que collaient naguère les militants. Il n'y avait donc, en apparence, rien de révolutionnaire dans ces nouveaux progrès de la technique publicitaire, qui évitaient seulement la déperdition des méthodes anciennes. L'objet de la publicité a toujours été d'influencer le comportement des consommateurs et, dans le cas de la publicité politique, des électeurs. On le faisait désormais mieux. Pour protéger la concurrence démocratique, il devait donc suffire d'encadrer ce nouveau champ offert à la publicité politique, et les contraintes – limitées dans beaucoup de cas – qui existent déjà dans la plupart des démocraties ont pu sembler une réponse adéquate : limitation des dépenses autorisées, indication de l'origine et du financement des messages… Aux États-Unis, le débat s'est souvent limité à une discussion sur les limites de la liberté d'expression : fallait-il par exemple interdire que des informations sciemment mensongères soient diffusées ? Twitter, entreprise privée, est-elle légitime pour bannir Trump après les émeutes du Capitole ?

On s'est cependant peu à peu aperçu que les mécanismes de régulation traditionnels devenaient inopérants. L'égalité des temps de parole n'a plus de sens quand il n'y a plus de plateforme partagée ou, plus exactement, quand les modalités de diffusion de l'information changent si profondément que le lecteur devient éditeur. Les plateformes Google ou Facebook ont insisté sur le fait qu'elles ne font aucun choix éditorial et se contentent de faciliter l'accès à l'information du public. Cette définition de leur rôle a eu pour elles le grand avantage de les libérer de toute responsabilité dans la gestion des contenus. Elle donne en apparence tout le pouvoir à celui qui, devant son ordinateur ou son téléphone, cherche une réponse à la question qu'il se pose ou affiche sur sa page ses intérêts. À les en croire, les plateformes ne seraient que les humbles serviteurs de l'individu-roi, consommateur ou citoyen. Comment pourrait-on imposer que le fil de nouvelles qui défilent sur une page Facebook soit à ce point irrespectueux du client qu'il affiche des insertions qui l'offensent ? Comment pourrait-on demander au porteur de l'information d'en vérifier le contenu ? On ne demande pas au postier de vérifier que le propos des lettres qu'il apporte est conforme aux lois en vigueur. On lui interdit même d'y aller mettre son nez.

Ces comparaisons sont trompeuses et méconnaissent la révolution que les médias sociaux provoquent dans la société. Google, Facebook et un nombre croissant d'entreprises qui collectent des données sont beaucoup plus qu'une nouvelle génération d'entreprises de publicité, et la civilisation des données ne modifie pas seulement des comportements individuels, elle réorganise la société elle-même. Elle fait aux citoyens/consommateurs une promesse de toute-puissance, et leur ouvre un nouveau monde apparemment libéré des contraintes de la géographie.

Cette révolution rendue possible par la technologie est d'autant plus puissante que l'idéologie encore dominante de l'individu, en prétendant extraire ce dernier de la société dans laquelle il existe, en le considérant comme un atome absolument libre, dont les appétits et les émotions gouvernent la société, et dont on va seulement légèrement modifier la trajectoire individuelle, lui a donné sa justification théorique. Elle a préparé l'individu contemporain à voir dans les médias sociaux un instrument de puissance plutôt que d'asservissement.

Les esclaves qui se prennent pour des maîtres

Le détenteur d'un compte Facebook se pense non seulement libre, mais doté de pouvoirs nouveaux qui exaltent sa toute-puissance et confortent ses certitudes. Confortablement installé dans la bulle étanche de ses intérêts et de ses passions, qui lui renvoie en l'amplifiant sa propre image, il se protège de tout dialogue, de toute différence, de toute rencontre inopportune. Seul devant son ordinateur, l'individu-masse du XXIe siècle ne se pense plus comme un auditeur mais comme un émetteur. Grâce à l'internet, le voilà devenu acteur, avec son compte Twitter, sa page Facebook, et cette différence change son rapport avec les gouvernants. L'individu-masse a pris confiance en lui-même d'une façon inédite. Chaque individu peut désormais être à la fois créateur d'information, sinon de savoir, et consommateur, sans passer par la médiation des « experts ». On connaissait déjà la désintermédiation financière. Voici venu le temps de la désintermédiation de la communication. Il n'y a plus d'éditeur pour filtrer ce qui est publiable, il n'y a plus de gardien du savoir.

Un enivrant et trompeur sentiment de puissance s'empare alors de tous ces éditorialistes d'un jour qui offrent une opinion que personne ne leur demande, belle revanche pour tous les perdants de la course individuelle à la réussite. Il amplifie de façon radicale le mépris du savoir et de la recherche de la vérité, dont j'ai montré qu'il était une marque des totalitarismes du XXe siècle.

Ce mépris du savoir et des experts résulte lui-même pour une part de l'évolution de la science moderne. Dans *La Révolte des masses*, ouvrage paru en 1930, Ortega y Gasset analysait déjà la distance qui existe selon lui entre les savoirs spécialisés des techniciens et la science elle-même, qui est toujours une tentative globale d'interprétation de l'Univers, et définit selon lui la civilisation européenne. Il ajoutait de façon volontairement provocante que beaucoup des progrès de la science expérimentale sont le fait d'hommes médiocres et même « moins que médiocres ». Il entendait par là que la nécessité de la spécialisation dans le champ en continuelle expansion de la science enferme les techniciens du savoir dans leur spécialité : ils transforment l'insatisfaction métaphysique de l'être humain, le questionnement philosophique sur la raison des choses et des êtres, en une suite de questions particulières auxquelles ils s'efforcent de trouver des réponses. D'une certaine manière, le rejet contemporain de l'expertise, dans son outrance imbécile, est une réaction grossière à l'arrogance des spécialistes qui ont prétendu que les seules questions qui méritaient d'être posées étaient celles auxquelles ils espèrent apporter une réponse. Et il est vrai que le progrès scientifique résulte en bonne part de l'habileté des savants à découper de grandes questions en questions suffisamment menues pour avoir une réponse. Mais la dignité des humains est de continuer de penser que les questions les plus importantes sont celles qui n'ont pas de réponse. L'homme-masse se venge de l'expertise qu'il n'a pas en contestant à ses représentants l'abus de la leur, et tous les sans-grade de Facebook se découvrent légitimes dans leur remise en cause de toute autorité supérieure, y compris celle du savoir.

Cette perspective crée l'apparence d'une remarquable égalité : il n'y a plus de producteurs du savoir, seulement des individus en réseau, qui se pensent égaux dans leur accès au réseau, pour recevoir comme pour produire de l'information. Il y a une multitude d'émetteurs et de récepteurs, qui ne sont pas liés entre eux par un dialogue, mais seulement par l'écho assourdissant qu'ils se font les uns aux autres, car, si celui qui compose le message est dans une relation aléatoire avec ses récepteurs éventuels, le groupe des récepteurs que vient renforcer l'algorithme – que ce soit Facebook, Instagram ou Google – est d'une remarquable cohérence qui n'a rien d'aléatoire. La relation horizontale entre les émetteurs/récepteurs de signaux devient beaucoup plus forte que la relation verticale avec d'hypothétiques lecteurs, alors même que, dans le passé, cette relation volontaire et pensée avec le lecteur était une dimension essentielle de la création intellectuelle. Désormais, l'idée d'un public perd son sens, car la distinction entre émetteurs et récepteurs s'efface. L'un ne domine pas l'autre. Il y a toujours eu dans le succès médiatique une part d'aléa – tous ceux qui travaillent dans les industries de la création le savent –, mais l'internet porte cet aléa au carré en démocratisant de façon radicale l'accès au tirage au sort du succès, en encourageant chacun à prendre la parole.

Crier de plus en plus fort pour se faire entendre

Nous commençons ainsi de croire que nous allons enfin pouvoir nous faire entendre, grâce à cette égalité nouvelle qui libère notre parole en bousculant les gardiens du savoir. Mais comment se faire entendre dans le brouhaha général ? Comment se reconnaître, au milieu de millions, de milliards d'humains ? Comment être repéré ? Dans le tintamarre du monde, il vaut mieux crier. Et crier de plus en plus fort, pour que sa voix ne soit pas couverte par le bruit des autres. Dans la chapelle Sixtine, jadis lieu de recueillement, un prêtre, à intervalles réguliers, intime à la foule des touristes l'ordre de baisser la voix, et pendant un moment il n'y a plus que des murmures, et puis, peu à peu, le murmure devient bruit, et le bruit se fait plus fort parce qu'on ne s'entend plus, et le prêtre, à nouveau, réclame le silence… Dans l'espace des réseaux sociaux, il n'y a personne pour réclamer le silence. Et chacun peut sans contrainte hausser le ton, il y est même obligé pour couvrir le bruit ambiant, ce bruit auquel il contribue. Les voix se font donc de plus en plus stridentes, parce que la stridence est une composante du succès. Une analyse du Congrès américain a montré la corrélation entre le radicalisme des positions politiques et le nombre de suiveurs sur Twitter. Plus les positions d'un membre de la Chambre des représentants sont extrêmes, plus son audience dans les médias sociaux augmente, contredisant l'hypothèse optimiste que les médias sociaux sont un instrument d'échange et d'ouverture.

La stridence et les cris sont nécessaires pour être entendus. Des études internes réalisées par Facebook confirment cette analyse : plus les sites que l'algorithme insère sur une page Facebook présentent des vues extrêmes, plus les clients sont satisfaits et plus l'audience augmente. L'intérêt commercial de la firme n'est pas à la modération : il n'y a pas dans l'espace virtuel de l'internet de prêtre qui nous oblige à baisser la voix, il y a un maître bienveillant du bruit qui nous aide à crier plus fort. Dans l'espace virtuel où nos faibles voix se mêlent, nous avons besoin d'un allié : les algorithmes qui régulent le flot de l'information ne font pas baisser le volume de la stridence, ils ne censurent guère – cela reviendrait à se prononcer sur le contenu et à rétablir des gardiens du savoir ; ils orientent, canalisent et amplifient le bruit, transformant ainsi la cacophonie en une juxtaposition d'orchestres qui jouent, chacun dans leur chapelle, une partition différente. Les mêmes entreprises qui nous aident à faire le tri de ce que nous entendons nous aident à rejoindre le chœur où notre voix, au lieu d'être couverte par celles des autres, en sera amplifiée. Grâce à l'espace virtuel de l'internet qui abolit la géographie, nous pouvons nous retrouver instantanément entre « nous », avec des gens qui nous ressemblent, dont nous partageons les ignorances et les passions, et qui chantent la même chanson. Cette proximité choisie est plus satisfaisante que la proximité imposée de la géographie : chaque rencontre, chaque échange est une confirmation de la conviction initiale. Elle est aussi plus sonore et plus intense, puisque chacun y est animé de la même passion et attend la même réponse. Dans le chœur d'une communauté de choix, aucune voix discordante ne s'élève, et le ronflement sonore de l'unanimité écrase les différences, amplifiant la note dominante. Nous y trouvons la double satisfaction d'être entendus, tout en gardant la protection de la foule dans laquelle nous nous perdons : l'insulte y est sans conséquences, et la meute peut s'enivrer sans risques de ses propres hurlements. L'écho sonore de nos voix esseulées nous tient lieu de confirmation. Cette foule n'a pas la « sagesse des foules » qu'évoque James Surowiecki dans le livre du même nom publié en 2005, dans lequel il observait que la moyenne des opinions de non-spécialistes peut être remarquablement exacte, souvent plus fiable que celle des spécialistes. Ceux qui la composent ne respectent pas une condition essentielle posée par Surowiecki : ils ne se forment pas leur opinion indépendamment de celle des autres, ils se font écho les uns aux autres. La formule de David Riesman, décrivant il y a plus de cinquante ans les Américains comme une « foule solitaire », correspond mieux aux foules d'aujourd'hui, faites d'individus seuls devant leur ordinateur et en même temps immergés dans l'océan en perpétuelle ébullition de l'information : à la fois tout-puissants dans leur capacité à devenir des sources, à engendrer de l'information, libérés du filtre des experts, mais aussi asphyxiés par l'air qu'ils respirent, enfermés dans une bulle qui recycle et amplifie les informations et les mensonges qu'ils ont eux-mêmes produits.

S'affranchir de la géographie, pour le meilleur et pour le pire

Dans le même moment où nous nous étourdissons de notre propre voix et commençons de croire à notre toute-puissance, la civilisation des données provoque une autre révolution, qui nous offre une autre ivresse : celle d'être libérés des contraintes de la proximité et d'avoir la planète entière comme caisse de résonance.

L'internet et les médias sociaux permettent de s'affranchir de la géographie, pour le meilleur comme pour le pire. Qu'on parle à son voisin ou à un inconnu à des milliers de kilomètres importe peu. L'affinité qui rassemble les membres d'un groupe ne s'enracine pas dans une proximité territoriale, et cette déterritorialisation modifie en profondeur les conditions dans lesquelles se construit un groupe. En changeant l'échelle de diffusion, elle donne une chance nouvelle de reconnaissance à ceux qui, dans un espace restreint par la géographie, n'auraient jamais eu la possibilité de toucher un nombre important de lecteurs, âmes sœurs ou complices… Ce changement est utile quand il permet à un groupe confidentiel réuni par un intérêt partagé, si ésotérique soit-il, en se déployant sur toute la planète, de soudain atteindre une taille critique qui lui permet d'exister. Chaque compartiment spécialisé du savoir change de taille grâce à la possibilité de créer des communautés virtuelles aux dimensions du monde. C'est un grand progrès, qui enrichit et affûte les savoirs. Ce nouvel espace virtuel fait de l'internet un merveilleux outil de diffusion et d'approfondissement du savoir pour ceux qu'il intéresse. Pour eux, l'élargissement de l'horizon des communautés virtuelles est une extraordinaire aubaine.

Mais tout le monde n'est pas intéressé par le savoir, et cet élargissement change la définition d'une communauté, en particulier des communautés politiques. Les communautés politiques, depuis que l'humanité est devenue sédentaire, ont été fondées sur la proximité territoriale, qui détermine l'espace de nos émotions et de nos solidarités. La proximité de la géographie impose la rencontre, souvent inopinée, des différences. De l'agora d'Athènes à la ville moderne, puis à l'État-nation contemporain, on trouve dans un même espace des individus différents – par la fortune, par les métiers, et maintenant par la religion et la couleur de peau. Qu'on le veuille ou non, la proximité impose une sorte de solidarité : on est embarqué dans un même bateau, sous les mêmes cieux. On n'a pas le choix : on doit répondre à un même ensemble de questions hétérogènes, établir entre elles des priorités : sécurité, éducation, santé, plein emploi, environnement… La politique est l'art d'organiser un compromis acceptable entre ces différents besoins, sur un même territoire, parce que la sauvegarde de ce territoire et de la communauté qui l'habite est ce qui importe plus que tout. Cette cohabitation a pu être violente, comme le rappelle l'histoire européenne, mais tôt ou tard la proximité finit par imposer la conciliation.

La logique à laquelle obéissent les communautés non territoriales de l'espace virtuel est profondément différente de celle des communautés géographiques : l'affranchissement de la géographie favorise le rassemblement de ceux qui se ressemblent : ce peut être un grand progrès quand ce qui rassemble est le désir de connaissance. Mais la recherche de la connaissance n'est jamais la passion la plus répandue dans une société, et quand la poursuite de l'audience remplace celle du savoir, rapidement montent le bruit et la violence. Les réseaux sociaux sont remplis d'insultes anonymes, autour desquelles se mobilisent des foules virtuelles. On dira qu'il y a toujours eu des foules violentes. La nouveauté essentielle de notre temps est le contexte inédit dans lequel elles se forment ; les foules violentes du passé n'émergeaient pas naturellement, elles étaient le produit d'un lent et patient travail politique : il n'y a dans tout groupe humain qu'une petite minorité qui soit naturellement portée à la violence, et la proximité géographique a toujours facilité l'isolement des violents par tous ceux dont elle encourageait la modération. Il était difficile, dans une communauté physique où le tissu social donne l'avantage à la modération, d'atteindre la taille critique où une foule se transforme en meute. C'est une des raisons pour lesquelles il a toujours fallu des circonstances exceptionnelles, une grande crise économique, une guerre, pour que des groupes radicaux étendent leur influence au-delà de petites minorités. Notre monde est différent, car les réseaux sociaux permettent d'échapper à cette contrainte. Une « foule » virtuelle peut s'y créer, qui obéit à une dynamique de foule avant même d'avoir atteint la taille d'une foule, et cette dynamique même attire de nouveaux adeptes, facilitant le passage de la foule virtuelle à la foule physique. Comme des rivières souterraines qui gonflent à l'abri des regards, les foules virtuelles de l'internet jaillissent soudain dans l'espace public, sans qu'on les ait vues venir. Et quand ces rivières sortent de l'ombre de l'espace virtuel, il est trop tard pour que les mécanismes habituels de protection de la société fonctionnent : elles deviennent un torrent difficile à contenir, qui occupe par surprise l'espace géographique de la politique traditionnelle. C'est ce qu'ont compris les entrepreneurs de la nouvelle politique, qui ne cessent de surprendre quand leurs mouvements déboulent soudain dans l'espace public.

Ces changements représentent plus qu'un changement de technique politique. Ils préparent un changement de société. Le développement de l'internet, le recueil systématique de données, leur exploitation par l'intelligence artificielle bouleversent non seulement les conditions d'exercice de la politique, mais également les rapports de force dans la société. L'écrasement des hiérarchies et la disparition des filtres s'accompagnent, à la base, d'un resserrement des liens horizontaux entre tous les anciens esclaves qu'on encourage à se prendre pour des maîtres. Mais le sont-ils vraiment ? Nous voyons d'abord la violence des foules, qui s'auto-intoxiquent plus qu'elles ne se nuancent, et nous éloignent un peu plus du dialogue de la raison et de la délibération qui ont fait la noblesse de l'idée démocratique. Cette violence grégaire menace les structures auxquelles nous nous étions fiés pour encadrer et modérer les sociétés, et le troupeau semble l'emporter sur les bergers. Les bergers n'ont cependant pas disparu. Mais ils ne sont plus où on les imaginait : les rapports de force qui organisent une société, ceux que l'invention du livre par Gutenberg a bouleversés, connaissent avec la digitalisation du monde un nouveau choc, qui restructure les sociétés plutôt qu'il ne les déstructure, en redistribuant savoir et pouvoir.

Les données, capital du XXIe siècle

Une nouvelle richesse a fait son apparition, qu'exploitent non seulement les entrepreneurs politiques, mais également les capitaines d'industrie et, de plus en plus, les savants eux-mêmes : l'accumulation de l'information s'accélère depuis quelques décennies à un rythme qui n'a pas de précédent dans l'histoire. Luciano Floridi, se référant à une étude de l'université de Berkeley, observe ainsi que, dans les quinze premières années de ce siècle, l'humanité a produit un volume de données près de huit cents fois plus grand que celui qu'elle a produit des débuts de la période historique – l'invention de l'écriture – jusqu'à l'an 2000 ! Cette prodigieuse expansion est rendue possible par la digitalisation des activités humaines, qui toutes laissent désormais une trace.

La particularité de cette nouvelle forme de richesse est son extrême abondance : l'information est comme l'air qu'on respire, absolument indispensable, mais sans valeur marchande tant qu'il n'est pas conditionné. La valeur se révèle dans le traitement des données accumulées, qui permet de discerner des *patterns*, de repérer des corrélations, de faire des prévisions, et finalement de modifier des comportements. Et cette valeur croît de façon exponentielle avec le volume accumulé : dès le début des années quatre-vingt, un entrepreneur américain, Robert Metcalfe, avait affirmé que le nombre de connexions potentielles dans un réseau est égal au carré du nombre des appareils qui y sont connectés. La rapidité de la progression a depuis été mise en doute, mais personne ne conteste que l'écart ne cesse de grandir entre les individus qui composent un réseau et les maîtres du réseau. De nouveaux rapports de force émergent alors, au profit de ceux qui maîtrisent et gèrent l'information, et chacun de ces nouveaux maîtres en fera son usage, pour acquérir, en fonction des fins qu'il s'est fixées, de l'argent, du pouvoir ou du savoir.

L'extraordinaire réussite des médias sociaux est d'offrir à chaque individu la possibilité de se raconter avec un degré de détail dont les princes les plus riches, avec leurs historiographes et leurs peintres de cour, n'auraient pas osé rêver ; et dans le même temps de faire de ce petit paquet de secrets devenus publics une marchandise, ou mieux une pâte à modeler, la matière première dont la manipulation procurera pouvoir et richesse à ceux qui s'en emparent ; de persuader chaque individu qu'il est unique, pour procéder à un traitement industriel de ces données dont seule la combinaison est unique. En donnant à chaque détenteur d'un compte Facebook la possibilité de « liker » à sa guise tout ce qui passe dans son champ de vision, Mark Zuckerberg procure à chacun l'illusion de participer à un parlement mondial qui fait de lui le dépositaire d'une nouvelle souveraineté digitale. Dans la réalité, le détenteur du compte dessine seulement les contours de sa prison : chaque « like » est une information supplémentaire qu'il donne sur lui-même, et la somme de ces informations, traitée par de puissants algorithmes, permet à Facebook de maximiser ses revenus publicitaires, en composant le cocktail ciblé d'images, de publicités, d'informations le plus susceptible d'accroître les profits de la firme. Chaque « like », loin d'être une manifestation de souveraineté de l'individu, accroît l'inégalité entre celui qui donne l'information et celui qui la reçoit et la traite, ou plutôt la manipule.

Le tour de passe-passe des entreprises de l'âge digital est là : les rapports de force que l'individualisme idéologique avait prétendu dissoudre dans un monde atomisé où chaque individu reçoit la promesse illusoire de sa souveraineté réapparaissent, mais sous une forme nouvelle. La richesse la plus précieuse n'est plus la possession d'un capital physique, un gisement de pétrole, une mine, des machines, mais l'exploitation des données, qui enveloppe chaque individu dans un filet beaucoup plus serré qu'aucune entreprise de publicité n'a jamais pu l'imaginer. Plus nous produisons d'information, plus nous avons besoin de l'aide des entreprises qui tirent leur richesse de l'exploitation de cette information, ce qui crée un cercle vertueux – pour l'entreprise – de dépendance. L'abondance même de l'information, comme une marée montante, nous menace de noyade, car non seulement nous ne savons où tourner de la tête, confrontés à une multitude d'informations, mais nous ne savons que faire des informations que nous produisons, et dont l'accumulation, comme le rappelle encore Floridi, grandit plus vite que nos capacités de stockage. Il nous faut trier, trier toujours, nos photographies, nos courriels, nos documents, il nous faut organiser les mille sollicitations électroniques qui encombrent notre vie. Comment le faire sans l'aide de ces entreprises dont le métier est de gérer et consolider l'information et qui, de plus en plus, savent mieux que nous-mêmes ce que nous voulons ? Il nous est de plus en plus difficile, dans le bruit assourdissant du monde, d'entendre la musique, de distinguer les paroles, et nous nous soumettons volontiers à ces entreprises qui se présentent comme nos serviteurs pour nous libérer de tâches devenues insurmontables. Nous ne savons plus faire le tri des images, des sons et des idées sans aide, mais nous nous persuadons que ces aides sont inoffensives. Nous ne voyons pas de contradiction à demander aux mêmes technologies qui nous noient dans le torrent continu de l'hyperinformation de nous tendre la bouée qui nous sauvera de la noyade.

Les grandes plateformes de l'internet, Google et Facebook, ont été les premières à comprendre la valeur marchande de ces informations, mais elles ne sont qu'une avant-garde et, peu à peu, toutes les entreprises font la même découverte : celles qui vendent des produits, comme Amazon, celles qui conservent notre argent, comme les banques, celles qui gèrent nos communications, comme les sociétés de téléphonie… Dans les domaines les plus divers, les entreprises découvrent, tel un nouvel eldorado, le gisement de valeur qui se cache dans les informations qu'elles recueillent sur leurs clients. Bientôt, nous n'apprécierons plus une voiture pour l'agrément de sa conduite et la puissance de son moteur, mais pour son invisible intégration dans notre vie quotidienne. Nous ne la conduirons plus, mais elle aura deviné nos désirs, nos itinéraires favoris et saura nous rappeler où et quand partir ou nous arrêter. La possession de l'objet matériel deviendra alors moins importante que le contrat de service qui l'accompagne, car la valeur ne sera plus dans l'objet mais, l'objet étant continuellement mis à jour, dans les informations qui en assurent le fonctionnement optimal, informations que nous produisons à chaque instant de nos vies et dont la valeur est captée par l'entreprise qui les collecte, les compare et les traite. Le capitalisme de l'information aura remplacé le capitalisme des machines.

Ce qui vaut pour les entreprises vaut pour tous les autres acteurs qui accumulent et traitent l'information : les États – on y reviendra en comparant Google et la Chine –, mais aussi les savants : la saisie de millions de données permet déjà de découvrir des corrélations invisibles à l'esprit humain ; elle accentuera la tendance de la science appliquée moderne à expliquer le comment plutôt que le pourquoi, mais le comment sera bien utile pour prévenir des maladies, devancer des criminels avant qu'ils ne passent à l'acte, améliorer des récoltes… Il faudra certes que, dans l'immensité du champ des données collectées, les savants portent leur regard, ou plutôt celui des machines, dans une direction fructueuse, mais ils y seront aidés par les machines elles-mêmes, qui, en permettant de tenter presque à l'infini de nouvelles explorations, accroîtront la probabilité de découvrir des corrélations utiles.

Gutenberg, avec le livre imprimé, avait permis aux plus humbles des moines, aux clercs, aux bourgeois d'accéder au savoir, et du même coup de participer au débat. Ce qui avait été dans l'Antiquité le privilège d'un groupe restreint de citoyens entourés d'esclaves a été progressivement étendu à des sociétés entières, et l'histoire des idées politiques depuis trois siècles est l'histoire des efforts pour organiser les conséquences politiques de cette diffusion du savoir. L'internet permet une diffusion encore plus grande des savoirs que le livre imprimé, et il semble ainsi parachever la révolution commencée avec Gutenberg. Mais, en même temps, il permet la création d'un nouveau type de savoir qui repose sur la thésaurisation et l'exploitation des données, avec le risque que cette concentration de savoir soit aussi une concentration illégitime de pouvoir.

Cette contradiction pose à la politique des questions nouvelles. L'information est une richesse et une arme, et elle n'est pas également distribuée. Et comme c'est sa possession qui déterminera de plus en plus les rapports de force, les enjeux de pouvoir dans le monde virtuel sont souvent plus importants que ceux du monde physique.

En Occident, les rapports entre les consommateurs, qui sont les producteurs de l'information, et les entreprises, qui en sont les détentrices et dont les profits dépendent de la captation des données, sont désormais au cœur d'une âpre bataille. Face aux entreprises du monde digital, nous sommes comme les prolétaires du XIXe siècle : ils avaient leur force de travail ; nous avons notre petit pécule d'informations sur notre petite personne dont de plus puissants que nous s'emparent, entreprises ou États. Mais, à l'âge industriel, les grandes entreprises capitalistes comprirent que les salariés dont elles exploitaient la force de travail pouvaient aussi être des consommateurs, et cette évidence a puissamment contribué au passage d'un capitalisme sauvage au capitalisme tempéré du XXe siècle. À l'âge digital, aucune logique interne ne conduit à un rééquilibrage naturel du rapport de force entre détenteurs et producteurs d'informations. À la différence des capitaines d'industrie d'hier, qui devaient rassembler dans leurs usines les prolétaires, lesquels pouvaient s'organiser pour faire monter le prix de leur travail, les maîtres de l'information de l'âge digital ne rassemblent dans leurs ordinateurs que des octets. On ne crée pas des syndicats d'octets : au fur et à mesure que les sources de la richesse deviennent plus immatérielles, il devient plus difficile d'organiser des contre-pouvoirs. Quant aux producteurs de l'information, dispersés géographiquement, et bénéficiaires généralement satisfaits des services qu'ils reçoivent en échange de l'information qu'ils procurent, ils ne sont guère incités à combattre pour changer les termes de l'échange.

Ce rapport de force déséquilibré entre d'une part des citoyens consommateurs qui réagissent en ordre dispersé et d'autre part des entreprises et des États tout-puissants qui thésaurisent l'information distingue l'âge digital de l'âge industriel, et il n'est amorti par aucun mécanisme autocorrecteur. L'échange qui s'établit entre ceux qui collectent et exploitent les données et ceux qui les produisent – chacun de nous à chaque instant de nos vies – est un échange inégal, qui risque de faire de nous une variante moderne de l'esclave antique. Nous ne sommes plus des lecteurs : nous sommes devenus le livre. Nous sommes en effet le flux constant de données que nous ne cessons d'émettre, données que nous ne saurions vendre sans nous vendre nous-mêmes, dans un contrat de service à durée indéterminée, et c'est pourtant ce que nous faisons chaque jour, en nous dévoilant en échange des services divers qui nous sont rendus. Nous nous vendons nous-mêmes, alors que nous condamnons la vente d'organes ou la prostitution ! Nous ne savons comment modifier les termes de cet échange inégal, comment contrôler des pouvoirs aussi puissants qu'invisibles ; les institutions que nous avons mises en place pour administrer le monde d'hier se révèlent impuissantes à maîtriser le monde de demain. Le monde des individus atomisés est un monde inégal, et aucun syndicat ne semble pouvoir nous protéger de la défaite individuelle que nous y subissons chaque jour.

Quels contre-pouvoirs face au nouveau pouvoir des données ?

Les sociétés démocratiques s'efforcent cependant d'inventer des réponses adaptées, les tentatives les plus ambitieuses étant celle de l'Union européenne et celle de l'État de Californie. Leur référence est la séparation instaurée par la philosophie politique moderne entre la sphère privée et la sphère publique, et leur objectif est la protection de la sphère privée contre les intrusions de la puissance publique, mais aussi contre celle des entreprises privées. La mémoire des régimes totalitaires du

XXe siècle, quand le pouvoir politique nazi ou communiste a envahi la sphère privée, donne à cette séparation une pertinence d'autant plus grande que les dictatures contemporaines disposent, grâce aux progrès de la technologie, de moyens de surveillance très supérieurs à ceux dont disposaient Staline ou Hitler. Et cette défense de la sphère privée est d'autant plus vigoureuse qu'à l'âge du triomphe de l'individu, toute la mécanique sociale repose en fin de compte sur l'autonomie de celui-ci. L'individu et le collectif sont compris comme deux pôles antagonistes où la priorité absolue du premier ne peut être écartée que pour des raisons impératives de sécurité nationale. L'individu est la règle et le collectif l'exception.

Les systèmes de protection visent donc à compenser par la réglementation les inégalités de fait, en donnant à chaque individu la clef de la forteresse de secrets dont il est le maître. La *Déclaration universelle des droits de l'homme* de 1948 stipulait déjà en son article 12 : « Nul ne sera l'objet d'immixtions arbitraires dans sa vie privée, sa famille, son domicile ou sa correspondance, ni d'atteintes à son honneur et à sa réputation. Toute personne a droit à la protection de la loi contre de telles immixtions ou de telles atteintes. » Cet article reste la référence de tous les régimes juridiques qui protègent la sphère privée, et il vise à protéger contre l'intrusion totalitaire qui abolit l'espace privé. Il repose sur le principe conforme à la définition de la liberté des Modernes que toute personne a le droit de ne pas participer aux affaires publiques, et il présuppose l'évidence de la sphère privée, dont l'expression la plus concrète est la famille.

Cette séparation entre sphère publique et sphère privée rend cependant de moins en moins compte de la réalité contemporaine, et elle échoue à changer le rapport de force entre producteurs et exploitants de données. D'une certaine manière, elle l'empire, car, en faisant de chaque individu l'arbitre de la frontière entre public et privé, elle institutionnalise l'émiettement de la société. Chacun de nous est, en Europe, et conformément aux exigences de la directive sur la protection des données (RGPD), invité à donner ou à refuser son consentement informé à la collecte et au stockage des données qui le concernent. La possibilité lui est ainsi offerte de se retrancher dans la forteresse de ses secrets, dont il aurait seul la clef (sous réserve des dérogations liées à des impératifs de sécurité nationale).

Les individus du monde contemporain devinent ce qu'il y a de vain et d'artificiel dans cette apparente manifestation de leur libre arbitre. Dans l'immense majorité des cas, ils autorisent cette divulgation, parce qu'ils ne mesurent pas clairement les implications de ce choix et ne veulent pas perdre de temps dans des clics inutiles. L'internet des choses qui reliera bientôt tous les outils de notre vie quotidienne dans une toile aux mailles de plus en plus serrées ne peut qu'accélérer cette tendance. Que le fabricant de cafetières soit informé de l'heure de notre réveil est un faible prix à payer quand la cafetière qui a appris nos habitudes nous sert un café bien chaud au réveil, sans que nous ayons même à appuyer sur un bouton. Les protecteurs de la sphère privée – et notamment la directive européenne – veulent qu'on distingue entre les informations qui permettent d'améliorer le service rendu – la cafetière intelligente – et celles qui sont collectées, et le cas échéant partagées, seulement parce qu'elles ont un intérêt potentiel. Mais le professeur David Hand – auquel ma réflexion sur ce sujet doit beaucoup – nous rappelle que la collecte – souvent automatisée – des données et leur stockage ont des coûts minimes, et l'évolution technique est si rapide qu'on ne sait pas toujours, au moment où on collecte une donnée, quelle utilité elle pourrait avoir dans l'avenir. Pourquoi ne pas thésauriser ce qui un jour pourrait se révéler précieux ?

De fait, le progrès technologique bouscule les hypothèses de la philosophie politique classique. Au lieu d'être l'exception qu'il faut choisir, la sphère publique devient la position par défaut, à laquelle on n'échappe que par une active défense de la sphère privée. La technologie redonne l'avantage à la dimension collective de notre destin, mais ce n'est pas nous qui en avons les clefs : des algorithmes que, le plus souvent, nous ne comprenons pas, prennent le contrôle. Nous sommes ainsi peu à peu expropriés de nous-mêmes, au fur et à mesure que la sphère privée se rétrécit tandis que l'espace public se dilate, et cette dépossession contribue à la crise des institutions politiques, à la fragmentation d'une société où l'observation généralisée conduit à la méfiance généralisée.

L'hypothèse de ce livre est qu'il vaut mieux partir de cette réalité pour la maîtriser, plutôt que de tenter sans espoir de succès de rétablir la souveraineté de l'individu dans sa forteresse. On ne fondera pas une communauté politique sur la juxtaposition d'une multitude de forteresses inexpugnables. Il faut, au lieu d'opposer l'individu au collectif, mieux définir le statut des données dans la relation entre l'individu et le collectif. Pour certains défenseurs de la sphère privée – mais pas pour les auteurs de la directive européenne –, la réponse serait dans la reconnaissance d'un droit de propriété sur les données et l'attribution de ce droit à chaque individu pour les informations qui le concernent. Plusieurs auteurs (Hand, mais aussi une étude de la Brookings Institution) ont recensé les objections techniques à cette proposition. Les données ne sont pas un bien consommable comme le pétrole ou le charbon. Elles ne sont pas détruites par leur utilisation. Et elles sont pour la plupart le produit de nos transactions – commerciales et non commerciales – avec le monde. Le commerçant qui nous vend un produit, l'interlocuteur que nous joignons par téléphone, le site internet que nous visitons, le médecin que nous consultons sont tous partie prenante à une transaction. Et ils ont des intérêts légitimes à conserver une part de l'information. L'identification des propriétaires éventuels de l'information ne va donc pas de soi.

La sphère privée, antichambre de la sphère publique ?

De fait, notre rapport à la sphère privée est ambigu : est-elle la forteresse où se retrancherait notre identité, ou l'antichambre de la sphère publique ? Entre sphère publique et sphère privée, il n'y a plus de différence de nature mais seulement de degré. D'une façon paradoxale, l'internet, en permettant l'accès privé à toutes sortes de sites, y compris pornographiques, semble étendre la sphère privée, en rendant possibles des activités qui auparavant nécessitaient qu'on s'aventure dans un espace public. Mais partout nous laissons des traces, et dès lors que nous ne sommes plus que les signes que nous émettons, la distinction entre une sphère privée et une sphère publique devient moins pertinente. Plus spectateurs que citoyens, nous sommes déchirés entre le besoin exhibitionniste de faire aussi partie du spectacle, de nous « exposer » – seule manière d'exister dans un monde de signes – et la crainte des risques que cette exposition nous fait courir – plus d'un homme politique a découvert à ses dépens que la confidentialité du *sexting* était à la merci d'un clic. Nous avons peur d'être nus, et donc vulnérables ; notre désir de nous protéger, de trouver l'armure qui nous donnera la sécurité, grandit à mesure que le monde extérieur pénètre plus profondément en nous-mêmes et que nous nous sentons plus exposés. Facebook et sa filiale WhatsApp ont compris cette ambivalence et facilitent désormais la création de groupes où on peut rester « entre soi », protégés par le mur du cryptage tout en se donnant en spectacle. On reste nu, mais la nudité ne gêne pas dans un camp de nudistes. Le groupe dans lequel on s'immerge devient l'armure. Ainsi peut-on exhiber ses pensées les plus provocantes sans risque de censure, et le lien entre ceux qui sont admis au partage est d'autant plus fort que le cercle est fermé. On en revient alors à une coexistence dystopique de communautés fermées qui consacrent la disparition d'un espace public de rencontres et de débat. À chaque instant de notre vie, nous nous donnons, volontairement et involontairement, en spectacle sur la scène du monde. L'entrée dans la sphère publique est de moins en moins un choix qui engage, mais la position par défaut, de sorte qu'il est plus exact de parler de sphère du spectacle que de sphère des intérêts publics. L'attention que nous accordons aux intérêts publics ressemble alors plus à celle que les Romains de l'empire portaient aux combats de gladiateurs dans l'arène du Colisée qu'à celle que les citoyens de la République portaient aux délibérations du sénat de la République. La sphère publique n'est pas une part de nous-mêmes qui nous engage, mais une scène de théâtre, et nous n'avons donc aucune indulgence pour les responsables politiques dont la vie privée est soudain révélée. La protection de la vie privée n'est plus qu'un moyen de garder la maîtrise du spectacle plutôt que la consécration de deux sphères distinctes. Dans une société où tout le monde se regarde, on se protège du regard des autres, mais on supporte mal qu'il vous ignore.

Nous sommes certes à juste titre effrayés par le pouvoir immense qu'accumulent grandes entreprises de données et États. Nous pressentons que la maîtrise des données permet toutes les manipulations, et même le chantage. Nous craignons de devenir les esclaves de nos nouveaux maîtres. Au lieu d'un espace public, il n'y aurait plus qu'une scène de théâtre peuplée de marionnettes dont les maîtres, États, entreprises, tireraient les ficelles dans la coulisse. Nous cherchons donc à instaurer un rapport de force plus équilibré entre les producteurs de données et ceux qui les collectent et les administrent, croyant naïvement que, pour changer le rapport de force à notre profit, il suffirait d'affaiblir les maîtres des données. Mais, en raisonnant ainsi, nous retombons dans le piège d'une vision unidimensionnelle du monde : nous considérons les données comme une nouvelle marchandise, dont seule la valeur commerciale mérite d'être prise en compte. Nous étendons à l'univers des données l'erreur que nous faisons sur nous-mêmes quand nous nous pensons d'abord dans notre dimension d'acteur économique. L'essentiel du débat politique sur le sujet reste ainsi limité à la régulation du marché des données. Différentes interdictions sont envisagées : l'interdiction pour une entreprise de données de discriminer entre ses clients ou de se mettre en position de conflit d'intérêts ; l'interdiction pour une entreprise collectant des données de ses vendeurs de les utiliser pour vendre ses propres produits. Certaines de ces propositions sont des précautions légitimes et peuvent atténuer l'avantage détenu par l'entreprise de données sur les vendeurs qui utilisent sa plateforme, mais elles ne changeront pas de façon décisive le rapport de force entre les producteurs de données et les maîtres des données. Une recommandation plus radicale, faite par des personnalités démocrates aux États-Unis, vise même à casser les plus grandes firmes de l'internet en plusieurs entreprises, comme furent cassées à d'autres époques des entreprises monopolistiques du secteur de l'énergie ou des communications. Cette approche applique à l'économie des données la même logique trompeuse qui croit pouvoir réduire la démocratie à la libre concurrence des idées et au pari darwinien que la meilleure l'emportera. Dans le monde des données, on n'empêche pas l'abus de position dominante en cassant des monopoles au profit d'individus prétendument souverains, car on ne fait alors qu'atomiser un peu plus les sociétés.

Le potentiel de richesse latente que la révolution digitale libère est beaucoup plus étendu que cette vision restrictive, et, quand nous faisons de chaque individu l'arbitre suprême de la frontière entre sphère publique et sphère privée, nous donnons une réponse réductrice, et finalement étroitement mercantile, à une question qui concerne toute la société, et pas seulement le monde virtuel de l'internet. En vérité, nous ne sommes pas libres de donner congé au monde. Notre identité personnelle est inséparable d'une responsabilité devant le groupe auquel nous appartenons. Le monde contemporain est à cet égard plus proche de Confucius, qui faisait du rapport à l'autre une dimension essentielle de son humanité, que de l'ermite chrétien retiré au désert pour contempler Dieu. Le croisement d'une multitude de sources de données est au cœur de la création de valeur, et la valeur créée n'est pas seulement marchande. Nos relations avec le monde ne se réduisent pas à une relation commerciale : notre identité est la somme de nos relations avec le monde, et ces relations sont de différentes natures. Elles n'ont pas toutes un prix de marché. En faisant une marchandise du « petit tas de secrets » que nous sommes, nous rejoindrions les esclaves antiques. Les traces qu'à chaque instant nous laissons de nous-mêmes reflètent ce caractère multidimensionnel de notre relation au monde. La même trace – un appel téléphonique, un achat, un déplacement… – peut avoir un intérêt commercial, stratégique, et scientifique, et sa valeur n'est pas la même pour une entreprise, un État, une équipe de recherche. La pandémie a ainsi souligné l'importance d'une collecte et d'une exploitation en temps réel des données pour lutter contre la propagation de l'infection. La masse des données qui nous concerne ne cesse d'augmenter. Cette augmentation continue est, comme souvent dans l'histoire de l'humanité, poussée par des dynamiques commerciales, mais elle ne se réduit pas à cette dimension. Elle contribue également au progrès de la science, à notre sécurité, à notre compréhension du monde… À ces titres multiples, elle mérite un traitement spécifique. La situation contemporaine peut être comparée à celle créée par le développement des grands États modernes, qui, en devenant des acteurs majeurs des sociétés, ont conduit à distinguer entre différents types de pouvoir.

Séparation des pouvoirs et gouvernance des données

Il y a trois siècles, l'extension du pouvoir des États a conduit à la doctrine de la séparation des pouvoirs. Le développement de la presse et des médias a par la suite été encadré juridiquement par des lois (lois de 1881 en France) et des arrêts de justice (la Cour suprême aux États-Unis), qui ont pris en compte et protégé le rôle grandissant du « quatrième pouvoir » dans le fonctionnement des sociétés démocratiques. Aujourd'hui, l'extension continuelle de l'espace des données oblige à élargir encore davantage une doctrine qui ne prend pas en compte l'espace virtuel. La collecte, la détention et l'exploitation des données seront dans les années qui viennent la principale source de progrès pour l'humanité, mais également le plus efficace instrument de pouvoir. Une doctrine de séparation des pouvoirs du XXIe siècle devrait poser le principe que la collecte, la conservation et l'exploitation des données doivent être protégées tout autant des entreprises que de l'État. Autrement dit, la situation actuelle, où quelques grandes entreprises contrôlent l'économie des données, n'est pas acceptable, mais leur nationalisation serait pire, car elle ajouterait à la masse d'informations que manipule un État moderne celles que collectent les entreprises de données.

Des règles de gouvernance spécifique doivent donc être inventées. Une solution extrême serait d'asseoir la séparation entre le pouvoir des données et les autres pouvoirs sur un régime de propriété spécifique pour les plus grandes d'entre elles : le service public qu'elles rendent devrait être reconnu et encadré, et leur propriété pourrait ainsi être donnée à des fondations dont l'indépendance à l'égard de tout pouvoir serait garantie. Des autorités indépendantes spécialisées seraient chargées de la supervision du secteur des données, suivant un modèle comparable à celui qui gouverne la supervision du secteur bancaire par la banque centrale. Ces autorités s'assureraient de la compatibilité des algorithmes des entreprises placées sous leur supervision avec les principes d'une société pluraliste et ouverte, et détermineraient les conditions dans lesquelles des informations peuvent ou doivent être partagées par les entreprises qui les collectent. S'agissant des données collectées par les États, la consolidation de toutes les informations dont ils disposent sur leurs citoyens, grâce à un numéro statistique unique, comme le tente aujourd'hui l'Inde, crée un déséquilibre encore plus redoutable, et la même autorité indépendante pourrait se voir confier leur protection, en gardienne des données, comme une cour suprême protège l'indépendance de la justice. Le caractère transnational de la collecte des données est un défi supplémentaire, et une coordination entre les autorités nationales serait nécessaire. Une organisation mondiale des données sera bientôt aussi indispensable que l'Organisation mondiale du commerce.

Au niveau national, un tel mode de gouvernance irait plus loin que les systèmes déjà en place dans beaucoup de démocraties, où des autorités indépendantes veillent à la protection de la sphère privée, mais ne font pas le poids face à des entreprises dont elles ne maîtrisent pas le fonctionnement. Il ne limiterait pas son rôle à cette protection, mais encadrerait l'exercice du nouveau pouvoir des données et veillerait à son indépendance par rapport aux autres sources de pouvoir. Mieux vaut sans doute reconnaître que, plutôt que de tenter d'affaiblir des pouvoirs qui sont destinés à croître, il est préférable de les piloter. Mais ce pilotage ne doit pas être celui d'un État tout-puissant, qui mettrait la main sur le secteur économique des données pour compléter son emprise sur la société. Il ne doit pas non plus consolider la domination du monde unidimensionnel de l'argent. Au XVIIIe siècle, l'invention de la séparation des pouvoirs a été un des fondements des institutions politiques modernes, et elle est au cœur de l'État de droit contemporain. Au XXIe siècle, la supervision indépendante de la collecte et de l'exploitation des données pourrait être ce que fut la séparation des pouvoirs au XVIIIe : un fondement de la légitimité des institutions politiques et la condition d'existence d'une société pluraliste.

Chapitre 6

Les « GAFA » ou la Chine ?

Chaque jour, nous voilà partagés entre l'émerveillement et l'effroi. Nous pressentons que nous sommes à l'aube d'une ère nouvelle, mais nous ne savons pas quelle y sera notre place et où seront nos nouveaux maîtres. La révolution technologique et les changements géopolitiques se conjuguent pour brouiller notre horizon.

Au XIXe siècle, la machine à vapeur puis l'électricité ont démultiplié nos capacités physiques, ce qui a conduit à une extraordinaire accélération de la production de richesses. La courbe de croissance de la richesse du monde, dont l'augmentation était depuis des siècles à peine supérieure à celle de l'accroissement de la population, s'en est soudain détachée, et l'humanité a peu à peu commencé de sortir de la misère. La révolution industrielle a produit un changement d'échelle des activités économiques, dont l'accumulation du capital a été la manifestation la plus visible. « Accumulez, accumulez, c'est la loi et les prophètes », écrivait alors Karl Marx dans *Le Capital.* Très logiquement, le contrôle de ces richesses nouvelles est devenu un enjeu central des batailles politiques, tant au niveau national qu'au niveau international. Le capital accumulé pendant la révolution industrielle était physique, et le territoire sur lequel il était investi avait la plus grande importance : cette logique territoriale a contribué à consolider les nations, en même temps qu'elle encourageait les guerres entre nations. L'accumulation de richesses rendue possible par cette révolution était encadrée par la géographie, et le pouvoir a conservé la clarté des frontières inscrites sur des cartes. Aujourd'hui, l'internet se conjugue avec l'exploitation et le traitement grâce à l'intelligence artificielle d'une masse toujours croissante de données pour ouvrir une nouvelle phase : comme nous l'avons montré, notre identité n'est plus seulement celle d'un territoire, et, dans le même temps, un nouveau processus d'accumulation, celui de l'information, est lancé. Les deux se conjuguent pour ouvrir aux êtres humains de nouveaux horizons et d'autres possibles.

Cette révolution économique est également une révolution politique. L'être humain, « animal politique » comme le définissait Aristote, s'est toujours épanoui dans une communauté, et le besoin d'exister à travers quelque chose de plus grand que lui-même est une dimension essentielle de son destin. Grâce à l'internet, jamais cette aspiration n'a trouvé autant de réponses : l'espace digital nous libère de la prison de l'espace physique dans lequel nous avons été enfermés et nous donne les clefs d'un palais virtuel où mille chambres nous attendent, prêtes à nous offrir la chaleur des groupes qui s'y retrouvent.

Et, dans le moment même où l'être politique qui est en chacun de nous peut s'enivrer de la multitude d'identités collectives qui lui est offerte, ses facultés individuelles sont elles aussi démultipliées, grâce aux outils nouveaux que procure l'intelligence artificielle. Le mariage de l'intelligence humaine avec celle des machines accroît les pouvoirs humains beaucoup plus radicalement que ne le fit la machine à vapeur : c'est le cerveau, et pas seulement les muscles, qui est augmenté : après la démultiplication des capacités physiques, nous voilà sur le point de démultiplier nos capacités mentales. Le traitement des données touche tous les compartiments de l'action humaine et du savoir. Il n'apporte pas de réponse à la question métaphysique du pourquoi, mais il répond de mieux en mieux à la question du comment : il permet d'identifier des relations entre les phénomènes qu'aucun cerveau humain n'est en mesure de saisir. Cette capacité nouvelle ouvre de nouvelles frontières au savoir, bouleverse les conditions de l'action, et permet d'envisager d'installer l'humanité à un niveau de confort physique et psychologique qui n'a pas de précédent dans son histoire. Comment ne pas s'en émerveiller ? La digitalisation du monde permet de mieux gérer les myriades d'interactions entre les choix individuels que nous faisons à chaque instant.

Dans tous les domaines, la révolution digitale est déjà en marche. Dès aujourd'hui, nous connaissons par avance avec une remarquable précision la durée du trajet que nous allons effectuer en voiture, compte tenu des conditions de circulation, et nous pouvons améliorer les conditions générales de circulation en suivant les conseils d'itinéraire disponibles sur les applications spécialisées. Demain, nous ne conduirons plus, et l'itinéraire des voitures sans chauffeur sera optimisé sans intervention humaine. Dès aujourd'hui, la collecte de nos données biologiques (rythme cardiaque…) conjuguée avec celle de notre mobilité (nombre de pas…) nous permet de mener une vie plus saine. Demain, la consolidation de millions de données biologiques (maladies, génome…) permettra de prédire, et de plus en plus de prévenir, les maladies. Dès aujourd'hui, la saisie en temps réel des achats d'un produit de consommation permet au producteur d'adapter sa production. Demain, elle permettra, combinée avec l'analyse des recherches sur l'internet qui le concernent, d'imaginer le produit qu'il faut inventer pour répondre à une demande qui ne s'est pas encore manifestée. Dès aujourd'hui, les moteurs de recherche que nous consultons nous proposent les vidéos, les clips, les sites d'information qui correspondent à nos goûts. Demain, leur production, déterminée par la connaissance détaillée de nos peurs et de nos désirs, fabriquera nos rêves. Dès aujourd'hui, la police peut identifier avec une précision croissante les lieux où un crime risque d'être commis. Demain, elle pourra identifier le criminel en puissance…

En même temps, cette révolution dont nous ne voyons pas les limites nous fait peur. J'ai montré comment la digitalisation du monde sape la légitimité des structures politiques traditionnelles et brouille la carte des pouvoirs. J'ai décrit comment les tribus nouvelles dont les médias sociaux facilitent le développement sont souvent des tribus haineuses, renfermées sur elles-mêmes et facilement manipulées. Ce n'est pas un nouvel espace virtuel de débat démocratique qui s'est ouvert, mais plutôt une violence dysfonctionnelle qui se répand dans des sociétés occidentales déchirées par la cohabitation de plus en plus violente de tribus insulaires. Les médias sociaux favorisent la consolidation de groupes homogènes où chacun ne rencontre que ceux qui lui ressemblent. Quand ceux-ci se forment, c'est le plus souvent d'une façon unidimensionnelle qui fragmente encore les sociétés au lieu d'offrir un terrain commun : on s'agrège en affirmant sa petite différence : nation, race, religion… Au lieu d'échapper à nos solitudes, les tribus auxquelles nous nous agglutinons nous présentent une caricature unidimensionnelle de nous-mêmes : noirs, blancs, femmes… Définis par un attribut, nous voilà réduits, selon la juste formule de Houellebecq, au statut de « particules élémentaires », atomes invisibles emportés dans une grande machine qui nous échappe.

Pis, les tribus que forment ces atomes grossissent d'autant plus vite qu'elles se rassemblent sur des messages clivants : l'homogénéité de chaque groupe particulier se construit aux dépens de celle de la société, qui se fragmente en essaims qui ne se parlent pas, enfermés dans une logique narcissique qui nourrit la haine de l'autre. L'affirmation des différences ne rééquilibre pas la société en y introduisant une diversité qui l'enrichirait.

Au contraire, elle confirme son émiettement, et j'ai montré comment les groupes qui devraient ouvrir l'espace public à la discussion se barricadent derrière les murailles de leurs expériences incommunicables, fermant la possibilité du débat. Un Blanc ne peut pas parler du racisme dont sont victimes les Noirs. Un riche est disqualifié pour répondre à l'injustice. La logique des différences multiplie les minorités. Même le genre devient minoritaire : une femme blanche ne peut comprendre les souffrances d'une femme noire. Tous égaux, tous incapables de communiquer. La prolifération de l'information et la transparence qui devaient sceller notre appartenance à une humanité commune nous enferment dans la solitude incommunicable de nos différences. Les groupes dont les médias sociaux favorisent le développement sont sourds à tout dialogue. Ils produisent la société dysfonctionnelle que nous avons décrite, intolérante et violente. Sommes-nous les individus libérés par la technologie ou la matière brute de nouveaux conflits dont nous ne serions que les naïfs instruments ?

Les citoyens des démocraties occidentales sont déchirés entre deux désirs contraires : d'un côté, notre inquiétude face à un monde où nous nous savons manipulés et notre méfiance instinctive à l'égard des structures auxquelles nous confions nos données – l'État protecteur et les grandes entreprises de l'internet ; de l'autre, notre désir de confort et de sécurité, qui a d'autant plus de chances d'être satisfait que nous confions davantage de données à l'État et aux grandes entreprises, qui nous offrent en échange des services précieux et souvent inédits – de l'État, nous attendons sécurité, des grandes entreprises de l'internet satisfaction commerciale et confort de vie, que nous soyons américains ou européens. Un doute profond nous envahit : nous ne sommes pas au clair sur l'avenir que nous souhaitons. Le progrès nous éblouit, et nous nous demandons s'il nous aveugle.

La prospérité, la liberté ou la paix ?

C'est au milieu de ces doutes occidentaux que se déploie la nouvelle puissance chinoise. Le succès de la Chine ébranle de l'intérieur l'idéologie de l'individu, en faisant voler en éclats le triplé qui a contribué à son succès, cette promesse que liberté, prospérité et paix vont ensemble. L'équation liberté = prospérité = paix ne fonctionne plus, et la Chine en est l'insolente démonstration. Qu'est-ce qui compte le plus : la prospérité, la liberté ou la paix ? Notre monde, où qu'on se tourne, n'apporte pas de réponse claire à cette question simple, et la Chine ajoute à nos doutes. La prospérité ? La Chine semble mieux administrer son économie que les vieilles démocraties. Le Rwanda, dirigé d'une main de fer par le président Kagame, affiche une croissance économique qui fait l'envie de pays africains plus démocratiques. La liberté ? L'élection d'un Donald Trump, même si elle n'aura été qu'une parenthèse, et la montée des démocraties autoritaires illustrent la distance qui sépare le fonctionnement d'une démocratie moderne du dialogue de la raison qu'imaginaient les philosophes des Lumières.

Il y a beaucoup d'aléas dans une élection, et beaucoup d'analystes sont convaincus que, sans la pandémie, Trump aurait été réélu. Condorcet, Montesquieu, Jefferson n'ont prévu ni Trump ni Duterte. La paix ? Le monde serait-il plus sûr si la Chine pouvait élire un Trump chinois ? Un pays divisé par des clivages ethniques ou religieux est-il plus paisible si chaque groupe peut se compter et la majorité imposer sa volonté à la minorité ?

Que voulons-nous vraiment, nous autres Occidentaux ? En brisant l'automaticité du lien entre prospérité et démocratie, entre démocratie et paix, la Chine oblige l'Occident à un difficile examen de conscience. La certitude du progrès démocratique indéfini de l'humanité déterminait le point de fuite de nos rêves, et les routes du progrès avaient toutes le même point d'aboutissement occidental. Voilà qu'une multitude d'avenirs alternatifs se présente, et l'Occident ne peut plus jouer sur tous les tableaux ni prétendre qu'il est avide de liberté quand il est sans doute d'abord avide d'argent. Le progrès matériel ne conduit pas nécessairement au progrès démocratique, et le progrès démocratique est lui-même un processus aléatoire.

La Chine est aujourd'hui une dictature redoutable qui s'affiche avec de moins en moins de complexes – l'abrogation de la règle qui imposait un renouvellement des dirigeants ouvre à Xi Jinping la possibilité de diriger la Chine jusqu'à sa mort –, elle enferme ses dissidents, endoctrine ses citoyens, déporte ses minorités, affirmant la surveillance pesante d'un État qui voit tout et entend tout. Elle ressemble en cela aux dictatures totalitaires du XXe siècle qui inspirèrent George Orwell dans *1984*. Elle évoque l'image terrifiante d'un pouvoir tout-puissant qui ferait de la société une fourmilière bien ordonnée.

Elle surclasse en effet, grâce à la technologie, la dictature décrite par George Orwell, remisée d'un coup à la préhistoire de tels régimes. Le système de « crédits sociaux » qu'elle met en place résume toutes nos angoisses et toutes nos envies, car il va bien au-delà de ce que les dictatures du passé ont pu rêver, et bien au-delà de ce que nous pouvons espérer pour tirer le meilleur parti des données que nous livrons à la société. Dans un monde en voie de digitalisation complète, toute action laisse désormais une trace, et tout individu pourra être défini par la somme des traces qu'il laisse à chaque instant de sa vie. C'est ce solde, continuellement mis à jour – car tout peut être capté et mesuré, depuis les curiosités exprimées sur internet jusqu'au respect du code de la route en passant par les activités physiques –, qui permettra, au fur et à mesure que le système se perfectionnera, d'attribuer à chaque individu un « crédit social » de plus en plus précis, mesurant la conformité de chacun aux besoins collectifs, ceux-ci étant pour le moment définis par l'autorité politique : le système chinois actuel en est un prototype.

Un système aussi complet de surveillance des individus est un épouvantail commode pour nous faire aimer le désordre démocratique, et c'est bien ainsi que le présentent – on y reviendra – tous ceux qui veulent faire de la Chine le nouvel adversaire stratégique, afin de redonner à un Occident déclinant la conscience d'une identité. Dans cet affrontement, le réflexe de l'Occident, qui l'aide à retrouver confiance dans une incertaine identité démocratique, est de voir dans la Chine une version modernisée de la dictature décrite par Orwell. Avant de devenir secrétaire d'État, Anthony Blinken avait ainsi évoqué l'opposition entre deux camps, celui des techno-démocraties et celui des techno-autocraties. Nous serions donc au début d'une « seconde guerre froide » : cette comparaison nous rassure, parce que nous sommes convaincus d'avoir gagné la première, et parce qu'elle nous évite de regarder en nous-mêmes. Nous répétons, à trente ans de distance, les erreurs de 1989, et notre autosatisfaction, une seconde fois, risque de nous perdre.

La période actuelle a pourtant peu à voir avec la précédente guerre froide, et l'extraordinaire réussite chinoise place l'Occident capitaliste dans une situation très différente de celle qu'il connut dans sa confrontation avec l'URSS. Non seulement il a en face de lui un système dont il ne peut nier qu'il fonctionne – bien différent en cela de l'économie ankylosée de l'URSS –, mais ce système ne lui est pas idéologiquement étranger, et certaines de ses caractéristiques lui font envie. Il est même obligé de s'y reconnaître en partie : la Chine comprend et utilise le pouvoir de l'argent, et, insulte ultime à l'Occident, elle le fait souvent mieux que les vieux pays capitalistes. Cette familiarité avec le moteur du capitalisme est beaucoup plus inquiétante que l'idéologie communiste qui définissait l'URSS, parce qu'elle nous confronte à notre propre ambivalence. La Chine d'aujourd'hui est l'enfant bâtard de l'Occident, et le bâtard fait envie à son parent putatif occidental. Comme l'explique très bien Branko Milanovic, le capitalisme chinois – description plus exacte de l'économie chinoise que la formule de la propagande, un « socialisme aux caractéristiques chinoises » – est l'enfant bâtard de l'idéologie de l'individu – qui libère de formidables énergies – et d'une dictature redoutable qui les organise. 1,4 milliards d'êtres humains sont aujourd'hui mobilisés dans la poursuite de la richesse matérielle, et cette mobilisation produit des résultats spectaculaires.

La Chine, notre avenir ?

Au-delà de l'apparente opposition des régimes politiques, il y a donc aussi dans cette Chine hyperconnectée une image possible de notre avenir, et cette image nous fait autant envie que peur. Nous n'ignorons pas la répression brutale des Ouïgours, nous savons quelle part la peur conserve dans la version chinoise de la paix, mais nous envions un pays où la réussite économique n'est pas accompagnée, au moins en apparence, par les dislocations sociales qui fragilisent nos sociétés. Ce n'est pas seulement l'exceptionnelle réussite matérielle de la Chine qui fascine, mais aussi sa capacité à maintenir une certaine harmonie de la société. Nous ne rejetons pas avec la même vigueur le conditionnement psychologique quand il rend la surveillance tolérable, et pour ainsi dire invisible pour une majorité de la population. Orwell fait encore peur, mais la répression de l'État omniscient à la

Orwell pourrait n'être, en fin de compte, qu'un phénomène transitoire, destiné à disparaître dès que l'État chinois aura perfectionné son contrôle sur les citoyens. L'avenir de la Chine est peut-être finalement mieux décrit par Aldous Huxley, qui imaginait des pilules du bonheur, que par George Orwell. L'État n'aurait alors plus besoin de faire peur à ceux qui auront cessé d'imaginer une autre société que celle dans laquelle ils vivent, une société dans laquelle l'État définit le bonheur non avec les pilules du bonheur d'Huxley, mais en façonnant les aspirations et les rêves de chacun grâce à la manipulation des esprits : l'intelligence artificielle créerait pour chaque Chinois une confortable bulle de bonheur dont il ne voudra pas sortir. Il n'y aura plus de prison si les barreaux deviennent superflus. La « dictature préventive » aurait remplacé la dictature répressive : elle n'aurait pas à réprimer, car chacun se sentirait bien dans sa cage virtuelle.

Il y a dans l'attrait qu'exerce aujourd'hui la Chine, malgré toutes nos peurs, la réponse à un besoin de bonheur collectif que nos sociétés démocratiques se révèlent incapables de satisfaire, mais que demain la Chine, dictature du XXIe siècle et non du XXe, saura peut-être assurer : elle apporte à la question ancienne du juste équilibre à trouver entre l'individu et le collectif une réponse inédite, qui trouve sa force dans les technologies nouvelles de l'information. Dans le débat jamais conclu entre la dimension individuelle et la dimension collective du destin humain, la Chine offre au monde, tout bousculé qu'il est par l'idéologie de l'individu, une option d'autant plus séduisante qu'elle paraît s'approprier cette idéologie, tout en la domestiquant. Elle incarne, par-delà les spécificités de son histoire, une autre façon de concevoir le rapport de l'individu avec le collectif, et elle est en cela un véritable modèle.

La Chine est donc beaucoup plus qu'une alternative à l'Occident, elle menace d'en être l'avenir, non par une rupture, mais par la métamorphose silencieuse d'un Occident qui, en rompant le lien avec ses origines, a perdu ses certitudes. L'enfant bâtard de l'Occident est en passe d'en devenir l'enfant légitime. Dès lors que le triptyque liberté-prospérité-paix se brise et que notre liberté a parfois un arrière-goût amer, nous sommes de moins en moins certains que notre vraie priorité est la liberté, et le succès chinois, sans que nous osions l'admettre, devient la tentation de l'Occident. La « peur de la liberté » dans laquelle Erich Fromm voyait un motif d'attirance vers les régimes totalitaires est peut-être une part de la séduction que la Chine exerce sur une partie du monde, y compris dans les vieilles démocraties. Nous ne nous l'avouons pas encore, mais, entre les grandes entreprises de données, qui pourraient un jour nous délivrer de l'angoisse dans laquelle nous plonge la « poursuite du bonheur », et le régime de Pékin, qui cherche à persuader le peuple chinois qu'il l'atteindra bientôt, les individus éperdus que nous sommes devenus risquent d'hésiter de plus en plus. Nous entrerions plus que jamais dans un monde unidimensionnel, mais nous ne regretterions pas le pluralisme parce que nous serions chacun dans notre petite alvéole, protégés de la différence et du doute.

Le modèle chinois n'est pas un modèle universaliste dans le sens où l'URSS communiste pouvait l'être. La Chine n'a pas une vision qu'elle veut imposer au monde, et elle rappelle régulièrement que chaque pays doit suivre sa voie. Mais l'« harmonie » qu'elle ambitionne d'organiser sur le plan interne – une harmonie, on l'a vu, qui peut passer par l'écrasement de minorités réfractaires – reste fragile tant que la « bulle chinoise » est au contact d'autres bulles qui n'obéissent pas encore complètement à la même logique. La Chine l'a compris, qui cherche à s'en prémunir en isolant l'internet chinois du reste du monde grâce à la construction d'une version virtuelle de la muraille de Chine. Mais une telle muraille, dans une économie globalisée dont l'information est la nouvelle richesse, est sans doute condamnée. Par ailleurs, la croissance de la diaspora chinoise et l'inévitable circulation des idées qui accompagne la circulation des personnes fragilisent toutes les murailles, y compris les murailles virtuelles. L'autre option qui s'ouvre alors à la Chine est d'étendre au monde la logique qui gouverne l'internet chinois : elle le tente aujourd'hui, par l'intimidation, en se montrant de plus en plus brutale dans sa propagande extérieure, en menaçant les grandes sociétés occidentales de perdre l'accès à son vaste marché si elles ne se plient pas à ses exigences ; elle complète cette politique d'intimidation par l'expansion commerciale, grâce à des entreprises chinoises qui aspirent à des positions de leaders dans les nouvelles technologies bien au-delà de la Chine.

La Chine et l'Occident sont donc condamnés à se ressembler ou à s'affronter non parce que deux visions universalistes entreraient en collision, mais parce que tous les deux sont dans une situation de déséquilibre et de fragilité qui les oblige à s'étendre pour ne pas reculer. La compétition entre la Chine et le monde occidental dépendra davantage des dynamiques internes des sociétés concernées que de la confrontation entre deux universalismes.

La compétition entre les deux modèles ne sera donc pas une « seconde guerre froide », mais, comme la première, elle aura le monde pour théâtre, et la Chine a des atouts que n'avait pas l'URSS. Pour tous les pays dont l'identité, à la différence des nations européennes, n'a pas été trempée par un millénaire de violences, et qui cherchent un raccourci vers la stabilité que des siècles de guerre ont fini par produire en Europe, l'expérience de la Chine contemporaine est particulièrement séduisante. Les anciens pays colonisés, qui ne sont pas embarrassés, comme leurs anciens colonisateurs, par la nostalgie du passé, n'ont pas les mêmes hésitations à se tourner vers la Chine. Non qu'ils ignorent les risques de tomber sous une nouvelle domination : en Afrique, la présence chinoise est devenue parfois pesante, et Pékin a utilisé avec brutalité sa position de créancier, face à des pays débiteurs affaiblis – même si, plus récemment, Pékin a consenti d'importantes remises de dette à des États que la pandémie a mis en difficulté. Il arrive que sa puissance nouvelle suscite le rejet. Mais, à tout prendre, l'attrait de la puissance chinoise l'emporte dans beaucoup de pays en développement sur la peur qu'elle pourrait inspirer. Ce n'est pas seulement, comme voudraient le croire les démocrates pour se rassurer, l'attrait naturel qu'une dictature efficace exerce sur des dictateurs inefficaces. Ce n'est pas seulement, pour des pays pauvres, le rêve de devenir à leur tour les usines du monde, même si le développement de l'automation risque de décevoir cette ambition. C'est finalement, et peut-être surtout, le rêve plus légitime et plus durable d'une société qui, confrontée aux tensions qu'engendre une croissance rapide, semble garder sa cohésion. Concilier le dynamisme de l'individu et de son appétit de richesse avec la mobilisation collective dans un projet partagé, cette « harmonie » dont depuis des millénaires les empereurs de Chine ont fait le principe organisateur de la société, est un rêve d'une grande actualité.

L'Occident, avec son désordre démocratique, avec ses polarisations amplifiées par les nouvelles technologies, a aujourd'hui moins d'attraits. Mais lui aussi est à la poursuite d'une harmonie retrouvée. La grande différence avec la Chine est que ce sont les entreprises plutôt que l'État qui sont les pionnières de cette exploration. L'objectif stratégique des grandes entreprises du monde digital, qui cherchent d'abord à gagner de l'argent, est en effet moins éloigné qu'il n'y paraît de celui que poursuivent les autorités chinoises. Le perfectionnement des moteurs de recherche et le ciblage de plus en plus efficace des consommateurs par Google ou Amazon organisent le confort occidental autour de la satisfaction du client. N'est-il pas plus agréable de se voir proposer à l'achat les produits qu'on a les moyens d'acheter, ceux que vos amis et relations possèdent, que ceux qui sont inaccessibles ou, à l'inverse, qui vous déclasseraient ? N'est-il pas plus confortable de recevoir des informations qui confirment la justesse de vos opinions que de découvrir que vous faites les mauvais choix, fondés sur de mauvaises informations ? La réponse à ces questions va de soi, mais leur inconvénient est de favoriser une segmentation de la société en groupes homogènes qui n'a pas de conséquences dangereuses tant qu'il s'agit de faire du commerce, mais la fragmente en groupes dysfonctionnels quand on l'applique à la politique.

Il n'est cependant pas interdit de penser que la sphère du politique – qui n'est pour ces grandes entreprises qu'un marché parmi d'autres – pourrait finir par échapper à la polarisation et remonter le handicap qu'elle conserve par rapport au système autocratique chinois : la dysfonctionnalité croissante de beaucoup de sociétés occidentales, et en particulier la société américaine, engendre une demande de plus en plus forte d'autorité, voire d'unité imposée, tandis que la logique économique pousse dans le même sens, la concentration des maîtres de l'information conduisant à la concentration du pouvoir, à laquelle seul le droit de la concurrence peut faire obstacle. La fragmentation tribale de la société que j'ai décrite ne serait alors qu'une phase de transition, avant qu'un vainqueur ne prenne le dessus dans la vente aux enchères des données et écrase ses concurrents : les démocraties occidentales atteindraient enfin cet endormissement paisible dont on a vu l'attrait non par l'action d'un État tout-puissant dans sa maîtrise des données, mais par la toute-puissance de l'argent. La logique du *winner-take-all* produirait dans les démocraties occidentales le même résultat qu'a obtenu en Chine le monopole du Parti communiste chinois. La logique commerciale et la logique politique finiraient ainsi par se rejoindre pour envelopper les citoyens/consommateurs d'une pellicule de bonheur tranquille.

La confrontation avec la Chine sera donc très probablement de moins en moins une confrontation idéologique dans laquelle s'opposeraient un système autocratique et un système démocratique, mais bien plutôt une compétition entre deux systèmes qui cherchent, l'un avec plus de succès que l'autre, à dissoudre en leur sein les conflits qu'engendre l'idéologie de l'individu lancé à la poursuite du succès économique. Qu'en Occident les entreprises soient à la pointe de cet effort, alors qu'en Chine c'est l'État appuyé sur des entreprises, ne serait finalement qu'un détail. Chacun des deux systèmes s'efforce, à sa manière, de créer autour de chaque citoyen/consommateur une bulle d'informations où il puisse se sentir à l'aise, pour les besoins commerciaux en Occident, pour assurer la tranquillité sociale en Chine. Dans les deux cas, la logique du système est de renvoyer à chacun une image qui le conforte dans ses convictions et ses habitudes, et évite le malaise que peut engendrer la différence. L'opposition que nous voyons encore entre les sociétés occidentales, où c'est en principe à chaque individu de définir le bonheur, et la Chine, où c'est l'État qui le définit, a déjà beaucoup perdu de sa pertinence, car l'individu occidental est de moins en moins intéressé à sa propre liberté. Si Xi Jinping a l'intelligence de ne pas se reposer uniquement sur lui-même et l'appareil du Parti, la gestion des émotions et des désirs en Chine appartiendra de plus en plus à des algorithmes dont la fonction sera d'éviter les conflits, générateurs de comportements « antisociaux ». L'immensité de la masse d'informations à gérer rendra obsolète la vision d'un département de la propagande, déterminant de façon centralisée la ligne. L'intelligence artificielle des algorithmes prendrait le pouvoir en Chine, comme chez Google, et le système chinois pourrait alors devenir un modèle vraiment nouveau, où la définition des besoins collectifs ne serait pas la décision arbitraire d'un pouvoir autoproclamé, mais le résultat sans cesse perfectionné d'algorithmes apprenants minimisant les conflits et les souffrances. Le Parti communiste chinois ne serait plus que le serviteur d'un pouvoir anonyme, une sorte de préface à l'ordre des machines.

La question ne serait plus alors celle de l'opposition entre un système qui écrase les libertés et un système qui les protège, mais plus prosaïquement entre deux méthodes pour gérer les émotions et les désirs de citoyens désormais ravalés au statut de consommateurs. Dans cette compétition, la Chine pourrait bien avoir un avantage comparatif : elle dispose d'un immense marché intérieur des données, dont la concurrence étrangère est pour le moment exclue, et dont l'exploitation et la consolidation ne sont pas entravées par la réglementation dans une mesure comparable aux sociétés occidentales. La conjonction de la maîtrise technologique et de la maîtrise d'une masse de données encore bien plus grande que celles qu'exploite aujourd'hui Google – mais peut-être pas Facebook, avec ses 2,5 milliards de comptes – donnerait à la Chine la matière première pour avancer plus loin qu'aucun autre pays dans l'intelligence artificielle. Si la Chine peut inspirer la peur, c'est donc finalement parce qu'elle combine les moyens d'une dictature avec ceux de ses entreprises : elle devient ainsi un concurrent redoutable dont les entreprises prennent des parts de marché et pourraient un jour dominer le marché le plus lucratif de l'avenir, celui des données.

État et entreprise, l'envers et l'endroit

L'insistance de Jeff Bezos, patron d'Amazon, à dénoncer le danger stratégique chinois est à cet égard révélatrice : la compétition pour la collecte et la maîtrise des données sera de plus en plus le cœur de la rivalité géopolitique entre les États-Unis et la Chine, et la distinction entre la concurrence des États et celle des entreprises sera de moins en moins pertinente. Au contraire, État et entreprises se rapprocheront, prisonniers d'une dépendance mutuelle, le premier reconnaissant l'importance stratégique de la maîtrise des données dans toute confrontation, et les secondes restant dépendantes dans leurs activités du pouvoir de régulation des États. Aux États-Unis, le complexe militaro-industriel des dernières décennies sera remplacé par un nouveau complexe militaro-informationnel dans lequel les géants technologiques de l'internet et le Pentagone vivront en symbiose.

Le complexe militaro-industriel de la guerre froide avait une importance politique parce que les entreprises du secteur de l'armement cherchaient à influencer le débat public, mais cette influence n'a rien été par rapport à ce que peut devenir l'influence d'un complexe militaro-informationnel : les grandes firmes de l'internet n'influencent pas le débat public, elles sont le débat public ! Elles l'organisent et de plus en plus le définissent. Cette convergence entre État et grandes entreprises est un coup supplémentaire porté à l'argumentaire de ceux qui soulignent les différences avec le modèle chinois, où l'État s'approprie les données privées, et le modèle occidental, où ce sont des sociétés indépendantes de l'État.

La compétition entre les sociétés américaine – occidentale ? – et chinoise risque donc de les condamner, paradoxalement, à se ressembler de plus en plus. États et entreprises n'auront pas d'autre choix que de converger dans une gestion de plus en plus automatisée des données. Si cette convergence devait être confirmée, elle ne représenterait pas la capitulation d'un modèle occidental et la victoire d'un modèle chinois, mais plutôt l'émergence graduelle d'un monde post-démocratique, plutôt que tyrannique. La Chine se serait occidentalisée, et l'Occident se serait sinisé, tous deux communiant dans le même culte utilitariste d'un bonheur géré par des algorithmes. L'argent, parce qu'il est le plus quantifiable de tous les biens, serait, plus que la raison, la mesure de toutes choses, y compris dans l'évaluation des mérites comparés de la Chine et de l'Occident. Au marché des idées, c'est déjà presque le cas : l'Occident a prétendu faire de la formule « que le meilleur gagne » l'étalon ultime de la valeur. Si la Chine réussit mieux que l'Occident à concilier croissance économique et harmonie sociale, n'est-elle pas le meilleur système ? L'idéologie du gagnant se retourne contre ses auteurs ! Il n'est donc pas surprenant qu'un nombre croissant de responsables politiques occidentaux prétendent ignorer le caractère dictatorial du régime chinois. Michael Bloomberg, dans un entretien avec Margaret Hoover (animatrice de l'émission *Firing Line* sur PBS), n'a pas hésité à affirmer que Xi Jinping n'était pas un dictateur, parce qu'il est comptable de son pouvoir devant le peuple chinois. Raisonnant en homme d'affaires qui a réussi, il mesure très logiquement le succès de la Chine à l'aune de la qualité des prestations de service rendues par l'État, comme une entreprise se juge à la satisfaction que ses produits procurent au consommateur. L'ambiguïté de l'idéologie occidentale de l'individu, qui affiche la prétention de poursuivre simultanément richesse, démocratie et paix, serait définitivement levée. La véritable priorité de l'argent serait confirmée, et la compétition avec la Chine ne porterait pas sur les valeurs mais, plus simplement, sur la manière la plus efficace – entendez celle qui masque les conflits – de distribuer la richesse à ses citoyens/consommateurs.

L'Occident et la Chine se rejoindraient non en abolissant les rapports de force, mais en les rendant pour ainsi dire invisibles. Grandes entreprises occidentales de l'internet et Parti communiste chinois se retrouveraient dans la même ambition de contrôler les esprits jusqu'au point où le confort aura fait oublier la servitude. Les détenteurs d'informations ne se contentent pas de répondre à nos désirs – comme Henry Ford, détenteur de capital, le fit en construisant des voitures que ses employés pouvaient acheter : les États et les entreprises acquièrent aujourd'hui la capacité de façonner ces désirs mêmes. La bulle de confort que nous avons décrite plus haut – faite d'informations, d'images, de bruits qui nous conviennent, écho savamment renvoyé des informations que nous avons données sur nous-mêmes – composerait pour chacun de nous un selfie qui apaise les Narcisse que nous sommes devenus. Dans le palais aux mille chambres du monde virtuel, nous serions naturellement conduits par la main invisible des détenteurs d'informations vers la chambre où nous ne rencontrerions plus que nos semblables, et la chambre occidentale ne serait pas si différente de la chambre chinoise. Nous risquons d'arriver au point où nous serons comme le chien de La Fontaine, indifférent au collier qui a pelé son cou, et dont le loup libre vient lui rappeler l'existence. Dans une société apaisée où il n'y aurait plus de loups, personne ne s'apercevrait du collier qu'il porte. La Chine deviendrait une post-dictature, et les démocraties des post-démocraties.

Nous n'en sommes pas encore là. Il se peut que la Chine, au lieu de devenir une « post-dictature » du XXIe siècle, reste une version modernisée des dictatures du XXe siècle. La centralisation actuelle du pouvoir dans les mains de Xi Jinping ne sera efficace que si ce dernier accepte de l'exercer grâce à des machines plus intelligentes que lui et moins désintéressées que l'appareil du Parti. Peut-être s'y refusera-t-il, auquel cas le système chinois, loin de représenter un avenir possible du monde, s'ossifiera. La difficulté du pouvoir de Pékin à empêcher la rétention d'informations au niveau local, révélée par le désarroi initial des autorités quand elles ont dû faire face à la pandémie, pointe dans cette direction. Les stratégies individuelles de pouvoir ont perturbé la belle machine que prétend organiser le Parti communiste chinois. Les apparatchiks qui le servent ont assez vite compris que l'information était un enjeu stratégique de pouvoir, et ils se la sont appropriée. Chacun pense d'abord à lui-même, et cette réaction tout humaine empêchera peut-être l'ordre du Parti de devenir le prélude de l'ordre des machines.

Il se peut aussi que, pour venir à bout du loup qui reste en chacun de nous, des États – et particulièrement ceux qui comme la Chine peuvent contrôler l'internet – soient tentés d'externaliser à l'échelle internationale les conflits qu'ils ne réussiraient pas à dissoudre à l'intérieur. Il est ainsi tout à fait possible que la mobilisation du monde digital par les autorités chinoises pour consolider l'harmonie intérieure débouche sur le conflit extérieur, et que, pour échapper à la confrontation dysfonctionnelle des tribus repliées sur elles-mêmes qu'on observe dans les sociétés occidentales, la confrontation se porte au niveau mondial, provoquant entre la Chine et l'Occident un choc violent qui ne serait pas le choc de deux idéologies, mais, tout aussi dangereusement, le choc d'identités construites par les médias sociaux. Je montrerai dans le prochain chapitre que la plus grande menace sur la paix est la fragilité interne des communautés politiques, y compris celles qui paraissent les plus puissantes.

Cette incertitude sur notre avenir – convergence des systèmes par une manipulation des esprits qui dissout les conflits ou confrontation par une manipulation des esprits qui attise les haines – apparaît à un moment crucial de l'histoire de la planète : la foi dans le progrès a puissamment contribué au dynamisme de l'Occident, et elle est aujourd'hui mise en doute. La curiosité, le désir d'aller toujours plus loin ont défini l'Occident, et cette insatisfaction permanente a unifié le monde. Elle a été synonyme d'impérialisme, de colonialisme, de violences inouïes. Elle a été également le moteur de révolutions politiques, économiques et scientifiques qui ont agrandi et enrichi le monde ; elle a ainsi donné à l'idée du progrès une portée universelle qui fait aujourd'hui des pays émergents les nouveaux chevaliers de la croissance du monde.

Dans le même temps, la dégradation rapide de notre environnement jette le doute sur la possibilité de poursuivre indéfiniment cette course éperdue, et ce doute n'est pas limité aux pays les plus riches de la planète. Il apparaît de plus en plus clairement que la courbe exponentielle de croissance des richesses qui a permis de dépasser, à partir de la fin du XVIIIe siècle, la croissance de la population ne peut être indéfiniment extrapolée. Le monde est donc à un tournant non seulement parce que l'Occident qui l'a unifié perd sa centralité, mais aussi parce que, après deux siècles de croissance rapide, il doit se préparer à gérer dans les cinquante ans qui viennent la fin de la croissance rapide, et peut-être la stagnation.

Un paradoxe intéressant de notre temps est que la Chine – qui a si efficacement mobilisé la dynamique capitaliste pour assurer sa propre croissance – serait par sa culture la mieux préparée à un basculement vers un état stationnaire. Il lui suffirait de revenir à ses sources. L'insatisfaction individuelle et la recherche insatiable du progrès ont été le moteur de la transformation du monde depuis la Renaissance, alors que le primat chinois de l'harmonie peut s'accommoder moins difficilement d'un monde en quête d'une sorte d'immobilité. La stagnation qui a caractérisé pendant plusieurs siècles la Chine redeviendrait un atout ! Le passage de témoin de l'Occident à la Chine signalerait alors non seulement la fin d'une certaine conception du rôle de la politique, mais une remise en cause de l'idée même de progrès, ligne de fuite de l'éternelle insatisfaction de l'individu.

On ne saurait donc exagérer l'importance de l'étape historique à laquelle nous sommes arrivés. La « tentation chinoise » n'est pas seulement la conséquence naturelle du déclin démocratique : elle correspond peut-être à un besoin réel de nos sociétés. Depuis deux cent cinquante ans, nous courons, et le déséquilibre de la course définit l'individu occidental, qui trace son chemin, ses chemins. Or ce cheminement a transformé le monde. Sommes-nous arrivés au bout de la course ? L'harmonie, plutôt que le dépassement de soi, doit-elle maintenant nous définir ?

Trois stratégies face à la Chine

Rien n'est joué, et le champ des possibles est grand ouvert sur la manière dont les démocraties occidentales vont gérer leur perte de centralité. Plusieurs stratégies sont envisageables. Pour les tenants d'un « camp occidental », il est urgent, au moment où la Chine monte en puissance, de serrer les rangs, pour former entre les États-Unis et l'Europe une alliance rénovée à laquelle pourraient se joindre d'autres démocraties, seule capable de mobiliser une masse critique suffisante pour faire contrepoids à la Chine. Une autre stratégie, qui a le soutien d'une bonne partie des opinions européennes, va dans la direction opposée : l'Europe devrait s'efforcer de rester à l'écart d'une confrontation qui ne la concernerait pas et garder ses distances.

Ce livre explore une voie médiane : les Européens seront toujours beaucoup plus proches des États-Unis que de la Chine, et il serait à la fois naïf et cynique de penser qu'ils pourraient tirer leur épingle du jeu en prenant leurs distances. Mais ils ont une contribution à offrir dans ce grand débat : l'équilibre entre l'individu et le collectif est moins délabré en Europe qu'il ne l'est aux États-Unis, et les Européens sont donc mieux placés que les États-Unis pour inventer des solutions nouvelles. Entre l'omnipotence d'un État omniscient et la domination des grandes entreprises maîtresses des données, l'Europe cherche une voie spécifique. J'ai montré les limites des solutions actuellement proposées, mais la direction stratégique est la bonne. Pour qu'elle devienne une réalité politique, il faudra que l'Europe domine ses peurs et que le désir de sécurité ne détruise pas le désir de liberté. Les institutions politiques des pays européens n'échappent pas à la crise de légitimité que j'ai décrite, et les sociétés européennes subissent elles aussi la violence qui monte. Elles sont gagnées par un sentiment de précarité, et celui-ci est d'autant plus fort que l'Europe est politiquement faible et cernée par les conflits. Les Européens savent déjà que leur conception du progrès et leur universalisme sont remis en cause. Cette prise de conscience peut avoir des effets opposés : elle peut submerger des sociétés dominées par la peur, ou au contraire produire dans les démocraties un choc si profond qu'elles se réinventent, non pour revenir à leurs origines – ce n'est plus possible –, mais pour créer des formes politiques nouvelles, aussi nouvelles que celles qui sont sorties de la première Renaissance. Une course est engagée entre la peur qui fragmente le monde et un pluralisme maîtrisé. Le désir de paix et d'« harmonie » est-il compatible avec une société authentiquement pluraliste et ouverte ?

CHAPITRE 7

L'avenir de la guerre

On célèbre la Renaissance européenne pour son merveilleux bouillonnement de créativité, dans les arts comme dans les sciences. Peut-être, dans cinq cents ans, se souviendra-t-on de notre époque comme d'une seconde Renaissance : une époque définie par l'avènement du monde digital et l'entrée de l'humanité dans une nouvelle ère, transhumaniste plutôt qu'humaniste, où l'esprit humain fut en quelque sorte démultiplié par les machines qu'il avait inventées.

Pour que notre époque devienne le moment fondateur d'un monde nouveau et puisse sans abus de langage être appelée seconde Renaissance, il faudra cependant que l'humanité traverse sans catastrophe les débuts de cette nouvelle ère, cette seconde Renaissance où le cadre politique des nouvelles légitimités n'est pas encore stabilisé. Cela n'ira pas de soi si la crise des institutions politiques reste sans réponse : depuis que les êtres humains se sont constitués en sociétés politiques, la légitimité de l'autorité politique a toujours été un fondement indispensable de la paix. J'ai mentionné au début de ce livre la thèse de Steven Pinker sur la réduction multiséculaire de la violence, qui repose sur une hypothèse fragile : la foi dans le progrès constant de l'universalisme de la raison, accompagné dans l'ordre politique par un accroissement continu du pouvoir des États, qui progressivement réduisent les violences privées, en se réservant le monopole de la force. Que cette légitimité, que ce monopole soient contestés, et la violence revient : c'est ce qui s'est produit pendant la première Renaissance, quand la légitimité des rois et des princes perdit son assise religieuse, et que les divisions religieuses devinrent divisions politiques. Il fallut plus d'un siècle pour trouver, avec les traités de Westphalie, un compromis qui rétablit la paix. Entre-temps, la barbarie s'empara de l'Europe, théâtre de violences inouïes, des guerres de Religion en France à la guerre de Trente Ans dans ce qui est aujourd'hui l'Allemagne.

La seconde Renaissance, en creusant la crise de légitimité des communautés politiques, peut comme la première apporter elle aussi la violence et la guerre. Dans un livre prémonitoire publié en 2005, *L'Ensauvagement – Le retour de la barbarie au XXIe siècle*, Thérèse Delpech décrivait déjà cette violence nouvelle que ne modère pas la conscience d'appartenir à une humanité commune. Chaque époque a les guerres qu'elle mérite, et la guerre de Syrie est le triste emblème de la nôtre. Une guerre qui ne fut jamais déclarée, et où la population civile est la première cible et la principale victime. Une guerre qui a ignoré les conventions internationales mises en place dans les cent cinquante dernières années pour réguler la violence et distinguer combattants et non-combattants. Une guerre où des enfants ont été gazés, des prisonniers exécutés, des villes affamées. Une guerre dont la médiatisation n'a pas freiné les horreurs : des crimes multiples, répétés sur plusieurs années, ont été documentés, parfois filmés, et l'information a été largement diffusée à travers le monde. Dans les grandes démocraties, les opinions publiques se sont « émues », mais la guerre a continué, prolongée par le tiède soutien apporté à une partie de l'opposition par une coalition hétéroclite combinant démocraties occidentales et autocraties moyen-orientales, jusqu'à ce que le gouvernement du président Assad puisse, avec l'appui de l'Iran et de la Russie, s'affirmer vainqueur en poussant hors de Syrie des millions de ses concitoyens. Sa « victoire », comme la guerre elle-même, exprime bien les paradoxes de notre temps. Assad gouverne aujourd'hui un pays en ruines, que 5,5 millions de Syriens ont quitté, tandis que 6 autres millions sont déplacés à l'intérieur du territoire, pour beaucoup sans possibilité de retour à des domiciles qui n'existent plus. Le régime a gagné, mais il règne sur un pays exsangue et moralement détruit. En usant des moyens de la terreur, il donne maintenant la priorité au rétablissement de la peur qui, pendant des décennies, a assuré la tranquillité de ses dirigeants. La formule romaine – « qu'ils me haïssent pourvu qu'ils me craignent » – paraît aujourd'hui plus pertinente que les conseils de modération des moralistes. Face à un peuple qui pendant un moment n'a plus eu peur de ses dirigeants, Assad est en passe de démontrer que seule l'extrême brutalité peut inspirer la terreur dont les puissants ont besoin pour restaurer leur autorité.

L'usage de la force a pris en Syrie une forme extrême, mais l'attitude qu'il trahit n'est pas propre à la Syrie. De la Russie annexant la Crimée aux États-Unis reconnaissant la souveraineté israélienne sur les hauteurs du Golan, de l'Arabie Saoudite bombardant des hôpitaux au Yémen à Israël créant chaque jour de nouveaux faits accomplis dans les territoires qu'elle occupe, de la Chine déportant des millions de Ouïgours à l'armée du Myanmar procédant au nettoyage ethnique des Rohingyas, la force est de plus en plus fréquemment le fondement de la légitimité, sans qu'il soit besoin de se donner la peine de la parer de l'autorité du droit, ou même d'une idéologie.

La loi du plus fort

Les nouvelles qui parviennent de Syrie, du Yémen, la cruauté sanguinaire du terrorisme, l'érosion continue des normes qui ont réglementé l'usage de la force, le choix par un nombre croissant d'États, y compris ceux qu'on imaginait soucieux de protéger leur légitimité internationale de la politique du fait accompli plutôt que de la négociation : tout cela suggère que nous sommes déjà entrés dans un âge où la force occupe le vide laissé par l'effondrement des autres sources de la légitimité. Pour certains observateurs qui se veulent réalistes, ce n'est qu'un retour à l'ordre naturel des relations internationales, où seule compterait la loi du plus fort. La période qui s'achève, avec ses organisations internationales, ses règles, n'aurait été qu'un intermède trompeur.

Il est cependant permis de penser que cette évolution n'est pas un simple retour à la « norme » des relations internationales : dans le passé, l'idée d'un ordre international a toujours été présente, et la force a rarement été ouvertement présentée comme le fondement de la légitimité. Ce n'est plus le cas aujourd'hui, et les puissants se donnent de moins en moins de peine pour légitimer leurs actions et tenter de faire passer pour la défense de l'intérêt général la protection de leurs intérêts particuliers : c'est une rupture profonde avec l'ordre établi des relations internationales. Dans la plupart des époques, les puissants ont en effet tenté de donner à leur puissance les couleurs de la vertu : au XIXe siècle, les États qui organisèrent le concert européen après la chute de Napoléon affirmèrent que leur entente servait les intérêts de l'Europe tout entière. Pendant la guerre froide, de grands crimes ont été commis, mais ils l'ont été au nom d'une idéologie, d'un avenir radieux qui méritait qu'on sacrifiât le présent. Et dans la période récente, les membres permanents du Conseil de sécurité, tout en s'affranchissant des obligations de la charte des Nations Unies quand cela leur convenait, ont fait toutes sortes de contorsions pour dissimuler leurs écarts et tenter de convaincre qu'ils agissaient dans le respect de la charte. Ces hypocrisies diplomatiques ont souvent été critiquées, mais elles étaient l'hommage du vice à la vertu, et parfois le commencement de la vertu : l'habitude d'inscrire ses actions dans un cadre agréé rend toute exception à la règle plus coûteuse, et, dans un monde imparfait, le souci de maintenir l'apparence d'un ordre préserve la possibilité d'un accord implicite sur ledit ordre ; il aide à créer un début d'entente et plus d'une fois il a sauvé la face de ceux qui se soumettent par réalisme plutôt que par conviction.

On n'en est plus là. L'époque appartient à ceux qui affirment sans faux-semblants – désormais jugés superflus – leur force et leur appétit de vaincre. Beaucoup reprennent à leur compte le discours brutal que les Athéniens de Thucydide tinrent aux Méliens il y a deux mille cinq cents ans : « Vous savez aussi bien que nous que, dans le monde des hommes, les arguments de droit n'ont de poids que dans la mesure où les adversaires en présence disposent de moyens de contrainte équivalents et que, si tel n'est pas le cas, les plus forts tirent tout le parti possible de leur puissance, tandis que les plus faibles n'ont qu'à s'incliner. » Netanyahou en Israël ne se donne plus la peine de ménager les apparences vis-à-vis des Palestiniens, et on peut en dire autant, dans un autre registre, des autorités saoudiennes ou russes accusées de commanditer des assassinats. Ni l'Arabie Saoudite ni la Russie ne se donnent beaucoup de mal pour accréditer des versions moins violentes des actions que la rumeur leur attribue, comme s'il valait mieux inspirer la peur que la confiance. La formule romaine citée plus haut – « qu'ils me haïssent pourvu qu'ils me craignent » – n'inspire pas seulement la Syrie d'Assad.

Cet affichage sans complexes de la force ne choque plus, et on a même quelquefois l'impression qu'il libère, comme si le monde se fatiguait de la grisaille des compromis, lassé de voir l'horizon d'un ordre de la raison sans cesse repoussé. Le mot guerre est dans l'air du temps. J'ai montré comment la crise de la politique débouchait sur le culte des chefs, la révérence pour des hommes forts auxquels on s'identifie. Ces hommes n'existent pas par un programme mais par la seule évidence de leurs actes, et la confrontation les définit. Le dialogue est signe de faiblesse, car il suppose un terrain partagé, la soumission à une rationalité supérieure. L'affirmation sans compromis de sa force ne comporte pas les mêmes risques. L'évidence de la force se passe d'arguments. Elle ne renvoie qu'à elle-même. À la longue, réduire les valeurs de la raison à des processus mène à la perte de l'ambition d'un ordre universel, et la guerre redevient acceptable. Dans un monde que plus rien ne rassemble, elle paraît à nouveau naturelle, comme l'harmonie universelle d'Emmanuel Kant – qui rêvait d'éliminer la guerre – le fut pour l'Occident triomphant de l'immédiat après-guerre froide. L'ambition d'un ordre international qui a semblé définir les dernières décennies apparaît rétrospectivement comme l'habillage idéologique de la domination provisoire que les États-Unis ont alors exercée sur le monde. Dès lors qu'il n'y a plus de puissance dominante, l'idée même d'un ordre international est mise en doute, et la guerre redevient l'horizon naturel des relations internationales.

La guerre totale est-elle possible dans des sociétés en miettes ?

Mais de quelles guerres s'agira-t-il ? Le changement qualitatif dans les capacités destructrices de l'humanité, avec l'invention de l'arme atomique, et demain l'utilisation guerrière des biotechnologies et la cyberguerre, annonce-t-il le retour de la guerre totale, telle qu'on l'a connue au XXe siècle, mais avec des destructions et des souffrances encore plus grandes, sans précédent dans l'histoire de l'humanité ? Le choc frontal de la guerre totale fait-il partie de notre avenir ? Ou, au contraire, la violence des guerres civiles de la seconde Renaissance sera-t-elle de même nature que celles qui accompagnèrent la première ? Parcourues d'atrocités, mais émiettées comme les sociétés dont elles sont le produit ? Serons-nous protégés au XXIe siècle d'une nouvelle guerre mondiale par la disparition des idéologies, par la fragilité même de nos sociétés, trop fragmentées pour se mobiliser dans l'effort collectif qui précède généralement la montée aux extrêmes ?

À chaque époque a correspondu dans l'histoire une forme de guerre. Après les combats de chevaliers, après les dévastations des guerres de Religion, les princes et les rois reprirent la main dans un ordre westphalien où les hostilités étaient menées par des professionnels qui s'affrontaient sur un théâtre symbolique dont les civils étaient pratiquement exclus ; la Révolution française et les deux siècles qui l'ont suivie ont introduit la guerre de masse, mobilisant d'immenses armées, et finalement la nation tout entière. Le rapport entre civils et militaires a évolué en conséquence : la conscription s'est généralisée, la guerre est devenue totale, donnant la victoire à celui qui pouvait mobiliser l'appareil industriel le plus puissant et détruire celui de l'adversaire. L'arme nucléaire a été l'aboutissement de cette évolution : sa puissance conduit à concentrer à l'extrême la décision, et à diffuser à l'extrême ses effets. Jusqu'à la fin de la guerre froide, l'holocauste nucléaire a été l'horizon stratégique du monde. La cohérence stratégique qu'imposait l'affrontement entre l'Est et l'Ouest était à la fois terrifiante et rassurante : terrifiante, parce que le choc virtuel qu'il mettait en scène – choc d'idéologies, de nations et d'armes de destruction massive – nous menaçait de la disparition de la civilisation ; mais aussi paradoxalement rassurante, parce que la structuration du monde qu'il organisait était d'une absolue clarté, et que le jeu compliqué des relations entre nations paraissait se réduire à une partie d'échecs, aux règles connues et jouée, comme toute partie d'échecs, par deux joueurs.

Aujourd'hui, les arsenaux sont toujours là, un peu réduits, mais suffisants, s'ils étaient utilisés, pour ramener l'humanité à l'âge de pierre. Plusieurs des traités qui régulaient le dialogue nucléaire entre les États-Unis et l'URSS ont été abrogés, comme le traité sur les missiles antibalistiques ou l'accord sur les forces nucléaires intermédiaires, et même quand ils ont été reconduits, comme l'accord START de contrôle des armements, ils risquent de se révéler insuffisants. Il en va de même pour la limitation des armements conventionnels en Europe :

ceux-ci ne sont plus encadrés par un traité qui, en diminuant le risque d'une confrontation conventionnelle et en instaurant des mesures de confiance et de transparence, rendait encore plus improbable une escalade nucléaire. Dans le même temps, la mise au point d'armes hypersoniques polyvalentes réduit les temps d'alerte, tandis que la frontière entre conventionnel et nucléaire se brouille, avec la miniaturisation des armes nucléaires d'une part, et la possibilité pour des armes conventionnelles d'exécuter des missions stratégiques d'autre part. Les distinctions qui ont contribué à donner une certaine stabilité à la dissuasion – nucléaire/conventionnel, stratégique/tactique – perdent de leur pertinence avec les progrès de la technique. Au même moment, la cyberguerre risque d'accroître le brouillard de la guerre, désorganisant les lignes de communication et de commandement. À considérer l'ensemble de ces évolutions, on doit conclure que le risque d'un affrontement nucléaire est aujourd'hui aussi élevé, sinon plus, qu'il ne le fut pendant la guerre froide ; l'algèbre de la dissuasion fonctionne mal dans le brouillard stratégique.

La perception publique, dans la plupart des pays, est cependant exactement l'inverse, comme s'il était acquis qu'une telle confrontation est aujourd'hui devenue inimaginable, comme si la confusion de notre monde, au lieu d'accroître les risques, était une assurance contre la montée aux extrêmes. Les foules qui défilent dans les pays occidentaux défilent contre le nucléaire civil plutôt que contre le nucléaire militaire. Cela ne signifie pas qu'elles y soient favorables, mais elles lui sont assez largement indifférentes.

Pour qu'il en soit autrement, il faudrait que la conscience d'une appartenance collective l'emporte sur les peurs individuelles et que la perception du monde s'organise autour de grands enjeux collectifs. Or ni la Russie ni la Chine ne font vraiment peur aux peuples d'Occident, et les stratèges habitués à raisonner en termes géopolitiques ont de plus en plus de mal à être entendus quand ils évoquent les questions traditionnelles de la puissance. À moins d'être aux abords immédiats de la Russie, les peuples européens se désintéressent de la question russe, et Trump a été en résonance avec le peuple américain quand il refusait de s'inquiéter des desseins de Poutine. La Chine est encore plus lointaine, et la majorité des Européens refuse d'en faire un défi stratégique, même si le choc de la pandémie a commencé de faire évoluer les perceptions. La préoccupation vis-à-vis de la Chine est plus grande chez les Américains, parce qu'elle jette le doute sur la pérennité de la place de numéro un des États-Unis, au moment même où le rang qu'on occupe dans un classement est devenu un élément essentiel de l'identité. Il n'y a plus d'unité stratégique du monde, et le décalage grandit entre l'inquiétude des stratèges professionnels qui continuent d'observer le monde avec le regard de joueurs d'échecs et le relatif désintérêt du grand public.

Les premiers raisonnent encore dans les termes classiques de la géopolitique : le nombre des joueurs sur l'échiquier du monde a certes augmenté, compliquant les calculs des stratèges, mais les hypothèses de départ n'ont pas changé – le monde est défini par la confrontation de grandes forces collectives incarnées dans des nations qui établissent entre elles des rapports de force. La responsabilité du stratège est d'éviter les erreurs de calcul qui pourraient conduire à la guerre. Pour les stratèges occidentaux, le vide ouvert par la récente prudence – fatigue ? – américaine est dangereusement rempli par des impérialismes russe ou chinois. La Russie s'est emparée de la Crimée et manipule la situation dans le Donbass. La Chine continue méthodiquement de construire des implantations dans la mer de Chine du Sud. Pour les adeptes de la géopolitique classique, cette situation peut se lire de façon transparente comme le recul d'une puissance en déclin, qui ouvre un espace rapidement comblé par des puissances opportunistes comme la Russie, ou montantes comme la Chine. Tôt ou tard, le recul d'une puissance et les avancées de deux autres déboucheront selon cette thèse sur une confrontation. Le risque d'une grande guerre serait là. Il reste que la Russie comme la Chine se préoccupent d'abord de dominer leurs abords, comme le firent dès le XIXe siècle les États-Unis avec l'Amérique latine, en proclamant la doctrine Monroe. Ni l'une ni l'autre n'ont aujourd'hui un projet universaliste, et on peut se demander si les stratèges occidentaux qui montent en épingle les menaces ne cherchent pas d'abord à consolider leur propre camp, dont ils pressentent la fragilité intérieure.

Le grand public est paradoxalement plus indifférent au risque de la guerre totale que les stratèges, parce qu'il vit de l'intérieur la déliquescence des communautés politiques. Méfiant à l'égard des engagements collectifs, sceptique sur les idéologies, il doute de la capacité des dirigeants à obtenir une mobilisation totale de leurs peuples. Il soupçonne que les calculs des stratèges reflètent une vision périmée du monde. Les communautés politiques contemporaines semblent beaucoup trop fragiles pour se rassembler dans l'élan collectif d'une guerre totale. Un monde sans idéologie, où même le nationalisme est plus souvent le symptôme du repli et de la peur que la marque de la confiance en soi, ne ressemble guère au monde de 1914.

Alors que le paroxysme de violence des grandes confrontations du siècle dernier semble s'éloigner, d'autres violences montent, diffuses et multiformes, à l'image de nos sociétés en miettes : black blocs français, pillards chiliens, gangs mexicains ou philippins, et bien sûr terrorisme… Soulèvements politiques, ou agissements criminels ? Le dosage varie, mais la confusion croissante entre politique et crime, voire la criminalisation de la politique, marquent notre temps. La crise du collectif est passée par là. On se bat de moins en moins pour des causes, et de plus en plus pour une identité, quand ce n'est pas pour de l'argent, et ces violences ne sont souvent que la dernière étape d'une destruction graduelle du tissu social. La perte de légitimité des institutions politiques et l'affaiblissement concomitant des liens sociaux ont commencé avec la multiplication des actes d'incivilité et, au bout du chemin, débouchent sur la violence et le crime. Dans des sociétés qui ont perdu le socle invisible de valeurs partagées, où il n'y a plus d'implicite, mais seulement des lois, les institutions officielles sont rapidement débordées, et leur visible impuissance achève de détruire le peu de légitimité qu'il leur restait. La peur du gendarme, qui suffisait à maintenir la paix tant que la masse des citoyens conservait un respect spontané pour la loi, est un rempart insignifiant contre la violence quand ce respect a disparu et que le gendarme doit faire peur, non plus à une petite minorité de criminels, mais à tout un peuple. Un cercle vicieux s'installe, où il devient rationnel, pour chacun individuellement, de ne pas être le dernier à cesser de respecter la loi. Hobbes a remplacé Montesquieu.

Hypertrophie de l'État protecteur, atrophie de la société

C'est le moment où la population – ne parlons plus de citoyens ! – est prête pour un nouveau Léviathan. La demande d'ordre, des Philippines de Duterte au Brésil de Bolsonaro ou même à la France de Le Pen, l'emporte sur toute autre considération. L'État comme incarnation d'un projet collectif s'efface, mais il revient comme le grand protecteur. On n'attend plus d'un État qu'on méprise qu'il incarne une ambition collective, et on n'est pas prêt à mourir pour lui. Mais on attend que ses serviteurs meurent pour nous et tiennent à distance tout ce qui pourrait menacer les individus apeurés que nous sommes devenus. L'État doit éliminer le risque, tous les risques.

L'autorité publique, toute discréditée qu'elle soit, est alors sommée de protéger, et de protéger totalement, qu'il s'agisse du terrorisme ou d'une pandémie. Cette fonction de protection écrase toutes les autres, et il est remarquable que cette demande transcende les divisions politiques, au sein des nations comme entre les nations. Qu'on soit maire de Londres, de Moscou ou de Pékin, on multiplie des caméras de vidéosurveillance (150 000 à Moscou !), et on se prépare pour les étapes suivantes : logiciels de reconnaissance faciale, immenses bases de données, intelligence artificielle pour trier la masse des informations accumulées et exploiter les images recueillies. On peut certes opposer en Chine l'absence de freins juridiques à la consolidation des données et les obstacles qui limitent encore de telles opérations dans les démocraties occidentales. Mais ces différences ne doivent pas faire illusion : partout la pression monte pour permettre aux autorités de s'approcher de ce zéro risque qui est toute l'ambition d'individus apeurés.

L'exigence d'une société à risque zéro non seulement nous libère de l'obligation d'avoir à faire des choix, mais cette attente vis-à-vis de l'autorité publique est différente de celle qui a fondé dans le passé la légitimité des institutions politiques, car nous leur demandons seulement de nous protéger, pas de nous représenter. Le refus du risque, la peur presque panique qu'il engendre ne nous rassemblent pas dans un élan collectif. Le président de la République française a bien pu parler de « société de vigilance », appelant à une sorte de levée en masse contre la menace du terrorisme. La réalité est cependant bien différente, et l'organisation de la sécurité, dans la plupart des pays, illustre la distance croissante entre la population et les forces chargées d'assurer sa sécurité. La distance est d'abord apparue avec l'abandon de la conscription dans beaucoup de pays. Les conscrits de la levée en masse ont été remplacés par des professionnels, dont la « productivité destructrice » ne cesse d'augmenter. Les soldats du XXIe siècle peuvent être moins nombreux, parce qu'ils contrôlent des armes de plus en plus puissantes. Ils sont donc aussi beaucoup plus précieux, et donc plus protégés : eux aussi, tout professionnels du risque qu'ils soient, bénéficient de l'aversion générale pour le risque. Depuis les archers d'Azincourt, le progrès dans l'efficacité des armes est souvent allé de pair avec la diminution du risque pour ceux qui les utilisent. Le XXIe siècle apporte en ce domaine un changement qualitatif.

Il y a certes encore des guerriers, et même des héros, mais la camaraderie, plutôt que l'héroïsme, est la valeur qui les définit. Nous déléguons la mort à des techniciens de la violence, qui forment un monde à part. Aux États-Unis en particulier, la caste militaire se détache de plus en plus du reste de la société et des institutions politiques. La société se fragmente, les institutions politiques sont frappées de paralysie, mais le complexe militaire continue de grandir et de se consolider, gouverné par un autre système de valeurs, et il s'exhibe en exemple à une société dont la trame se déchire. Mais le rapport à la nation des militaires a changé. Ils en sont moins les représentants que l'avatar, une société alternative, que certains choisissent non par volonté de défendre la nation, mais pour y retrouver les valeurs qu'ils ne trouvent plus dans la nation. Certains même, dont l'importance va croissant, n'ont avec la nation qu'un rapport pécuniaire : dans les guerres non déclarées de notre époque, on rencontre de plus en plus de mercenaires, dont la mort éventuelle a l'avantage de ne pas même figurer dans les statistiques ; ce ne sont après tout que des « prestataires de services ». Dans un monde accidentel, et pour ainsi dire illisible, les individus dépossédés d'une identité collective pensent d'abord à eux-mêmes, et il serait dangereux politiquement de trop mettre en évidence des sacrifices collectifs auxquels personne ne veut s'identifier, même à travers le lien désormais très indirect d'une armée professionnelle. Les entreprises privées de sécurité sont la réponse naturelle à ce besoin de distanciation. On demande à être protégé, mais on ne veut pas en connaître le prix humain.

L'État sécuritaire hypertrophié, avec ses invisibles prolongements privés, devient ainsi le dernier stade d'une évolution paradoxale : l'État ne représente plus des communautés politiques inexistantes, mais a pour fonction principale de protéger des individus saisis par la peur. Ce choix, partie réalité pratique, partie mise en scène de la sécurité, est coûteux, en particulier aux États-Unis, où la taille du budget de la sécurité semble échapper à toute explication rationnelle. La puissance de l'État ne cesse de grandir, alors même que la société étale son inexistence : c'est l'exact opposé de la levée en masse révolutionnaire. Les professionnels comblent le vide ouvert par la disparition des citoyens. Rien n'illustre mieux cette évolution des communautés politiques que la lutte contre le terrorisme : le risque de la guerre froide qui hantait les esprits était celui d'un anéantissement collectif dans l'holocauste nucléaire. Le risque qui obsède notre époque est celui de l'anéantissement individuel, et nulle menace ne concrétise plus fortement ce risque que le terrorisme : la malchance individuelle de se trouver au mauvais endroit au mauvais moment.

Le terrorisme, mise en scène de notre précarité

La peur du terrorisme hante nos sociétés d'une façon qui n'a pas de précédent dans l'histoire, bien que la probabilité d'être victime d'un acte de terrorisme reste très faible, en particulier dans les pays riches, et que le terrorisme soit aussi vieux que le monde. Depuis le 11 septembre 2001, le plus remarquable est l'efficacité des mesures de police pour déjouer les attentats, qui explique la rareté de ces derniers dans les pays en paix du monde développé, d'autant que les organisations terroristes ont les plus grandes difficultés à recruter des personnes prêtes à sacrifier leur vie. De plus en plus, dans les pays développés, de tels actes sont le fait d'individus isolés, sans véritable structure de soutien. Les statistiques du terrorisme, qui englobent dans une même catégorie la violence des guerres civiles dans lesquelles se sont enfoncés la Syrie, l'Irak ou l'Afghanistan et les attentats spectaculaires mais rares qui ont affecté les populations des pays développés sont à cet égard trompeuses car les situations ne sont pas comparables, mais la confusion entretient la perception angoissante d'une inexorable montée globale de la violence terroriste, et elle est encouragée par les responsables politiques.

La peur s'insinue ainsi dans le quotidien de nos vies, et la question du terrorisme en vient à dominer le débat public, à la différence des époques passées : la cible des terroristes a changé. Il y a deux mille ans, on assassinait un tyran ; il y a cinq cents ans, on assassinait un roi. Au XIXe siècle, les anarchistes s'en prirent aux institutions représentatives, aux parlements. Dans chacun de ces cas, l'objectif politique du terrorisme, où le faible cherchait à frapper le fort au cœur du pouvoir, restait clair. Tout a commencé de changer dans les dernières décennies du XXe siècle, quand les cibles du terrorisme se sont élargies. Les athlètes de l'équipe israélienne victimes d'une attaque aux Jeux olympiques de Munich n'avaient de relation avec l'occupation de la Palestine que par leur nationalité. Le lien entre les cibles du terrorisme et la cause des terroristes s'est fait de plus en plus ténu, et cette évolution a préparé la rupture qui distingue le terrorisme contemporain de ceux qui l'ont précédé.

La déconnexion désormais presque complète entre les cibles visées et la cause défendue ouvre une époque nouvelle. La plupart des victimes des grands attentats qui ont marqué les opinions depuis le 11 septembre 2001, an I de cette nouvelle ère, ne peuvent être que très indirectement reliées à l'adversaire que prétendent combattre leurs auteurs. Peu d'attentats correspondent au terrorisme « classique », une cible qui répond à un objectif politique identifiable : l'avion contre le Pentagone, cible militaire, fait figure d'exception. En revanche, les employés de bureau du World Trade Center, les banlieusards du métro de Londres, les écoliers de Beslan n'avaient rien à voir avec le combat des terroristes. Pour la plupart, ils en ignoraient tout. Et que dire des civils afghans, irakiens, somaliens qui perdent chaque semaine la vie dans l'explosion d'un véhicule bourré de dynamite ?

Les victimes du terrorisme sont le plus souvent – je reviendrai sur les exceptions – d'abord les victimes d'un malheureux hasard dans une société en miettes, elles ne meurent pas pour la défense d'une cause : leur mort est un accident, et ce caractère accidentel contribue puissamment à donner un impact sans précédent aux actions terroristes. Le terrorisme contemporain terrorise précisément parce qu'il est impossible d'en déterminer la cible. L'arbitraire est au cœur de sa stratégie. Aucune catégorie particulière n'est visée, ou épargnée. Le fait de ne pas s'intéresser à la politique ne protège pas. Toutes et tous sont potentiellement condamnés. Aucun n'est innocent face au terrorisme.

Si improbable qu'elle soit, la perspective qu'il peut exister dans le wagon de métro du soir une personne déterminée à vous assassiner est beaucoup plus inquiétante que la possibilité, pourtant bien plus élevée, de croiser sur la route un chauffard qui va provoquer un accident mortel. L'accident de voiture mortel, la tuerie de masse commise par un fou comme l'attentat terroriste mettent également en scène la précarité de la vie et son incorrigible contingence. Pourquoi l'attentat terroriste provoque-t-il une beaucoup plus grande angoisse que l'imbécillité du chauffard ou la cruauté du fou, qui ne sont que la déviance d'un individu ?

L'intention fait toute la différence. Après chaque attentat terroriste, le cliché le plus fréquemment entendu est celui de « lâche attentat » : étrange qualification alors qu'on peut accuser le terroriste qui se suicide de beaucoup de choses, mais pas de lâcheté. Notre revanche verbale est révélatrice : ce qu'il y a de plus insupportable dans la violence terroriste, c'est le courage du terroriste. Courage de fanatique et d'assassin, mais courage. Son acte nous oblige à expliciter les valeurs qui nous définissent. Il pose la question des valeurs pour lesquelles nous serions nous aussi prêts à mourir, et, en l'accusant de lâcheté, nous tentons de nous rassurer sur la supériorité de nos engagements moraux et prétendons à un courage dont nous soupçonnons qu'il nous manque. Il est insupportable de penser que ceux qui veulent notre mort ont entre eux des liens plus forts que leurs victimes, et qu'au jeu de la compétition des valeurs, leurs convictions délétères, pour lesquelles ils sont prêts à donner leur vie, sont plus fortes que les nôtres : pour quelle cause sacrifierions-nous notre vie ? Il est à cet égard remarquable que les attentats terroristes ayant suscité une vraie mobilisation collective qui dépassait la réaction de peur sont ceux qui représentaient un défi direct aux valeurs d'une société, ceux qui avaient une cible : les dessinateurs de *Charlie hebdo*, les spectateurs d'un concert, un prêtre disant la messe, un professeur enseignant la liberté d'expression. Dans un bref instant, une société s'est souvenue qu'elle n'existait que sur un socle de valeurs partagées.

Dans la plupart des cas, cependant, le contraste entre l'engagement meurtrier du terroriste et la peur qu'il inspire à ses victimes fait du terroriste contemporain le porte-étendard d'une société alternative qui révèle notre fragilité collective. À la différence des terroristes du passé, qui avaient un objectif politique bien défini, les terroristes d'aujourd'hui, par la radicalité de leurs méthodes et par l'utopie de leurs ambitions, nous lancent un défi métaphysique plus que politique, en nous obligeant à contempler le vide sur lequel reposent nos sociétés. Que ce défi nous soit lancé au nom d'un islam radical est finalement secondaire, car ce n'est pas la théologie qui inspire leurs actions, mais le principe même d'une rupture totale avec le monde tel qu'il est. De fait, les connaissances religieuses de la plupart des terroristes sont légères, souvent réduites à l'observation formelle de rites (prières, etc.), mais, avec la mort de l'utopie communiste, l'islamisme radical est pour le moment la seule idéologie qui survit sur le marché de la violence révolutionnaire. Son attrait réside dans la remise en cause de toutes les incarnations de la modernité, du capitalisme occidental au régime oligarchique à la russe. Cette universalité du rejet confirme que le terrorisme radical d'aujourd'hui ne vise pas un système politique particulier. Il est un acte symbolique, la mise en scène du rejet du monde tel qu'il est. Il explique l'unanimité apparente du monde contre le terrorisme. Nous voici en effet défiés au plus profond de nous-mêmes : capitalistes ou anciens communistes, peu importe ; nous voudrions penser que nos apparentes différences cachent un amour partagé de l'humanité, et c'est à ce registre qu'emprunte régulièrement la rhétorique antiterroriste, mais nous découvrons que nous ne sommes unis que par une peur collective, une peur viscérale dont la seule vertu est de nous permettre d'échapper au vertige du vide en créant le lien social qui nous manque.

À la poursuite du risque zéro : le degré zéro des sociétés

Tout se passe comme si nous étions d'autant plus attachés à nos vies que nous n'en connaissons plus le sens, comme si nous avions d'autant plus peur de la mort que nous ne savons pas très bien pourquoi nous vivons. Le nihilisme de la mort qui anime le terroriste répond au nihilisme de la poursuite éperdue du succès. La course vers une violence toujours plus extrême est l'envers de la course à la richesse. L'un dit « j'achète, donc je suis », et le second répond « je tue, donc je suis ». Chacun à sa façon compose le selfie de sa solitude nihiliste, et ce qui donne sens à la vie du terroriste n'est pas une cause, mais son sacrifice même, l'ultime selfie filmé avant de mourir, seule trace qu'il laisse à la postérité.

Dans cette collision de solitudes, chacun poursuit une utopie qui redonnerait à la société une signification. Le terroriste poursuit l'utopie d'une société alternative. La cible apeurée du terroriste rêve à sa manière d'une autre utopie qui le délivre de la peur et de son incapacité à faire des choix : il poursuit le rêve d'une société à risque zéro, ce à quoi aspire une société quand précisément elle cesse d'être une société. Peut-on en effet qualifier de société une société où rien n'est plus précieux que la vie de chacun, parce que la vie est la seule valeur absolue qui subsiste ? La panique qui a saisi le monde confronté à la pandémie du Covid-19 nous a donné un avant-goût de ce à quoi conduit cette utopie. L'idée même de risque y devient intolérable, car elle suppose qu'il pourrait exister des valeurs pour lesquelles il serait justifié de risquer sa vie. Si une valeur, celle de la vie, prime toutes les autres, les choix compliqués de l'existence deviennent beaucoup plus simples. Il faut éliminer tout risque qui menace la vie – peu importe les valeurs qui la guident, elles sont secondaires –, de sorte qu'en tous domaines, y compris le terrorisme, le zéro risque devient le seul objectif politique légitime. Il est intéressant d'observer comment l'angoisse vis-à-vis du terrorisme, l'angoisse vis-à-vis du changement climatique, l'angoisse vis-à-vis de la technologie (vaccins, etc.) sont portées par la même logique. Cette aversion du risque embrasse toutes les activités humaines. Éliminer la contingence devient le but suprême. Le « principe de précaution » s'applique donc aussi bien à la lutte contre le terrorisme qu'à la réponse aux menaces de la nature. Le risque, quelle que soit son origine, humaine ou naturelle, n'est plus accepté comme une dimension de la vie en société, mais comme la manifestation d'une intolérable vulnérabilité. Comme on l'a déjà observé, la promesse du paradis des idéologies totalitaires du XXe siècle et la menace de l'enfer de l'écologie extrême du XXIe siècle ont entre elles des rapports de cousinage. Le rejet absolu du risque, révélé par le terrorisme, porte en lui la destruction de la liberté démocratique, non seulement parce qu'il conduit à une société de surveillance policière, mais parce qu'il clôt le débat politique, arbitrage entre priorités, entre présent et avenir, entre individu et collectivité. L'absolu de l'absence de risque dicte sa loi. Il interdit le droit à l'erreur, car toute erreur peut être fatale.

L'angoisse qu'engendre le terrorisme éclaire d'une lumière crue le paradoxe des sociétés contemporaines, à la fois obsédées par l'utopie d'une société sans risque et de plus en plus confrontées à une violence quotidienne et permanente. Ce décalage nourrit le scepticisme sur les institutions politiques, qu'on méprise tout en en attendant tout. La perception, en partie fondée, que les dirigeants ne contrôlent plus grand-chose se répand. Le monde est trop fluide et insaisissable pour que des stratèges puissent en décrypter la rationalité cachée. Cela explique que la peur du terrorisme définisse aujourd'hui nos sociétés comme la peur de l'holocauste nucléaire a défini la guerre froide, quand la perspective de l'anéantissement collectif était directement liée à l'appartenance à un camp qui portait un projet politique : on pouvait dominer son angoisse en adhérant à ce projet, ou au contraire en le rejetant, mais, dans les deux cas, la possibilité de l'action politique affirmait la liberté humaine, meilleur antidote contre la peur. Le risque nucléaire n'est désormais qu'un cas particulier de la perte de contrôle sur le monde, et, entre l'accident de la guerre nucléaire et l'accident d'un incident nucléaire, il n'y a pas pour le grand public de différence de nature. Les deux risques ajoutent au sentiment de précarité, à une angoisse d'autant plus difficile à maîtriser qu'elle ne peut être circonscrite.

Violences contemporaines : quand la paix commence à ressembler à la guerre

Les violences contemporaines rompent ainsi avec le passé, tout en lui empruntant certains traits. Au XXe siècle et à ses guerres totales, elles empruntent l'énorme capacité organisationnelle des États et les ressources matérielles presque illimitées d'un grand État moderne. Mais ces ressources ne sont pas mises au service d'un projet politique, d'une mobilisation collective, car les communautés politiques qu'elles servent sont en crise. Les grandes machines de guerre du XXIe siècle se déploient sur un fond de précarité des institutions politiques. Elles ressemblent davantage aux institutions politiques de la première Renaissance qu'aux États sûrs d'eux-mêmes du XXe siècle. Ce contraste entre l'imposante superstructure matérielle des États les plus riches et la fragilité de leurs fondations, désormais construites sur des peurs partagées plutôt que sur des ambitions communes, change les relations entre nations, et nous commençons tout juste d'appréhender les conséquences stratégiques de cette nouvelle géopolitique de la peur. Quand une société n'est plus rassemblée que par ses peurs, elle devient très vulnérable. Al-Qaïda a été le premier acteur politique à comprendre le profit qui pouvait être tiré de ce changement. Mais, faute d'avoir un objectif stratégique réaliste, il n'en a jusqu'à présent tiré qu'un profit limité. La Russie de Poutine en fait un meilleur usage : Moscou a compris que, dans la compétition internationale, il était moins coûteux d'exploiter les faiblesses de l'adversaire que de bâtir ses propres forces. Et ce choix est d'autant plus justifié que l'idéologie du succès et de l'argent multiplie les canaux d'influence. La victoire est à celui dont les fondations politiques déclinent moins vite que celles de l'adversaire.

Dans ce monde précaire, la guerre ne met pas fin à la paix, elle s'y insinue. La porte du temple de Janus, que les Romains avaient la sagesse de fermer à double tour en temps de paix, est maintenant en permanence entrebâillée, et c'est ce qui donne à notre époque son caractère propre. La frontière entre guerre et paix se brouille dans les actes comme dans les esprits. La rupture entre l'état de paix et l'état de guerre, celle que montrent les fresques du bon et du mauvais gouvernement de Sienne, perd sa signification. Réplique de la continuité entre politique intérieure et politique extérieure, une continuité s'établit entre la violence à bas feu des « mauvaises banlieues », les batailles rangées qui opposent gangs mexicains et forces de l'ordre, la violence généralisée des guerres civiles et le terrorisme.

L'évolution des technologies contribue elle aussi à bousculer les distinctions que le droit avait établies entre l'état de guerre et l'état de paix. Chaque jour, des cyberattaques non signées testent les défenses de l'adversaire potentiel : à l'exact opposé de la dissuasion nucléaire, l'arme du cyber doit être continuellement testée pour être crédible. Mais ces tests doivent rester indétectables, pour que l'adversaire ne mette pas en place des défenses qui leur enlèveraient toute efficacité. La cyberguerre est à la fois invisible et permanente, jusqu'au moment crucial où l'action clandestine de reconnaissance se transforme en attaque. Dans un autre domaine, la précision croissante des armes, jointe à la possibilité de les utiliser sans risque de riposte sérieuse, encourage également leur utilisation : juger, assassiner, faire la guerre, la différence entre ces actes perd son évidence à l'âge des drones. Entre le tribunal qui juge un criminel et le drone qui tue sur ordre de l'autorité politique un présumé terroriste, il n'y a plus qu'une différence technique : la séparation entre un ordre interne, où la justice décide des peines, et les circonstances exceptionnelles de la guerre, où on tue sans jugement des ennemis, perd de sa pertinence : on rapporte que le président Obama décidait chaque semaine de la liste des personnes à tuer par une frappe ciblée… il le faisait dans le cadre de procédures rigoureuses destinées à garantir que des innocents ne seraient pas frappés, mais la logique de ces exécutions extrajudiciaires n'est pas dans son esprit fondamentalement différente de celle d'un Duterte se flattant de tuer des trafiquants. La distinction entre criminels et ennemis se brouille ou, plutôt, l'ennemi est ravalé au statut de criminel, mais sans les garanties que la justice accorde aux criminels. L'État protecteur n'est pas un État justicier, mais un État vengeur. La guerre ne se civilise pas, mais la paix se militarise. Entre l'ordre interne et l'ordre externe, la frontière devient aussi indécise que celle qui sépare la guerre de la paix.

Cette confusion change notre rapport à la violence. La guerre, faussement apprivoisée, procure, au-delà du cercle des puissants, qui trouvent avantage à la mise en scène de la force, donnée en spectacle à leurs peuples, une excitation qui transforme la guerre en jeu. Cette familiarité avec la force offre aux populations civiles des pays technologiquement avancés les satisfactions d'une guerre imaginaire, où ils tuent par procuration, quitte à ce que, de temps en temps, une fusillade dans une école ou quelque autre attentat – qualifié ou non de terroriste – fasse irruption dans leur réalité protégée. Dans les pays qui n'ont pas le luxe de mener la guerre à distance, toutes les situations intermédiaires existent, depuis la dévastation de la Syrie ou du Yémen jusqu'aux batailles rangées de villes du Mexique. La guerre n'est plus rupture avec un ordre naturel de paix. Elle est devenue le quotidien de nos vies.

Nous voilà donc immergés sans l'avoir cherché dans un monde paradoxal et contradictoire : cherchant la tranquillité, mais tolérant les violences les plus brutales, doutant de la capacité des États à porter un destin collectif, mais prêts à embrasser une extension sans précédent de leurs pouvoirs sécuritaires ; repliés dans un nationalisme frileux et incapables de tolérer les contingences du monde incontrôlable qui frappe à nos portes.

Notre monde est juste assez connecté pour que des conflits limités aient des conséquences globales, mais assez informe pour qu'aucun acteur ne soit assuré de pouvoir modifier le cours des événements : il n'y a en effet dans les mille liens qui nous rapprochent aucun sentiment positif d'appartenance à la famille humaine, seulement des dépendances que nous subissons avec plus de ressentiment que de reconnaissance. Ce sont les événements, plus que les hommes et les idées, qui désormais commandent. La violence au quotidien, accidentelle et souvent imprévisible, est à l'image d'un monde en miettes qu'aucune autorité politique légitime ne structure. Elle semble rendre plus difficile la répétition d'événements comparables à ceux qui provoquèrent les deux guerres mondiales du siècle dernier. En même temps, la banalisation de la violence nous accoutume à des violences de plus en plus grandes, qui nous font peu à peu oublier l'idée même du normal. Si une catastrophe se produit un jour, elle ne sera pas le résultat d'une montée aux extrêmes, elle-même l'expression du choc de deux volontés collectives. Elle sera accidentelle, produit d'un monde ensauvagé d'où la conscience d'une humanité commune se sera absentée.

Les calculs de stratèges habiles ne sont donc pas devenus inutiles, et ils peuvent aider à déjouer ces menaces, mais ils sont désormais très insuffisants. La distinction entre politique internationale et politique intérieure est de moins en moins pertinente, et la sauvegarde de la paix dépendra de l'évolution interne des sociétés bien davantage que de la diplomatie. La paix et la stabilité sont menacées quand une émotion, – nationalisme, religion, peur – devient assez puissante pour dominer une société. Des sociétés pluralistes, des sociétés ouvertes qui accueillent la différence, sont la condition de la paix. Cela ne revient pas à dire, comme on l'a proclamé à la fin de la guerre froide, que le triomphe de la démocratie serait le triomphe de la paix. La démocratie ne garantit pas le pluralisme, et les démocraties contemporaines sont de moins en moins pluralistes. Pour sauver la paix, c'est en nous-mêmes qu'il faut regarder. Sommes-nous véritablement prêts à prendre les risques de la liberté et de l'incertitude ? Coincés entre la tyrannie chinoise et la tyrannie de l'argent, avons-nous des convictions suffisamment fortes pour explorer d'autres chemins ?

CHAPITRE 8

Que voulons-nous ?

Notre avenir doit-il être circonscrit entre l'endormissement paisible dans une dictature invisible et le désordre violent d'un monde en miettes ? Le contrat social ne peut-il être fondé que sur la manipulation des esprits ou l'exacerbation des peurs et des passions ? Où est le nouvel équilibre à trouver entre l'individu et le collectif, entre le dynamisme de la liberté de l'individu et l'enracinement dans le groupe ?

Commençons par rappeler une évidence : le rêve démocratique demeure une des plus grandes ambitions collectives de l'humanité ; de Hong Kong à Beyrouth, Téhéran ou Minsk, des foules se mobilisent pour réclamer des institutions démocratiques qui garantissent à chaque individu qu'il aura voix au chapitre. La démocratie continue à porter l'espérance de l'humanité, et cette espérance est le meilleur argument contre les doutes qui sont apparus dans les vieilles démocraties. Les manifestants qui, dans des pays où les élections sont inexistantes ou truquées, bravent les balles de la police pour affirmer leurs droits n'ont pas ces doutes, et ils sont certainement de meilleurs baromètres de la vitalité démocratique. Les progrès lents mais soutenus de l'Afrique subsaharienne en sont une des illustrations. Même en Chine, la réaction outragée de la population aux mensonges des dirigeants confrontés à une dangereuse épidémie montre que la demande de vérité, fondement de la démocratie, reste une force puissante, et que la recherche de la vérité est toujours une pierre de fondation plus solide que le mensonge : dans une dictature où les algorithmes n'ont pas encore maîtrisé la nature humaine, les ambitions des petits potentats communistes, à chaque échelon de la chaîne de commandement, biaisent l'information, enrayant le fonctionnement d'une machine qui paraissait irrésistible.

Encourager la recherche de la vérité au lieu de l'étouffer, restituer à des élections corrompues par l'argent leur intégrité pour retrouver l'idéal démocratique dans sa pureté serait donc la réponse. Dans le monde entier, des organisations de la société civile se mobilisent pour contrer l'influence des lobbies, et leur action est souvent couronnée de succès. La grande machine du combat démocratique connaît sans doute quelques hoquets, mais elle continue d'avancer, et la meilleure manière de soutenir ce long combat serait de persévérer, par mille actions particulières, dans l'ambition de protéger l'intégrité des processus électoraux, cœur de toute vie démocratique. Aux États-Unis, il faudrait lutter pour une réforme du système électoral, pour un découpage moins politique des circonscriptions ; il faudrait obtenir un abandon de la jurisprudence *Citizens United v. Federal Election Commission* de la Cour suprême, qui en donnant aux entreprises les mêmes droits qu'aux personnes physiques accroît l'influence de l'argent dans les campagnes électorales. En Inde, il faudrait briser les liens de clientélisme qui perpétuent l'influence de candidats disposant de moyens financiers sur des électeurs misérables et peu éduqués. Dans beaucoup de pays où l'État garde une grande influence sur les médias, il faudrait veiller à mieux contrôler les temps de parole à l'approche d'une élection, et plus généralement mieux protéger le pluralisme de l'information. Il faudrait imposer plus de transparence aux médias sociaux pour déjouer les manipulations secrètes dont ils sont l'instrument. Toutes ces actions sont nécessaires, et elles peuvent contribuer à atténuer la crise démocratique. Aux États-Unis, la mobilisation démocratique a empêché un second mandat de Trump. Mais la thèse de cet ouvrage est qu'elles ne peuvent suffire, car elles ignorent les causes les plus profondes de la crise.

Peut-être faut-il commencer par écouter plus attentivement ces manifestants qui demandent davantage de démocratie. Leur mobilisation ne serait pas si ardente s'ils se battaient seulement pour un processus. Ils se battent pour une certaine idée de la société, qui va bien au-delà de la revendication d'un processus plus intègre. Les printemps arabes ont été remarquables par la revendication de justice qu'ils portaient. Les Chinois qui défilent à Hong Kong défilent contre les mensonges et l'arrogance d'un pouvoir communiste qui a partie liée avec les milliardaires de la ville. Les Russes qui contestent la domination de Poutine sur la vie politique du pays dénoncent la corruption et le contraste entre le luxe insolent des nouveaux riches et la triste pauvreté de la masse du pays. Leur combat pour la démocratie est inséparable d'un combat pour la justice et la dignité.

Il faut donc aller au-delà de la rhétorique habituelle des militants de la démocratie. Ce qui est en jeu dans les sociétés contemporaines va plus loin et ne se réduit pas à un combat entre démocratie occidentale et régimes autoritaires ou dictatoriaux. Interpréter l'émergence de la Chine comme une confirmation de cette lecture et comme une invitation, dans le monde occidental, à redoubler d'efforts pour défendre une démocratie menacée ne suffit pas. Nous avons montré ce qu'il y a de trompeur dans cette analyse, qui ignore la convergence des systèmes et la crise des démocraties, et fait de la Chine, comme l'URSS naguère, un adversaire utile qui évite au monde occidental de regarder en lui-même.

Le spectacle que découvre l'Occident quand il regarde en lui-même n'est en effet pas très beau. La démocratie moderne est devenue un processus, une machine à sélectionner des dirigeants, et cette machine fonctionne à l'évidence assez mal. Même si Trump a échoué à obtenir un second mandat, la multiplication à travers le monde d'élections dont les résultats inspirent le doute sur la sagesse des électeurs, la contestation de plus en plus fréquente de ces résultats par les perdants montrent que la légitimité du processus ne va plus de soi. On allègue les circonstances particulières d'un pays, mais il est remarquable que la crise est mondiale et frappe des pays riches comme des pays pauvres, des pays dont les classes moyennes stagnent (États-Unis) comme des pays où elles continuent de bénéficier de progrès rapides (Inde). Les explications socio-économiques sont donc insuffisantes pour expliquer la crise de la démocratie. D'une certaine manière, les processus politiques, dont nous avons montré comment l'idéologie de l'individu tendait à les enfermer dans la même logique que les processus de marché, sont aujourd'hui victimes des mêmes doutes. Après la crise de 2008, il est devenu plus difficile d'affirmer que les marchés sont toujours efficients. Après l'arrivée au pouvoir de Trump, Duterte, Johnson, Bolsonaro, il est plus difficile d'affirmer que les élections sont un système efficient de sélection des dirigeants. La crise démocratique est beaucoup plus qu'une crise des processus démocratiques. Elle pose la question du type de société dans lequel nous voulons vivre. Elle est une crise éthique à laquelle une réponse technique ne peut apporter qu'une solution très partielle.

La crise éthique des démocraties

En son cœur, il y a la domination presque exclusive de l'argent, devenu le grand unificateur du monde, l'unité de compte du bonheur et l'instrument ultime de la puissance. L'argent est un langage qui est compris à New York comme à Pékin, à Moscou comme à Londres. Il offre à Xi Jinping comme à Trump un étalon de mesure commode. Il rapproche autant qu'il sépare le pauvre du riche, car le pauvre est invité à avoir les mêmes rêves que le riche, même si ces rêves sont hors de portée : on raconte qu'une majorité d'Américains est hostile à un alourdissement des droits de succession – qui ne concernent que les plus riches –, chacun espérant secrètement devenir un jour millionnaire ! Il bouleverse, avec la mondialisation de la finance, les rapports entre puissance économique et puissance politique. Pendant la plus grande partie de l'histoire humaine, c'est la puissance politique qui a procuré la richesse : le pouvoir de lever l'impôt profitait d'abord au souverain. La richesse procurait certes également une certaine puissance politique, et de tout temps de grands financiers ont joué de leur influence auprès de rois qui avaient parfois besoin de leur aide. Mais le rapport de force se renverse aujourd'hui, et la puissance de l'argent menace la puissance politique.

Il est remarquable d'observer les rapports entre Poutine et les oligarques qui contrôlent une bonne partie de l'économie russe : ceux-ci ne peuvent sans risque entrer en collision avec le maître du Kremlin, mais Poutine n'ose lui-même aller très loin dans la réforme des institutions financières de la Russie, car il heurterait des intérêts puissants avec lesquels il doit composer. La période de stagnation dans laquelle l'économie russe est entrée résulte pour une large part de ce blocage entre deux sources de puissance qui se neutralisent.

En Chine, la campagne contre la corruption lancée par Xi Jinping s'explique en partie par la nécessité de se débarrasser de rivaux politiques auxquels il peut être commode de coller l'étiquette de corrompus. Mais elle reflète également une préoccupation de fond : l'appétit d'argent qui a libéré la croissance chinoise peut menacer la domination du Parti communiste chinois comme grand régulateur de la société si la loyauté des cadres du Parti et des grandes entreprises va à l'argent avant d'aller au Parti. La corruption deviendrait alors pour la prospérité chinoise une aussi grande menace qu'elle l'est déjà pour la croissance russe. La Chine et la Russie, dépourvues de l'appareil judiciaire puissant qui régule aux États-Unis les activités d'argent, peuvent donc paradoxalement sembler plus menacées par la nouvelle domination de l'argent que le pays du capitalisme triomphant !

Aux États-Unis mêmes, cette régulation a ses limites : l'ethos d'un pays où l'argent est la mesure du succès fait de la lutte contre la corruption une question technique où l'habileté des avocats ne cesse de tenter de déjouer les progrès de la législation, eux-mêmes limités par l'action des lobbies. Dans le même esprit, la distinction entre l'évasion fiscale (utilisation habile des réglementations en vigueur) et la fraude fiscale (violation de ces réglementations) illustre la réalité d'une société où l'éthique se réduit à l'utilisation de la loi pour contourner la loi.

La question des rapports de l'argent avec le pouvoir politique ne peut être résolue uniquement par la réglementation, et la question de l'argent dans la société n'est pas seulement celle de sa distribution inéquitable et des rapports de force qui en découlent. La justice et la dignité pour lesquelles défilent les manifestants de Hong Kong, de Beyrouth, de Minsk ou même de Paris ne se réduisent pas à une réforme de l'ordre social, et la crise de la démocratie ne traduit pas seulement l'impuissance des institutions politiques à conduire de telles réformes au milieu de la mondialisation.

Ce qui est en jeu est l'esprit même de la société, son échelle de valeurs, et les deux mots si souvent et paresseusement employés aujourd'hui – populisme et élite – confirment que la crise de la démocratie ne doit pas être enfermée dans sa dimension socio-économique. Les deux mots expriment bien une réaction contre les riches et les puissants, mais ils traduisent également le refus de définir ce rejet par sa seule dimension économique. La légitimité de l'ordre social et de la distribution du pouvoir est contestée, mais cette contestation n'est pas l'expression d'une nouvelle lutte des classes. Elle refuse d'être la simple défense d'intérêts. Bien au contraire, elle oppose à la confrontation des intérêts le défi beaucoup plus radical de la contestation des valeurs. Au plus profond, elle est une réaction contre une société unidimensionnelle, où l'agrégation fonctionnelle d'intérêts individuels tient lieu de contrat social dans le désert des valeurs. C'est cette réduction à l'unique dimension économique qui est proprement intolérable et explique la violence des réactions des laissés-pour-compte. Non seulement elle écarte tout intermédiaire entre l'individu et l'universel, mais surtout, et plus gravement, elle détruit le fondement moral d'une société : quand la valeur économique, que ce soit celle d'un bien, d'une information ou d'une personne, devient le seul principe organisateur d'une communauté humaine, la société qui en résulte inflige à ceux qui sont au bas de l'échelle la plus terrible des condamnations : la double peine de la pauvreté et du mépris de soi-même. Dans cette société parfaite où le marché confère à chacun son juste prix, pouvoir, mérite et rémunération sont en effet liés par un trait d'égalité : le petit salaire y est le juste reflet d'un petit talent, et la richesse la juste récompense du mérite. Comme l'écrit très bien Branko Milanovic, « une faiblesse peut-être mortelle du capitalisme tel qu'il est actuellement pratiqué est qu'il tend à attribuer une valeur morale au succès économique ». Cette perspective est insupportable. Elle rompt non seulement avec la pensée chrétienne qui a façonné les sociétés occidentales, mais aussi avec des traditions millénaires qu'on retrouve dans la plupart des cultures.

On cite souvent la phrase de l'Évangile de Matthieu, « les premiers seront les derniers ». Pour en comprendre la portée critique par rapport au monde contemporain, il faut également citer le passage qui la précède ; il permet de mesurer la distance qui sépare la pensée chrétienne de l'utopie contemporaine du marché : « En effet, le royaume des cieux ressemble à un propriétaire qui sortit dès le matin afin d'embaucher des ouvriers pour sa vigne. Il se mit d'accord avec eux pour un salaire d'une pièce d'argent par jour et les envoya dans sa vigne. Il sortit vers neuf heures du matin et en vit d'autres qui étaient sur la place, sans travail. Il leur dit : "Allez aussi à ma vigne et je vous donnerai ce qui sera juste." Et ils y allèrent. Il sortit de nouveau vers midi et vers trois heures de l'après-midi et il fit de même. Il sortit enfin vers cinq heures de l'après-midi et en trouva d'autres qui étaient là, [sans travail]. Il leur dit : "Pourquoi vous tenez-vous ici toute la journée sans travailler ?" Ils lui répondirent : "C'est que personne ne nous a embauchés." "Allez aussi à ma vigne, leur dit-il, [et vous recevrez ce qui sera juste]." Le soir venu, le maître de la vigne dit à son intendant : "Appelle les ouvriers et paie-leur le salaire, en allant des derniers aux premiers." Ceux de cinq heures de l'après-midi vinrent et reçurent chacun une pièce d'argent. Quand les premiers vinrent à leur tour, ils pensèrent recevoir davantage, mais ils reçurent aussi chacun une pièce d'argent. En la recevant, ils murmurèrent contre le propriétaire en disant : "Ces derniers arrivés n'ont travaillé qu'une heure et tu les as traités comme nous, qui avons supporté la fatigue du jour et de la chaleur !" Il répondit à l'un d'eux : "Mon ami, je ne te fais pas de tort. N'as-tu pas été d'accord avec moi pour un salaire d'une pièce d'argent ? Prends ce qui te revient et va-t'en. Je veux donner à ce dernier arrivé autant qu'à toi. Ne m'est-il pas permis de faire ce que je veux de mes biens ? Ou vois-tu d'un mauvais œil que je sois bon ? Ainsi les derniers seront les premiers et les premiers seront les derniers." » (Matthieu, 20).

On ne saurait rejeter de façon plus vigoureuse la relation entre travail et rémunération. Non seulement la rémunération n'est pas nécessairement proportionnelle au travail, mais elle comporte une part d'aléa. L'argent gagné ne mesure pas le mérite. L'ordre de la justice n'est pas celui de l'économie. Ce rejet s'inscrit dans une pensée de la société qui n'est pas propre au christianisme. Toutes les sociétés jusqu'à l'époque moderne ont distingué plusieurs ordres de valeur. Georges Dumézil – dont on caricature parfois la réflexion en faisant de lui un penseur de l'extrême droite – a théorisé cette pluralité en distinguant trois fonctions fondamentales dans les sociétés indo-européennes : celle du guerrier, celle du prêtre et celle du marchand. On peut transposer à l'époque moderne cette analyse en observant que, dans toute société, des pulsions concurrentes ordonnent l'action humaine : le pouvoir, la pensée, l'argent. Antérieur à l'invention de la démocratie, le concept d'une pluralité d'ordres, ayant chacun leur échelle de valeurs, a été pendant des millénaires une composante essentielle de la liberté humaine, parce qu'il légitime la pluralité des choix de vie. Que cette pluralité disparaisse et qu'un seul ordre, l'argent – devenu mesure de toute chose –, vienne à dominer, et l'air qui fait vivre une société devient irrespirable. Nous en sommes là. D'une part, la politique n'a plus de sens parce que l'État qui en est l'enjeu perd une large part de son pouvoir économique dans une société où la maîtrise de l'information devient la plus grande source de richesse, et les valeurs de la politique, l'idée de bien public se dissolvent dans le culte de l'efficience. D'autre part, notre destin individuel, réduit à la réussite matérielle, perd son sens pour tous ceux qui ne sont pas les premiers de cordée dans la course. C'est à cette double perte que répondent les outrances et les colères de la nouvelle politique.

Herbert Marcuse l'avait déjà pressenti, quand il décrivait « l'homme unidimensionnel », mais sa pensée, prisonnière d'un héritage marxisant, est restée tributaire d'une logique de lutte des classes qui l'a empêché d'aboutir à une critique plus radicale de nos sociétés. Qu'est-ce qu'une vie bonne ? Qu'est-ce qu'une société juste ? Ces questions ont été posées par les philosophes de l'Antiquité bien avant Karl Marx ou Adam Smith, mais marxistes et capitalistes libéraux ont déployé des trésors d'habileté pour ne pas avoir à y répondre. Ils ont emprunté les chemins de traverse des sciences sociales pour les noyer dans des processus qui devaient servir de réponse. La « règle de droit » a été depuis la fin de la guerre froide la dernière grande diversion qui nous a épargné à la fois la politique – on a pudiquement oublié que les lois traduisent des rapports de force – et la métaphysique. C'est ce raccourci qui est aujourd'hui rejeté et ouvre la crise de légitimité des institutions politiques que nous avons décrite. Mais la réponse que nous y apporterons ne pourra pas ignorer les deux mille ans d'histoire au cours desquels la définition de ce qu'est une bonne vie n'a cessé d'évoluer. Nous avons appris à tolérer, et même à chérir l'indétermination. Dans le domaine politique, les questions qui n'ont qu'une seule réponse sont rares, et une société qui n'a qu'une seule définition de la réussite est une société malade.

Qu'on ne s'y trompe pas, l'argent a été un formidable moteur de la transformation du monde, et nous serions sans doute encore dans la misère s'il n'y avait pas eu des hommes cupides. Mais l'argent, en devenant la mesure de toutes choses, anéantit la complexité des motifs qui déterminent l'action humaine et abaisse les pauvres autant que les riches. L'immense énergie qu'a libérée le triomphe de l'individu débouche non seulement sur l'homme unidimensionnel que dénonçait Marcuse, mais sur une société et une histoire unidimensionnelles. Chaque individu est libre, mais l'histoire, résultante inévitable de la combinaison d'une infinité insaisissable d'énergies solitaires, nous enferme dans un processus déterminé qui ne saurait mécaniquement déboucher que sur une issue : la démocratie libérale telle que nous avons cru l'avoir accomplie en Occident.

Cette pensée est à la fois invraisemblable et intolérable : elle élimine le contingent et l'aléatoire, et fait fi de la diversité du monde, de la pluralité des conditions et surtout de la pluralité des rêves : sortir de la pauvreté, devenir riche, enrichir son esprit plutôt que son portefeuille, gagner le respect des autres, trouver le confort du groupe, maîtriser sa vie, identifier et contrôler le pouvoir. Selon le lieu où on a eu la chance – ou la malchance – de naître, l'ordre des priorités évidemment change. Comment organiser la société de façon telle qu'elle reconnaisse effectivement la pluralité des conditions humaines ? Comment sortir de cette tyrannie unidimensionnelle ? Et comment, après avoir permis cette pluralité, donner aux individus la possibilité de définir une « bonne vie » ?

La pandémie qui s'est abattue sur le monde a donné à la question une urgence dont jusqu'alors nous n'avions pas conscience. Nous avons soudain compris que le choix individuel de la vie que nous voulions mener et celui de la société dans laquelle nous voulions vivre étaient les deux faces d'une même interrogation. Et cette découverte nous a fait voir d'un regard nouveau la politique. Nous avons dû admettre que, même si la question de l'avenir de la démocratie libérale est une question importante qui occupe tous les grands pays d'Occident, elle est une question seconde : en fixant notre attention sur les institutions et les processus, elle nous détourne de la question préliminaire, et infiniment plus importante, de ce que nous attendons de nos institutions politiques. Avant tout préoccupés de notre survie personnelle, nous avons eu une plus vive conscience que la politique qui avait structuré la vie publique depuis plus de deux siècles ne nous intéressait plus. Confrontés à notre mortalité, et incapables de penser le monde autrement que par rapport à notre destin personnel, nous avons oscillé entre la méfiance instinctive à l'égard de tous les gouvernants et le désir d'un pouvoir dont la toute-puissance nous rassurerait. Ayant depuis longtemps perdu l'idée même d'un projet collectif, nous hésitions : attendions-nous des autorités qu'elles nous protègent d'un virus invisible, pour que nous puissions vivre, vivre à tout prix ? Ou demandions-nous qu'elles expriment une ambition collective qui donnerait un sens à nos vies et nous aiderait à sortir de nos solitudes apeurées, prêts à prendre des risques pour nous-mêmes tout en prenant soin de ne pas être un risque pour les autres ? La célébration des personnels de santé qui nous rassemblait chaque soir était peut-être le signe que subsistait en chacun de nous, malgré la dégradation de l'idée même de société, la mémoire d'une dimension collective de chaque vie particulière. Mais cette mémoire était trop faible pour nous permettre de surmonter nos paniques solitaires. Il aurait fallu, pour qu'elle triomphât, que nous soyons encore capables de sortir de l'idéologie de l'individu dans laquelle nous nous sommes enfermés.

Dans des jours meilleurs, un monde unidimensionnel nous avait embarqués dans la poursuite du succès individuel. Dans la crise, il ne s'est plus agi que de vivre. Nous sommes passés d'une tyrannie unidimensionnelle à une autre, de la tyrannie du succès à celle de la survie, mais, dans les démocraties occidentales, ce glissement nous a éloignés encore davantage d'une ambition collective qui aurait pu nous guider. Héritiers d'un âge des Lumières dont nous avons oublié les soubassements philosophiques, nous ne savions plus pourquoi nous étions démocrates, et, face à une peur existentielle, les incertitudes de la démocratie ont amplifié nos angoisses, et les certitudes d'un pouvoir autocratique sont devenues séduisantes. La « peur de la liberté » déjà évoquée a souvent pris le dessus. Si la priorité absolue était la protection de nos vies, la nature du régime qui les protégerait devenait moins importante. L'opposition entre un Occident démocratique et une Chine dictatoriale a commencé de nous paraître secondaire, d'autant, comme nous l'avons vu, que les deux modèles semblaient converger dans une égale religion de la réussite matérielle.

Une nouvelle Renaissance

À la Renaissance, il fallut le génie de Copernic pour démontrer que la Terre n'était pas le centre du monde. Ce décentrage contribua à mettre l'homme au centre du jeu, et ce déséquilibre créateur a joué un grand rôle dans l'extraordinaire transformation des derniers siècles. Aujourd'hui, un décentrage aussi radical que celui qui fut opéré il y a cinq cents ans est nécessaire, qui nous permette de sortir de la centralité occidentale pour embrasser l'ambition d'une humanité plurielle. Il nous faut penser notre histoire autrement que comme la marche inéluctable vers un idéal démocratique occidental destiné à gagner la planète entière. Il faut substituer à l'opposition entre la démocratie et la dictature un autre débat, plus complexe, sur le type de société qui offrira à chaque être humain la possibilité d'accomplir pleinement son destin humain. Il ne s'agit pas de renoncer à une pensée de l'individu qui a fait la grandeur de la tradition occidentale, mais de la libérer du rétrécissement procédural dans lequel le triomphalisme démocratique l'a progressivement enfermée. Il s'agit de l'enrichir d'autres traditions. Cette démarche est donc tout le contraire d'une abdication relativiste.

La révolution copernicienne qu'il nous faut accomplir ne consiste pas à transférer dans nos têtes le centre du monde d'un Occident qui aurait perdu la bataille à une Chine qui serait l'avenir du monde, mais à nous convaincre qu'il n'y a désormais pas plus de centre du monde que de fin de l'histoire, et que nous devons faire de cette absence de centre le fondement de notre liberté future. Au fond, ce qui est aujourd'hui en jeu est la possibilité d'un universalisme qui verrait dans les humains davantage que les « particules élémentaires » de Houellebecq, soumises à la tyrannie unidimensionnelle du marché en Occident, à celle du Léviathan communiste en Chine ; non pas des atomes interchangeables, qui ne sont différents que par les aléas de leurs interactions ; mais des individus véritablement uniques, investis d'une dignité qui ne peut jamais leur être enlevée – cette dignité qu'un homme d'Église prêchant devant les princes et les duchesses de la cour de Louis XIV, Bossuet, eut l'audace d'appeler l'« éminente dignité des pauvres ». Il affirmait ainsi, dans la France inégalitaire du XVIIe siècle, qu'il y a plusieurs ordres de la vie, à côté de l'ordre du succès, et que chaque être humain, dans sa dignité, a droit au même respect.

L'idée exprimée dans ce sermon, prononcé sous le règne d'un monarque absolu, que chaque individu est investi d'une dignité qui ne peut lui être enlevée, est le fil rouge qui relie la démocratie moderne à des pensées beaucoup plus anciennes, mais aussi aux institutions de l'avenir ; notre attachement viscéral au principe d'une personne/une voix y trouve sa vraie justification. Cette pensée n'est pas propre à l'Occident. On la retrouve dans toutes les grandes cultures à travers lesquelles le monde s'est pensé. À toutes les époques, on a cherché par quels chemins relier l'individu à l'universel. Mais la mondialisation de la circulation des idées ne conduit pas pour autant à prendre le meilleur de différentes traditions de pensée, elle pousse à les trahir. L'Occident est aujourd'hui aussi loin de l'âge des Lumières que la Chine l'est de Confucius ! La révolution copernicienne que nous devons faire ensemble est de mieux comprendre les traditions des autres pour mieux comprendre les nôtres. En Occident, comme on l'a montré, le lien unique que chaque individu entretient avec Dieu a été le fondement de l'universalisme, qui a survécu à la laïcisation des sociétés. La voie occidentale vers l'universel a produit la métaphysique, et les penseurs d'Occident, fidèles à cette tradition, voient l'universalité de Dieu dans chaque individu ; ils projettent dans chaque être particulier la marque de l'universel : toute personne est dotée de droits naturels qui ont une dimension universelle ; la question difficile pour eux est d'expliquer le particulier. La tradition chinoise me semble partir d'un point de vue opposé, et les penseurs qui l'ont fondée, Confucius, Mencius, empruntent un autre chemin pour relier le particulier et l'universel ; ils observent dans chaque individu particulier les germes qui permettent de le sortir de lui-même, à commencer par l'amour spontané de ses proches, et c'est par le travail patient du savoir qu'ils atteignent, par degrés, l'universel.

Il y a donc pour l'Occident et la Chine deux manières de converger. La première est celle qui conduirait à un cauchemar post-orwellien : la maîtrise des technologies déboucherait sur la maîtrise des esprits. L'autre chemin est pour chacune des deux grandes traditions intellectuelles que portent le monde occidental et la Chine de mieux se comprendre et, grâce à des emprunts réciproques, de refonder des communautés politiques en crise. L'Occident nous apprend l'universel, et cette étincelle d'universel a été et continuera d'être un formidable ressort de l'activité humaine. La Chine nous aide à comprendre le particulier, la dimension organique de chaque société, et cette relégitimation du particulier est précieuse dans un monde où le tête-à-tête de l'individu avec la globalité, la « désintermédiation » que j'ai décrite, peut devenir insupportable et conduire par réaction à la prolifération de communautés fermées et haineuses. Il est donc urgent de réfléchir à de nouvelles formes politiques mieux adaptées à notre monde et capables de réconcilier le particulier avec l'universel. Elles n'apparaîtront pas *ex nihilo*. Elles existent sans doute déjà sous une forme inachevée et pour ainsi dire invisible. Le travail de l'humanité est de les faire prospérer, pour que les communautés humaines soient à nouveau capables de se penser dans leur dimension collective. L'avenir est grand ouvert, et une seconde Renaissance est possible.

Les deux derniers chapitres de ce livre sont consacrés à cette renaissance. Notre époque est sans doute une époque charnière, mais c'est en partie une illusion de diviser le fleuve ininterrompu du temps en grandes périodes historiques. Le nouveau fait son nid dans l'ancien, et la sociologue Saskia Sassen a bien montré, en analysant le développement des États-nations, comment les institutions politiques sont une suite d'assemblages et de « désassemblages », un continuel bricolage institutionnel où des formes politiques nouvelles empruntent certaines caractéristiques à des formes politiques déjà existantes.

Nous ne sommes qu'au début de deux grandes expérimentations politiques qui tentent de répondre aux questions que je pose dans ce livre. La première est la recherche de nouvelles formes de représentation qui prennent acte de la crise du gouvernement représentatif, elle-même conséquence de la caricature de société que produit l'idéologie de l'individu. Nous commençons de prendre conscience qu'aucune société ne peut accepter l'enfermement dans une seule dimension, que ce soit celle de l'argent, celle de la religion, celle de la science ou celle de la puissance. Cette exigence de pluralisme est plus profonde que l'exigence démocratique : elle reconnaît à chaque individu le droit d'apporter sa réponse propre à la question : qu'est-ce qu'une bonne vie ? Cette question va beaucoup plus loin que le choix des gouvernants par les gouvernés, et même le choix d'une politique. Elle soulève la question de la société dans laquelle nous voulons vivre, du pouvoir auquel nous sommes prêts à obéir. Elle nous ramène à la question de l'équilibre entre individuel et collectif, au rapport que chaque individu entretient avec les autres. Dans quelle communauté humaine nous reconnaissons-nous ? Où réside sa légitimité ? Comment voulons-nous y être représentés ? À ces questions, les démocraties en crise apportent des réponses improvisées, elles bricolent à la marge en inventant de nouveaux processus (démocratie directe, tirage au sort…), qui souvent érodent ce qu'il reste de légitimité aux institutions existantes sans véritablement instaurer des légitimités nouvelles. Chacune de ces questions peut recevoir des réponses multiples, mais il ne peut y avoir de bonne réponse à une mauvaise question. Le véritable objet du prochain chapitre est, en reformulant les questions, de s'approcher de la multitude des réponses possibles, d'explorer les voies qui permettront à une société de porter la dimension collective du destin humain, en laissant à chaque individu la possibilité d'avoir sa définition d'une « bonne vie ».

La deuxième grande expérimentation politique en cours, beaucoup plus avancée que la première, est l'Union européenne. Elle mérite une réflexion spécifique. Elle est en effet une expérience politique pouvant aider à tracer le chemin qui conduit du local au global, et à inventer de nouvelles formes de représentation et de légitimité. La renaissance des institutions politiques nationales trouvera en effet vite ses limites si elle n'apporte pas de réponse au changement d'échelle du monde.

Certains verront peut-être dans cette réflexion la marque d'un eurocentrisme désuet. Né en Europe, produit de la culture occidentale et de son insatisfaction structurelle, je n'en conçois aucune honte ni même timidité. Je sais bien sûr que le monde de demain ne sera pas un monde européen, mais je pense cependant que les Européens ont un mot à dire sur l'avenir d'un monde dont ils ont été, pendant des siècles, les principaux auteurs, pour le meilleur et pour le pire.

Cependant, pour que leur parole soit entendue, pour que le champ des possibles reste ouvert, il est nécessaire que les Européens s'organisent, afin d'être davantage qu'une mosaïque de nations à l'extrême occident de l'Eurasie. La géopolitique ne peut être ignorée, et c'est une raison supplémentaire de consacrer un chapitre entier à l'assemblage unique que constitue l'Union européenne. Il n'y a pas une « troisième voie » purement européenne, car les Européens ont beaucoup à apprendre de tous ceux à qui ils ont imposé leur pensée, mais je suis persuadé que nombre de peuples veulent une troisième voie, et que les Européens peuvent contribuer à la construire avec eux. Et celle-ci ne prendra corps que si elle a derrière elle une masse critique de nations, parmi lesquelles les nations européennes. Le mouvement des idées est inséparable des rapports de force entre nations. J'ai montré comment la puissance américaine a contribué à l'occidentalisation du monde, comment la puissance chinoise pourrait le siniser, à moins que les deux ne convergent dans le monde post-démocratique que j'ai esquissé. Il faut créer un rapport de force favorable à des idées nouvelles, et inscrire dans la géopolitique une manière de pensée qui dépasse la géopolitique classique.

Une autre politique est donc à inventer, du local au global. Reconstruire des légitimités qui prennent en compte la concurrence que le monde virtuel fait au monde de la géographie, faire sa place dans les institutions politiques à l'expansion des connaissances sans être dominé par elles, reconnaître que les rapports de force n'ont pas disparu et que le monde n'est pas une collection d'individus, retrouver, au sein des nations comme entre elles – je pense ici à l'Europe –, des ambitions collectives qui rassemblent autour de valeurs plutôt que d'identités : les deux derniers chapitres de ce livre posent les premiers jalons de cette exploration nécessaire pour échapper à la société unidimensionnelle et aller vers une véritable seconde Renaissance.

CHAPITRE 9

Sauver l'autorité sans créer la tyrannie

Dans toute société, les uns commandent et les autres obéissent. Cette inégalité est une condition du fonctionnement de toute communauté humaine, et elle oblige à soulever la question de la légitimité de l'autorité ; elle se pose avec une acuité particulière dans les démocraties : comment expliquer l'incontournable inégalité entre représentants et représentés, entre gouvernants et gouvernés dans une démocratie représentative ? Tocqueville observait que cette inégalité est une anomalie qui heurte « la passion de l'égalité », au cœur de l'idéal démocratique : « Les peuples démocratiques [...] ont pour l'égalité une passion ardente, insatiable, éternelle, invincible ; ils veulent l'égalité dans la liberté, et, s'ils ne peuvent l'obtenir, ils la veulent encore dans l'esclavage. Ils souffriront la pauvreté, l'asservissement, la barbarie, mais ils ne souffriront pas l'aristocratie. »

La crise de la représentation politique

Ce que Tocqueville disait des régimes bourgeois du XIXe siècle s'applique encore bien davantage au

XXIe siècle : j'ai montré comment la révolution technologique tend à créer chez beaucoup l'illusion de la toute-puissance, et comment l'exaltation de l'individu s'accommode mal d'un lien de subordination. Les pères fondateurs du gouvernement représentatif, bourgeois éduqués qui se méfiaient du peuple, ont vu la difficulté et ont tenté de la contourner. Montesquieu écrivait ainsi dans *De l'esprit des lois* (livre XI, chapitre 6) : « Comme, dans un État libre, tout homme qui est censé avoir une âme libre doit être gouverné par lui-même, il faudrait que le peuple en corps eût la puissance législative. Mais comme cela est impossible dans les grands États, et est sujet à beaucoup d'inconvénients dans les petits, il faut que le peuple fasse par ses représentants tout ce qu'il ne peut faire par lui-même. » Et il ajoutait : « Le grand avantage des représentants, c'est qu'ils sont capables de discuter les affaires. Le peuple n'y est point du tout propre. [...] Il ne doit entrer dans le gouvernement que pour choisir ses représentants, ce qui est très à sa portée. Car s'il y a peu de gens qui connaissent le degré précis de la capacité des hommes, chacun est pourtant capable de savoir, en général, si celui qu'il choisit est plus éclairé que la plupart des autres. » Les philosophes des Lumières étaient des réalistes pragmatiques. Ils n'ignoraient pas que le savoir est inégalement réparti, et que les êtres humains ont des capacités inégales ; mais ils faisaient le pari philosophique qu'il y a entre les humains suffisamment d'égalité pour que l'égalité des droits soit un principe légitime de gouvernement. On a à juste titre objecté que cette égalité des droits s'est imposée très progressivement, que les pauvres, les femmes, les Noirs, les peuples colonisés en ont longtemps été privés, que les droits économiques et sociaux en ont été exclus ; ces nuances – ces échecs ? – ne pesaient guère à côté du principe nouveau qui avait été fixé : aucun être humain n'a un droit inné à être au-dessus des autres. Tous les humains, même si tous n'ont pas le même niveau d'éducation, sont dotés de suffisamment de raison pour juger des affaires publiques ou, à tout le moins, pour identifier ceux qui auront les compétences nécessaires à leur administration. La raison conduira à choisir pour représentants les plus éclairés des citoyens, et elle orientera ensuite leurs délibérations. En dernier ressort, la séparation des pouvoirs établira un garde-fou qui protégera de décisions inconsidérées.

Ce compromis habile a longtemps permis de concilier un principe philosophique et éthique, l'égalité entre tous les humains, avec la réalité des différences de talent et de condition. Les régimes bourgeois du XIXe siècle ont brutalement réglé la question en excluant la majorité de la population : par le suffrage censitaire, ils ont réservé le droit de vote et le pouvoir politique à la petite frange de la population à la fois riche et éduquée, de sorte qu'entre représentés et représentants, il y avait continuité sociologique. La généralisation du droit de vote, en accroissant l'hétérogénéité sociale des communautés politiques, a ouvert un fossé sociologique entre représentants et représentés. Même si des ouvriers sont parfois devenus représentants, le plus souvent, ce sont des professeurs, des fonctionnaires, parfois des avocats qui ont été élus par les nouveaux électeurs. Le « peuple » a eu beau faire son irruption dans la vie politique, sa présence dans les instances délibératives et gouvernementales est restée limitée. Cette distance nouvelle entre représentants et représentés aurait pu précipiter dès le XXe siècle une crise de la représentation politique. L'opposition entre la gauche et la droite, en structurant la négociation des intérêts, a longtemps permis de l'éviter : rassemblés autour de programmes de gouvernement, les classes populaires ont gardé leur confiance aux représentants pour défendre leurs intérêts ; la confrontation des intérêts restait suffisamment forte pour faire oublier la distance qui avait commencé de s'insinuer entre représentants et classes populaires.

Aujourd'hui, cette confiance a disparu. L'atomisation de la société brouille la confrontation des intérêts collectifs, et le fossé sociologique entre représentants et représentés devient alors plus visible. Quant aux « programmes de gouvernement », j'ai montré les raisons de fond qui les rendent de moins en moins plausibles : la perte de contrôle des communautés territoriales sur leur avenir entraîne un déclassement de la politique, et l'enchevêtrement croissant des communautés et des intérêts remet en cause l'horizon familier de la nation…

Les liens qui reliaient les représentés aux représentants sont fragilisés, voire rompus. On ne croit plus à la capacité de ces derniers d'interpréter le monde, et encore moins de le changer. Ce désenchantement frappe la démocratie en son cœur, détruisant la confiance dans les institutions capables de négocier des intérêts opposés ;

personne ne fait plus confiance à personne. La rébellion contre un pouvoir insaisissable est alors d'autant plus violente qu'elle peine à définir un objectif politique dans un univers amorphe et illisible où la politique traditionnelle a été asphyxiée. La raison triomphante avait prétendu dissoudre les conflits, ils reviennent avec plus de violence dans des sociétés où la validité d'une position ne se reconnaît plus à la valeur des arguments qui l'appuient, mais plus brutalement au succès dont elle jouit, quelles qu'en soient les « raisons ». On ne soutient plus des programmes de gouvernement, on embrasse des rêves. Quant à l'élite « éclairée » dont les délibérations étaient supposées guider la cité, elle s'inquiète d'un peuple dont les choix électoraux ne vont pas au « plus éclairé ». Le peuple ne croit plus à ses représentants, et les représentants ne croient plus au peuple.

C'est sur ce champ de décombres qu'il nous faut rebâtir des communautés politiques et des légitimités. Le gouvernement représentatif a perdu sa légitimité comme les monarchies de droit divin la perdirent il y a quelques siècles, et le lien entre les représentants et les représentés est rompu. Comment le rétablir ? Comment recréer des institutions légitimes auxquelles une communauté particulière accorde sa confiance et dans lesquelles elle se reconnaît ?

Abolir la distance entre représentants et représentés ?

Pour beaucoup, le plus grand danger est le risque de confiscation du pouvoir par les « élites », même élues, et la réponse est dans l'abolition de la distance entre le représentant et le représenté. Le système représentatif, capté par les partis et les professionnels de la politique, au lieu de favoriser la délibération démocratique, en aurait dépossédé ceux qui étaient les plus capables de la conduire, les citoyens. La réponse devrait se trouver dans le resserrement des liens entre gouvernants et représentés, par la démocratie directe ou par le tirage au sort d'un échantillon représentatif du corps électoral.

Un nombre croissant d'électeurs sont ainsi convaincus qu'ils peuvent se passer de la complication inutile que sont les représentants : habitués à voter à chaque instant de la vie, à coup de « like » et d'évaluations diverses, ils jugent archaïque la délégation de leur pouvoir de choix à des élus qui ne sont ni de fidèles représentants ni des acteurs indépendants prêts à une véritable délibération. L'élection apparaît alors comme un processus lent et désuet, qui ne correspond plus à l'immédiateté et à la « désintermédiation » auxquelles nous avons pris goût. Les gilets jaunes qui, pendant des mois, ont rêvé une révolution en France demandaient que les députés soient révocables, et que les citoyens puissent imposer des référendums sur tout sujet de leur choix. De la démocratie, ils ne retenaient qu'une technique de prise de décision, le vote, dont la démocratie représentative leur apparaissait comme une modalité dépassée. À une époque où les progrès de la technique permettent en apparence toutes sortes de solutions de remplacement plus élégantes et surtout plus rapides, la désignation de représentants leur semblait établir une distance dangereuse.

Dès lors que les individus, titulaires de droits qui préexistent à toute communauté politique, ne se reconnaissent plus dans un corps politique qui les transcenderait, il paraît naturel sinon d'éliminer le représentant, du moins d'en faire un clone du représenté, susceptible d'être renvoyé à la première infidélité. Dans un monde fluide où les communautés de choix se multiplient, où même la nationalité est pour un nombre croissant un choix plus qu'un héritage, le rapport au représentant change : il n'est plus le prêtre qui fait vivre un corps politique, mais un mandataire qu'on doit pouvoir congédier. Aucune parcelle d'autorité ne doit durablement échapper aux représentés, et aucune autorité propre n'est accordée à la collectivité des représentants, car ce serait reconnaître l'existence d'institutions dotées d'une légitimité supérieure à celle de chacun des individus qui la composent.

Des citoyens habitués à donner leur opinion sur tous les sujets admettent de moins en moins que leurs représentants puissent conserver une marge d'appréciation et d'indépendance sans laquelle pourtant délibération et compromis sont impossibles. Peu leur importe que la délibération devienne sans objet s'il est interdit de changer d'avis, leur priorité est ailleurs : c'est la fidélité qu'ils demandent aux représentants, et celle-ci est encore renforcée par la discipline de parti, de sorte que la délibération est de plus en plus restreinte. L'interdiction du mandat impératif dans les assemblées parlementaires, qui répondait au souci de favoriser la délibération, est désormais perçue comme une incitation à la trahison.

On est aux antipodes de Montesquieu, pour qui le principal mérite du gouvernement représentatif n'était pas de représenter mais de permettre la délibération, frein nécessaire au risque d'abus du pouvoir, et qui espérait de l'élection qu'elle permettrait de choisir « les plus éclairés », réconciliant l'égalité de principe entre tous les membres du peuple avec l'inévitable inégalité des esprits. Les assemblées de citoyens, les référendums d'initiative populaire, parce qu'ils paraissent remettre l'autorité dans les mains des citoyens – ou plus exactement des individus –, sont à l'opposé de cette logique, et ils sont vus comme un progrès de la démocratie précisément parce qu'ils évitent le détour de la représentation et les dangers d'une délibération qui échappe au contrôle citoyen.

Le tirage au sort, inspiré de la démocratie grecque, va encore plus loin, et poursuit le même objectif de « déprofessionnalisation » de la politique, même si la référence, souvent faite, à l'Athènes de l'Antiquité est trompeuse. La rapidité des rotations dans la petite cité qu'était Athènes donnait à chaque citoyen une chance de participer activement à la vie politique, de sorte que tous les citoyens, libérés des tâches serviles par les esclaves, étaient pour ainsi dire des professionnels à mi-temps de la politique. Le résultat final devrait cependant faire réfléchir : la démocratie athénienne a péri en partie parce que des démagogues habiles l'entraînèrent dans des guerres qu'elle ne pouvait gagner ; professionnels ou pas, les citoyens d'Athènes ont été largement responsables de la mort de la démocratie dans leur cité.

Une littérature abondante cherche à répondre à ces objections pour trouver la bonne formule de démocratie hybride : James Fishkin, Hélène Landemore, John Gastil, Eric Wright, et les politologues contemporains auprès desquels ils ont testé leurs propositions, examinent une multitude d'expériences récentes de démocratie directe, de démocratie par tirage au sort, de démocratie délibérative, et proposent des combinaisons ingénieuses qui prendraient le meilleur des différentes formules institutionnelles et tempéreraient les dangers propres à chaque système. Pour ces auteurs, l'intelligence est dans chaque individu, pourvu qu'il puisse véritablement « délibérer ». Des systèmes hybrides où la consultation directe des populations et l'organisation de délibérations citoyennes viennent tempérer la polarisation partisane des institutions élues sont pour eux la réponse. Ils cherchent pour la plupart à combiner l'idéal du dialogue de la raison entre individus éclairés avec la réalité de groupes qui négocient des intérêts collectifs. Il est probable que de telles formules se développeront, mais je doute que ces ajustements apportent une réponse autre que très partielle. Les auteurs de ces propositions voient d'abord les bénéfices des nouvelles technologies, et espèrent les mettre au service de la démocratie, dans des assemblées virtuelles où s'inventerait une nouvelle démocratie délibérative. Ils font l'hypothèse qu'en réglant la crise technique de la démocratie représentative, ils régleront la crise de la société. Ce n'est pas si simple.

L'internet bouleverse le fonctionnement des communautés politiques, et il y a de la naïveté à imaginer que les individus, qu'ils prennent la parole grâce à la démocratie directe ou qu'ils soient tirés au sort, échapperont à des dynamiques qui les dominent, et sauront, mieux que des électeurs ou des représentants, faire triompher la raison. Aucune formule institutionnelle – tirage au sort, référendum, assemblées élues – ne répond à cette question. Aucune n'échappe aux déséquilibres de savoir et de pouvoir du monde contemporain. Dans une époque où les rivières souterraines que j'ai décrites dans un précédent chapitre peuvent soudain déboucher à l'air libre et nous emporter sur leur passage, une assemblée tirée au sort, libérée des amarres qui restreignent les « professionnels » et débordée par un monde trop vaste, a beaucoup plus de risques d'être emportée par les flots de la rivière du moment que de restaurer la démocratie délibérative, d'autant que la démocratie délibérative n'est pas le premier souhait de peuples que le développement du savoir et la complexité du monde rendent avides de certitudes et vulnérables à toutes les fausses certitudes.

Le point commun à beaucoup de ces propositions, et leur faiblesse à mon sens rédhibitoire, est de reposer sur l'hypothèse « démocratique » que le système le meilleur est celui qui permettrait la représentation la plus exacte du « *demos* », du « peuple ». Ce faisant, non seulement elles posent comme une évidence l'existence du « peuple », mais elles flattent sans la questionner la passion de l'égalité propre aux démocraties ; elles visent à rétablir la légitimité des gouvernants en restaurant, entre les gouvernants et un peuple imaginé, une vraie ressemblance, comme si la ressemblance allait abolir l'inégalité des savoirs et des pouvoirs. Pour ma part, je ne pense pas que le meilleur système soit celui qui tend le miroir le plus fidèle à des sociétés en miettes. La ressemblance ne saurait suffire à fonder la légitimité du pouvoir, et la représentation fidèle d'un amas de fragments disjoints ne crée pas un corps politique cohérent. Ceux qui prétendent guérir la démocratie de ses maladies en faisant de la fidélité des représentants aux représentés – par un processus électoral de démocratie directe ou indirecte, ou par le tirage au sort, peu importe – le principal enjeu – comme si cette fidélité allait assurer la légitimité de l'autorité et l'efficacité du commandement –, font fausse route. En tentant de régler la question de la représentation sans avoir réglé celle de la société, on se trompe de priorité. On consacre la fragmentation du corps social et on reste dans une idéologie de l'individu qui risque de consolider l'inégalité extrême des rapports de force – alors même que le sentiment d'impuissance est une des causes de la colère contemporaine. La question première est celle de la société qu'on prétend représenter et des valeurs qui l'organisent.

La reconstruction des mouvements politiques

L'angle mort de beaucoup de théoriciens de la démocratie, de John Rawls à Jürgen Habermas, est de considérer un individu abstrait, détaché des circonstances économiques, sociales et culturelles dans lesquelles il vit. Ces circonstances sont profondément transformées par l'internet, qui instaure l'apparence d'une nouvelle et radicale égalité tout en conduisant à une extraordinaire concentration de pouvoirs et de richesse dans des entreprises et des États omniscients. Ce bouleversement introduit un déséquilibre auquel les théoriciens de la démocratie n'apportent pas de vraie réponse.

Comment rétablir un équilibre ? Pour passer de la fiction d'une délibération entre des individus égaux à une négociation entre des groupes aux intérêts opposés, la première condition est que les inégalités de pouvoir, les conflits d'intérêts, les forces collectives qui sous-tendent une société soient rendus plus visibles. Mais cette transparence nécessaire ne suffira pas. La politique est un combat, et c'est par la création de rapports de force, et non par des consensus illusoires, que des choix s'imposent. Les rapports de force se créent entre groupes, et non entre individus, particulièrement quand le pouvoir risque de se concentrer dans quelques entreprises gigantesques.

La réhabilitation de la politique et de ses institutions est donc inséparable de la reconstruction de mouvements politiques qui redonnent aux individus confiance dans leur capacité d'action collective.

Cette reconstruction a déjà commencé avec la multiplication de mouvements civiques, le plus souvent mobilisés par une question spécifique – droits humains, égalité des sexes, antiracisme, protection de la vie privée… Elle a ses risques : elle confirme le déclin des partis politiques classiques et de l'idée même de programme politique ; en fragmentant les enjeux en une multitude de causes particulières, en ajoutant les clivages de questions de société aux clivages sociaux, elle divise les faibles en groupes d'intérêts de plus en plus spécifiques – les travailleurs arabes plutôt que les travailleurs, les femmes noires plutôt que les femmes, par exemple – et peut faciliter la consolidation de rapports de force qui favorisent déjà les puissants et aident à asseoir leur domination. Cette évolution est une conséquence inévitable du monde « à la carte » que l'espace virtuel de l'internet rend possible. Nous ne sommes plus les prisonniers de la géographie, et nous pouvons nous échapper dans une multitude de communautés de choix qui ne sont plus contraintes par les nécessités de la proximité.

Il reste qu'en rassemblant les individus sur des valeurs plutôt que sur des identités, on redonne une chance à la délibération et à l'ouverture. On ne négocie pas des identités, mais on peut délibérer sur des valeurs, et j'ai montré quel rôle l'écologie pourrait jouer dans cette renaissance. À travers la question du risque, une société est obligée de rendre explicites les valeurs qui la rassemblent, et ces valeurs partagées créent un lien qui peut devenir aussi fort que le lien de proximité créé par les communautés territoriales.

Rien ne garantit cependant que les communautés qui se bâtissent sur des valeurs partagées ne se transformeront pas en une juxtaposition de forteresses à la fois haineuses et impuissantes. Il n'y a pas de formule institutionnelle qui puisse faire la promesse de la liberté. Pour qu'il en soit autrement, pour que des conceptions différentes de ce qu'est une « bonne vie » puissent coexister et coopérer dans la paix, il faut qu'aucune communauté humaine, territoriale ou virtuelle, n'entretienne l'illusion de se suffire à elle-même et de détenir le secret exclusif des valeurs qui animent une société, devenant l'esclave d'une passion dominante travestie en vérité, regardant les autres à travers le prisme réducteur de sa différence. Cette illusion a de plus de chances de s'épanouir dans des groupes enivrés par la légitimité qu'ils croient trouver dans le nombre. Et ce risque devient mortel quand la légitimité du nombre prétend s'imposer comme une vérité scientifique.

C'est bien pourquoi l'acceptation de légitimités concurrentes dans les mécanismes de légitimation du pouvoir est si importante. La construction de mouvements civiques qui redonnent confiance dans l'action collective est une condition essentielle de la restauration du lien entre représentés et représentants, mais elle peut facilement déboucher sur la « démocratie illibérale » décrite par Fareed Zakaria, une formule modernisée de tyrannie, si la légitimité démocratique du nombre n'est pas tempérée par la reconnaissance d'autres légitimités. Au XVIIIe siècle, cette nécessité a été reconnue pour l'exercice du pouvoir judiciaire. Au XXIe siècle, c'est la relation du pouvoir avec le savoir qui doit être clarifiée.

Savoir et pouvoir

Si l'ambition d'abolir la distance entre représentants et représentés par des mécanismes de démocratie directe ou de tirage au sort ne règle pas la question de l'autorité, la réponse peut-elle être l'avènement d'un régime technocratique, où la science ne serait plus discréditée, mais au contraire trancherait ce que les politiques ne maîtrisent plus ? La politique prendrait acte de l'expansion du savoir et lui remettrait les clefs du pouvoir. Elle tenterait de copier ce qu'un régime autoritaire comme la Chine prétend réaliser par une gestion prétendument « scientifique » de la société ; j'ai montré les dangers de cette « tentation chinoise ».

Une autre réponse est possible, qui ferait sa place au savoir dans la construction des légitimités, sans pour autant mélanger légitimité politique et légitimité du savoir. Nous croyons être encore au XVIIIe siècle et avoir avec le savoir les mêmes rapports qu'avaient les philosophes des Lumières. Eux-mêmes, souvent hommes de science, avaient une merveilleuse confiance dans la capacité des êtres humains à mettre la science au service de la construction d'une société meilleure. La science était pour eux une humble servante, qui venait éclairer le dialogue des hommes de raison. Ils restaient dans la logique d'égalité de la pensée occidentale : ils faisaient le pari de l'égalité de la raison, sinon de la connaissance, et ne mettaient pas la science au-dessus de la société. Quand Diderot, un homme de lettres, et d'Alembert, un savant et un mathématicien, unirent leurs efforts pour publier l'*Encyclopédie*, leur ambition était de réunir le savoir de l'humanité dans un peu plus d'une trentaine de volumes et de le rendre accessible à toute personne éduquée. Cette ambition ne paraissait pas être un rêve hors de portée. L'« honnête homme » de l'âge classique devait avoir suffisamment d'éducation pour comprendre sinon les détails, du moins les principes qui gouvernent le monde.

La relation au savoir ne se pose pas de nos jours dans les termes où elle se posait pour les philosophes des Lumières. Notre monde est différent, et le projet de l'*Encyclopédie* est aujourd'hui doublement impossible : la masse des connaissances explose, au point que le premier volume d'une encyclopédie contemporaine se périmerait avant que le dernier ne paraisse, et aucune éducation ne peut préparer à assimiler autant de connaissances. Aucun esprit, même le plus puissant, ne peut maîtriser les différents domaines du savoir : le problème n'est pas entièrement nouveau, et Pascal, lui-même grand mathématicien, s'est moqué dès le XVIIe siècle de ces esprits touche-à-tout qui prétendent embrasser l'immensité du savoir humain. Il y a bien longtemps que la plupart d'entre nous ont renoncé à être d'Alembert...

Désormais, les progrès de la science appliquée sont tels qu'il n'est pas un aspect de nos vies quotidiennes qui ne soit influencé par des processus que nous ne comprenons pas. Cette évolution a commencé quand nous sommes passés de l'âge artisanal à l'âge industriel. Nos ancêtres pouvaient observer le forgeron en train de forger, le tisserand en train de tisser ; à l'âge industriel, la machine à vapeur, l'électricité, la téléphonie sont devenues familières, mais, à la différence des artisans dont on pouvait observer l'activité, elles restent entourées de mystère, et nous comprenons de moins en moins le monde qui nous entoure. La civilisation des données ajoute à cette ignorance une dimension nouvelle. Le savoir progresse désormais de plus en plus par la mise en réseau, et les savants eux-mêmes ne sont pas sûrs de maîtriser les chevaux du savoir quand ceux-ci prennent le mors aux dents. La science de plus en plus nous domine au lieu d'être notre servante. L'intelligence artificielle nous devance dans la compréhension du comment, sans apporter de réponse au pourquoi : les traitements de données mettent en lumière des corrélations inattendues, que les savants eux-mêmes sont souvent incapables de transformer en explications. Le pari des philosophes des Lumières sur l'égalité de la raison paraît alors bien fragile, confronté à l'évidence de l'écrasante inégalité des savoirs et à la domination que le savoir exerce désormais même sur les savants.

Cette omniprésence de savoirs de plus en plus spécialisés et de plus en plus difficiles à maîtriser brouille la relation entre savoir et pouvoir. Les gouvernants cherchent très légitimement à donner une juste place à la science : quand la pandémie les a obligés à rendre des arbitrages difficiles entre objectifs de santé publique et sauvegarde de l'économie, les États les mieux gouvernés ont donné une juste place à la science. Les comités scientifiques qu'ils ont créés ont éclairé les décideurs et les opinions sur les risques sanitaires. De même, dans un des débats les plus stratégiques pour l'avenir du monde, la question du changement climatique, les travaux du GIEC (Groupe d'experts intergouvernemental sur l'évolution du climat) apportent un éclairage utile à la décision politique.

Mais les politiques se servent aussi de la science pour légitimer des décisions, et on a vu comment l'idéologie du TINA (*There is no alternative*) a été utilisée dans le domaine économique par les responsables politiques pour clore le débat. Et il arrive aussi que les savants mélangent considérations scientifiques et considérations politiques. Dans le rapport spécial publié par le GIEC en 2019 sur le risque d'un réchauffement de 1,5 °C, on trouve ainsi, enfoui au milieu d'un long texte, un paragraphe très politique où l'énergie nucléaire, controversée dans l'opinion publique, et particulièrement dans la partie de l'opinion la plus mobilisée pour lutter contre le changement climatique, est implicitement écartée à cause de son manque d'« acceptabilité sociale dans beaucoup de pays en raison d'inquiétudes sur les risques d'accident et de gestion des déchets radioactifs ». Les auteurs notent cependant dans le même paragraphe que treize pays, parmi lesquels la Chine, l'Inde et le Royaume-Uni, se dotent de nouvelles capacités nucléaires ! Un paragraphe élégamment balancé pour n'offenser ni les militants de l'écologie ni certaines grandes puissances limite ainsi avec habileté le débat politique qu'il devrait au contraire ouvrir. Le prix du consensus entre savants dans un organe à forte visibilité politique est un compromis politique plutôt qu'un accord scientifique.

Gouvernants ou gouvernés, nous voudrions que la science nous délivre de l'incertitude par des réponses claires et définitives. Nous n'aimons pas le doute et la probabilité. Cette demande de certitudes qui élimineraient les choix politiques s'est encore manifestée dans la pandémie, quand une partie des opinions demandait que les scientifiques consultés par les autorités aient le pouvoir de décision, comme si l'arbitrage entre le risque sanitaire et le risque économique n'était pas une décision politique. En même temps, quand la science vient contredire nos pensées instinctives, nous tirons argument des différences inévitables et souhaitables d'opinions entre scientifiques pour la rejeter en bloc. Nous baignons dans la demi-culture, et rien n'est plus dangereux que la demi-culture. Elle a l'arrogance des parvenus du savoir et voit le monde de la connaissance comme une pièce fermée, dont on cartographie peu à peu tous les recoins.

Les savants – du moins ceux qui ne cèdent pas à des attentes satisfaisant leur vanité en leur donnant prestige et autorité – ont un autre point de vue : ils voient dans la science une sphère en expansion continue, dont la surface de contact avec l'inconnu ne cesse donc de croître. Autrement dit, plus s'étend la connaissance, plus se multiplient les questions et plus grandit la conscience de nos ignorances. C'est pourquoi les plus grands savants sont des créateurs d'incertitude plutôt que des apporteurs de certitude. Mais ce n'est pas ce que leur demande le public, et l'expérience récente montre la difficulté d'établir un rapport sain entre le savoir, le pouvoir, et les citoyens.

Cette captation du savoir par la politique et du pouvoir par le savoir est à la fois mensongère – elle transforme en machine à produire des certitudes une activité humaine qui repose sur le doute systématique – et dangereuse – la confrontation parfois violente de « vérités » incompatibles remplace le débat problématique de la science : faute d'avoir réponse à tout, la science est alors vite accusée de n'avoir réponse à rien, et la nécessaire distinction entre l'avéré, l'incertain et le faux disparaît, ouvrant la voie à l'obscurantisme.

Comment dans ces conditions organiser le nécessaire rapport entre la légitimité du savoir et celle de la politique, pour que le savoir ouvre les choix au lieu de les fermer ? L'exemple de la gestion du risque collectif qu'une société est prête à prendre, qu'il s'agisse de lutter contre une pandémie ou de limiter l'impact de changements climatiques, illustre bien la difficulté des rapports entre savoir et pouvoir. Qu'on vote une déclaration de guerre ou qu'on réponde à une pandémie ou au changement climatique, la question est d'une certaine manière toujours la même. Quel est le degré de risque qu'une société est prête à accepter et comment le répartir ? Les savants peuvent éclairer la réflexion sur le risque, déterminer des probabilités, mais aucune science ne peut déterminer quel est le juste risque. Ces choix ne relèvent pas de la science.

Dans le cas du changement climatique, la première difficulté est celle de la communauté politique concernée : aucun pays, même le plus grand, ne peut espérer apporter seul la réponse, et chaque nation doit donc inscrire son action dans un effort collectif, alors même que les conséquences du changement seront très différentes d'un pays à l'autre. Le risque n'est pas le même, mais l'effort doit être partagé, et la décision de partager est une décision politique. La seconde difficulté est l'échelle de temps à considérer. Les conséquences les plus graves du changement climatique affecteront des êtres humains qui ne sont pas encore nés : la solidarité qui est demandée à une communauté politique trouve son fondement dans un choix presque métaphysique en faveur de l'avenir. Et ce choix est d'autant plus difficile que nous ne connaissons pas les progrès que la technologie accomplira dans les décennies à venir, progrès qui peut-être invalideront les hypothèses actuelles.

La science peut éclairer les choix, mais elle ne délivre pas les politiques de leurs responsabilités. Rien n'a été véritablement réglé par la conférence internationale qui, en 1993, a cru pouvoir définir le « principe de précaution » : « En cas de risque de dommages graves ou irréversibles, l'absence de certitude scientifique absolue ne doit pas servir de prétexte pour remettre à plus tard l'adoption de mesures effectives visant à prévenir la dégradation de l'environnement. » Cette affirmation ne règle pas le problème politique, car elle ne correspond pas au monde réel, qui est un monde de ressources finies. Toute mesure a un coût, et, en l'absence de ressources illimitées, le responsable politique devra inévitablement choisir et proportionner sa réponse. Le coûte que coûte ne peut pas être un principe de gouvernement : faut-il, pour éviter un risque susceptible de se matérialiser dans trente ans, abandonner la lutte contre la mortalité infantile dans les pays où celle-ci est aujourd'hui élevée ? Faut-il sacrifier des enfants déjà nés pour sauver des vies futures ? Les réponses sont d'autant plus difficiles qu'elles doivent prendre en compte une multitude de risques concurrents, à la probabilité plus ou moins élevée, qui relèvent chacun d'un compartiment distinct de la science. La science permet de mieux identifier et quantifier les risques. À la politique revient la responsabilité d'arbitrer entre le présent et l'avenir, et de négocier, entre des groupes qui n'encourent pas les mêmes risques et n'ont pas les mêmes intérêts, des compromis.

J'ai déjà évoqué, à propos de la gestion des données, le besoin de renouveler la doctrine de la séparation des pouvoirs. En vérité, c'est l'ensemble des relations entre savoir et pouvoir qui doit être aménagé pour éviter à la fois l'*hubris* de la science et l'obscurantisme. À l'âge du savoir et des données, la tension entre la passion de l'égalité et l'inégalité croissante devant la connaissance ne pourra que grandir. Pour que cette tension puisse être soutenue, il faudra que les « lettrés » – pour reprendre le vocabulaire de Confucius – ne puissent pas abuser de leur responsabilité. Pour échapper à la dictature des savants sans tomber dans celle des imbéciles, il faudra que la frontière entre ce qui relève du savoir et ce qui relève du vote démocratique soit mieux définie, mais aussi qu'elle puisse évoluer en fonction des progrès de la science. Le savoir est d'ores et déjà présent dans une multitude d'instances spécialisées non élues : surveillance des marchés financiers, contrôle de la concurrence, autorisation de médicaments, certification d'aéronefs... Leur indépendance devra être protégée, sans pour autant déboucher sur le gouvernement des savants : comme la loi constitutionnelle, qui doit pouvoir être révisée, mais selon une procédure plus lourde que celle qui gouverne le vote des lois, les principes qui gouvernent une institution indépendante devront pouvoir être également amendés selon une procédure démocratique. Le nombre de ces institutions augmentera à proportion de l'expansion rapide des connaissances, et de l'interdépendance croissante du monde, qui obligera à prendre en compte l'universel. Créées par des États ou des organisations comme l'Union européenne, elles devront se coordonner, comme on le voit aujourd'hui à propos des vaccins ; en choisissant le terrain de la connaissance pour engager entre elles le dialogue, elles confirmeront l'intuition de Confucius qu'on ne dépasse le particulier pour atteindre l'universel que par le savoir. Elles ne fonctionneront donc pas selon des principes démocratiques. Cette reconnaissance des institutions de la connaissance, loin de nuire à la renaissance des institutions politiques, devrait au contraire leur permettre de revivre, en obligeant les responsables politiques à assumer des choix qui ne relèvent pas de la science, en distinguant mieux, au cas par cas, ce qui relève de la confrontation des intérêts et ce qui relève de la connaissance.

Rien ne remplacera jamais la légitimité démocratique du nombre pour mesurer l'acceptation du pouvoir par la société, mais, à l'âge des réseaux sociaux et des algorithmes, nous ne devrions jamais oublier que la sagesse des foules est précaire, car les individus entrent en résonance les uns avec les autres, amplifiant la pensée dominante du moment, quelle qu'elle soit. Quant à la légitimité du savoir, nous l'accepterons, parce qu'elle peut modérer et encadrer la légitimité de la délibération, mais nous ne lui demanderons pas de s'y substituer. Pour que les citoyens de l'avenir soient à la fois représentés et éclairés, il faudra qu'ils organisent la coexistence de légitimités concurrentes et qu'ils veillent à ce qu'aucune n'en vienne à dominer les autres, pas même celle du savoir. Le savoir permet d'écarter de mauvaises réponses, mais il n'y a que les demi-savants pour croire qu'il n'y a qu'une réponse. La plupart des questions ont plusieurs réponses, et c'est la pluralité des réponses qui ouvre l'espace où la politique peut se déployer. Le sage de Confucius doit apprendre à vivre avec les simples, et les simples ne devraient pas se moquer du sage.

CHAPITRE 10

Quelle Europe ?

Le mélange de rivalité et de convergence entre les États-Unis et la Chine donne une forme concrète à nos rêves comme à nos peurs, et c'est de plus en plus par rapport à cette relation que le reste du monde se définit. On en revient à la double tentation, américaine et chinoise, décrite dans un précédent chapitre. Pourtant, ni les États-Unis ni la Chine ne sont des modèles que le reste du monde puisse facilement imiter. Selon la formule de Lucian Pye, la Chine est une civilisation-État qui prétend être un État-nation. L'Europe aura du mal à devenir un État-civilisation parce qu'il n'y a pas eu en Europe l'équivalent des Han pour soumettre les États-nations qui la composent et effacer les histoires antérieures. Comme la plupart des peuples, les peuples européens sont encombrés par leur passé. C'est ce qui les distingue également des États-Unis, qui se projettent dans l'avenir avec une passion presque exclusive qui donne à l'Amérique son dynamisme. Les Américains ont bâti leur pays sur le mythe d'une table rase : les Indiens ont été pratiquement exclus du paysage, dissous par l'arrivée en masse des immigrants. Il n'y a pas de table rase européenne. On ne peut exclure les « Indiens » d'Europe. Ils sont l'Europe, ces vieux peuples qui se racontent à eux-mêmes des histoires truffées de mensonges, mais dont ils ne peuvent se priver sans commettre une sorte de suicide. Le passé est pour eux comme un coquillage dont les couches de nacre lentement se superposent, une enveloppe qui les protège et les rassure. Les nations européennes partagent avec beaucoup de pays, y compris la Chine, ce rapport au passé qui les aide à former des communautés nationales, mais, à la différence de la Chine, elles ne sont pas à l'échelle d'une économie mondialisée.

L'Europe est-elle une variante des États-Unis ?

Comment échapper à ce vain duel de géants, tout en prenant acte que le repli sur la nation ne peut être la seule réponse ? Il faut gérer la globalité. D'un bout à l'autre du monde, les mêmes questions sont posées, mais chaque communauté humaine a son histoire et tentera d'apporter sa réponse propre à un choix qui ne peut rester binaire. Dans cette conversation universelle, l'Europe a-t-elle encore quelque chose à dire au monde ? Il y a vingt ans, quand des livres s'écrivaient pour annoncer que le XXIᵉ siècle serait européen, la réponse paraissait évidente. La « victoire occidentale » allait de soi, mais c'était une victoire de la diversité et du pluralisme, qui autorisait l'Europe à se penser comme une variante originale d'un Occident dans lequel elle ne se diluait pas. Elle se voyait encore assez naturellement comme un modèle original d'un monde qui se recomposait. Mais au moment où ce n'est plus seulement l'Europe, mais l'Occident qui perd sa centralité, et alors que s'affirme la brutalité des rapports de force, suggérer que l'Europe a un rôle particulier et urgent à jouer pour penser un autre monde paraît relever de l'utopie, une dernière manifestation d'arrogance naïve avant la sortie définitive de l'histoire. L'Europe de l'universalisme a-t-elle aujourd'hui un projet à opposer à l'universalisme de l'argent, où est-elle seulement une variante de la dystopie occidentale, moins attaquée parce que moins visible et moins puissante que la dystopie américaine ?

L'Europe ressemble souvent à une mauvaise et caricaturale copie des États-Unis : ainsi, dans ce vieux continent où *Thanksgiving* est inconnu, le dieu du commerce a réussi à imposer le *Black Friday* cher au commerce américain. Dans le langage comme dans les pratiques commerciales, les Européens suivent avec quelques années de retard les modes nées aux États-Unis. Le développement en Europe des grandes marques de consommation américaines, McDonald, Starbucks, Coca-Cola, phénomène déjà ancien, s'étend aujourd'hui aux sociétés nées de l'internet, Amazon et Google en particulier, avec un impact sans commune mesure avec celui des entreprises de la génération précédente.

Sur le plan digital, l'Europe ressemble aussi à une colonie américaine. L'économie de l'internet est dominée par des sociétés géantes d'outre-Atlantique, et il n'y a pas encore de différence décisive entre la manière dont l'information est gérée aux États-Unis et en Europe, malgré les spécificités réglementaires de cette dernière et sa volonté de créer un modèle alternatif, sans doute son ambition la plus porteuse d'avenir. Pour le moment, les analyses que j'ai développées sur l'impact des nouvelles technologies s'appliquent, à quelques nuances près, aux deux continents sans changement notable. La crise de la politique, malgré les différences constitutionnelles, y est aussi prononcée que de l'autre côté de l'Atlantique. On y observe le même affaiblissement des partis traditionnels, la même crise de la représentation, la même montée, dans les discours comme dans les actes, de la violence, le même effritement du capital social.

Il y a pourtant, à travers le monde, une attente d'Europe, reflet du mélange de ressentiment et d'envie qu'inspirent dix siècles d'histoire mondiale dominés par elle. Les Européens sont aussi inconscients du ressentiment que de l'envie qu'ils inspirent, une envie qui n'est pas seulement une envie de richesses. L'Europe, qui dans l'émotion triomphaliste de l'immédiat après-guerre froide a surestimé son influence et les attentes dont elle était l'objet, sous-estime désormais le vide qu'elle ouvre quand elle paraît manquer d'ambition. Le déficit d'Europe est aujourd'hui davantage ressenti en dehors d'Europe qu'en Europe même. C'est peut-être parce que les Européens, quand ils pensent l'Europe, ont des difficultés à la penser autrement que dans les termes traditionnels de la puissance, alors que l'Europe intéresse d'abord par les contradictions et les tensions qu'elle révèle, miroir grossissant des déchirements de beaucoup de nations, et par les chemins originaux qu'elle prend pour tenter de les surmonter. Tiraillée entre la logique de la mémoire qui la divise et le projet universaliste – lui-même produit du mélange de convictions chrétiennes et d'esprit des Lumières qui inspiraient ses fondateurs – qui la rassemble, entre la logique du grand marché et celle de la solidarité, à la fois projet technocratique et union de démocraties, l'Europe reste un laboratoire où s'expérimentent des formules nouvelles – la Commission européenne, institution hybride à la fois technique et politique, en étant l'exemple le plus accompli. Cette complexité nourrie de contradictions est pour certains la marque d'une incurable faiblesse. Mais elle donne à l'Europe une responsabilité dans l'invention des institutions politiques de l'avenir. Sur aucun autre continent, en effet, on ne trouve la combinaison de tradition universaliste et de puissance potentielle sans lesquelles une idée a peu de chances de s'étendre. L'Union européenne, dans l'échelle qui conduit du local au global, est-elle un barreau suffisamment solide pour peser sur le monde au-delà de ses frontières tout en apportant aux Européens ce que leurs nations se révèlent incapables de leur offrir ?

L'Union européenne, cause ou remède de la crise de la politique ?

À écouter les Européens eux-mêmes, l'Europe est aujourd'hui loin du compte. Un nombre croissant d'entre eux ne voient pas l'Europe comme un moyen de retrouver une capacité d'influence sur le monde que les États ont perdue. Ils voient ce que leurs nations respectives abandonnent à Bruxelles et considèrent les institutions européennes comme des entraves à la souveraineté des nations, et non comme des démultiplicateurs de leur puissance. L'Union européenne n'est pas comprise comme ce barreau de l'échelle qui permettrait de passer du national au global, mais comme l'irruption tyrannique du global dans le national. Du coup, les institutions européennes, au lieu d'offrir une réponse à la crise de la politique dans les nations qui la composent, apparaissent comme le cheval de Troie de la dépolitisation en marche.

De l'universalisme des Lumières qui a nourri le dynamisme de l'Europe et des États-Unis, mais également leurs impérialismes, l'Europe donne souvent l'impression de ne conserver aujourd'hui que l'idéologie desséchée des processus de marché. L'Europe des consommateurs/producteurs a chassé l'Europe des citoyens. Les progrès du projet européen dans les deux dernières décennies, qui créent aujourd'hui un degré d'intégration de l'Union sans doute supérieur à ce qu'imaginaient les pères fondateurs, sont remarquables, mais ils ont été réalisés au prix de l'expulsion de la politique, et l'Europe paie maintenant le prix de cette expulsion. Pour permettre une intégration accrue, les responsables politiques ont amendé les traités fondateurs de l'Union, équivalent pour l'Union d'une Constitution, en mélangeant, à la différence d'une Constitution, organisation des pouvoirs et orientations politiques. Comme le montre très bien

Luuk Van Middelaar dans son livre *Quand l'Europe improvise – Dix ans de crises politiques*, la Commission européenne a été enfermée dans le rôle d'exécutrice d'une doctrine, en l'occurrence une vision néoclassique du marché : l'autorité du savoir est alors devenue l'affirmation d'un dogmatisme économique de plus en plus contesté. Au lieu de protéger l'indépendance du savoir et d'en préserver le caractère problématique, les traités, même s'ils n'enferment pas complètement la Commission dans une doctrine contestable, ont progressivement réduit sa marge d'appréciation, en donnant valeur constitutionnelle au marché unique et aux quatre libertés qui l'organisent (libre circulation des biens, des capitaux, des services et des personnes). La légitimité du savoir comme celle de la politique ont également perdu à cette mauvaise synthèse.

De même, quand, pour des raisons qui étaient pourtant d'abord politiques, les Européens ont décidé de créer l'euro, ils n'ont pu le faire, à la demande de l'Allemagne, qu'en mettant la Banque centrale à l'abri de toutes pressions politiques futures, et en lui assignant l'objectif strictement technique de stabilité de la monnaie. Et, constatant qu'une politique monétaire est inséparable du contexte budgétaire dans lequel elle est conduite, ils ont un peu plus tard, avec le pacte de stabilité, tenté de faire également échapper la gestion budgétaire à la politique, en encadrant dans d'étroites limites les déficits budgétaires autorisés. Ils reprenaient à leur compte la vision de l'Allemagne, qui est allée jusqu'à inscrire dans sa Constitution la règle du zéro déficit.

L'Union européenne a ainsi été le disciple le plus fidèle de la théorie du TINA (*There is no alternative*) décrite plus haut dans ce livre. La crise économique provoquée par la pandémie a cependant commencé de briser ce carcan.

Cette dépolitisation voulue des institutions européennes, sans laquelle il n'y aurait pas eu d'accord entre les nations pour progresser dans l'intégration, mine la confiance dans le projet européen et dans sa capacité à offrir un cadre nouveau à la politique. La décision britannique de quitter l'Union européenne, même si elle est en partie motivée par une vision nostalgique du passé, en est la manifestation, et le dédain avec lequel elle a été accueillie par les partisans de l'intégration empêche de regarder en face les questions légitimes qu'elle soulève. Au lieu de répondre avec des arguments politiques à leurs adversaires, les partisans du maintien de la Grande-Bretagne dans l'Union ont mis en avant des nécessités économiques, déniant à leurs opposants toute légitimité. Affirmer qu'il n'y a pas d'alternative à l'Europe était pourtant le plus mauvais des arguments face aux promoteurs du Brexit, dont l'attrait est précisément de rétablir la possibilité de choix politiques. Il eût mieux valu admettre qu'une multitude d'avenirs est possible et promouvoir un avenir au sein de l'Union européenne non comme une nécessité économique, mais comme un choix qui permettrait de défendre les valeurs auxquelles beaucoup de Britanniques croient. Les adversaires du Brexit ont cependant cru être habiles en abandonnant le terrain des valeurs. À des électeurs qui s'inquiètent d'abord de leur dignité, ils ont opposé des arguments d'efficacité. Et ils n'ont d'ailleurs même pas convaincu ceux qui cherchent l'efficacité, car, dans un monde fluide dépourvu de boussole morale, être un acteur agile et sans amarres a de réels avantages : il autorise les expérimentations politiques et les changements de cap rapides en fonction des circonstances. L'alliance des humiliés et des opportunistes a donné la victoire au Brexit.

Cette expulsion de la politique dans le projet européen a eu également pour conséquence d'empêcher l'Union européenne de définir avec clarté son rapport au monde. Confiante dans son universalisme de puissance marchande, elle s'est convaincue qu'elle pouvait généraliser au monde l'idéologie sur laquelle elle fondait son intégration et le façonner à son image. Narcisse, elle s'est regardée dans le miroir, et elle a cru que, si les autres pays regardaient dans le même miroir, c'est l'Europe et non pas eux-mêmes qu'ils découvriraient et imiteraient. L'envie que suscite l'Europe ne débouche pas nécessairement sur l'imitation ! Ainsi, quand les Européens ont soutenu en 2001 l'entrée de la Chine dans l'Organisation mondiale du commerce, ils pensaient pouvoir lui appliquer le raisonnement qui sous-tend la construction européenne elle-même : le commerce adoucit les mœurs, crée des « solidarités de fait » et, par un chemin détourné, aide donc à construire la paix et la démocratie. L'équation prospérité = paix = liberté a été d'une certaine manière la devise, le principe organisateur de l'Europe. L'Union européenne a fait sienne l'idéologie de l'individu, qui a inspiré la construction du marché unique : un grand marché, unifié par des normes communes, apporterait d'autant plus efficacement à 500 millions de citoyens-consommateurs la prospérité, la paix et la liberté que les distorsions de concurrence, sous forme d'aides d'État ou autres, en seraient bannies. Et plus ce marché serait ouvert au reste du monde, avec comme seule restriction essentielle l'exigence de respect des normes qui protègent le consommateur européen, mieux serait garanti le bonheur des Européens. Le meilleur gagnerait. L'Occident, y compris l'Europe, a parié que la Chine prendrait le même chemin. On a vu que ce pari semble pour le moment perdu avec Pékin. La Chine est aujourd'hui un acteur majeur de l'économie mondiale, mais son intégration dans les circuits de l'économie globale n'a pas débouché sur l'ouverture politique. La Chine n'est pas devenue européenne, et j'ai montré comment elle fait chaque jour la démonstration que l'équation prospérité = paix = liberté ne fonctionne pas. Les Européens tâtonnent encore pour tirer les conséquences de cette déception.

L'Europe redécouvre que, contrairement à l'idéologie de marché à laquelle elle donne parfois l'impression de réduire sa vision du monde, le monde n'est pas seulement une multitude d'individus échangeant et produisant selon des règles agréées. L'idéologie de l'individu peut bien tenter de dissoudre les vieilles nations européennes, mais elle n'a pas dissous la Chine. Entre l'individu et le monde s'interposent des communautés humaines, des nations de puissance inégale, avec leurs intérêts et leurs solidarités, et rien ne révèle mieux leur existence qu'une crise comme la pandémie, quand priorités et solidarités nationales réapparaissent, bousculant un monde dont les individus croyaient être les maîtres. C'est alors que des questions qui paraissent secondaires en temps normal se posent. Y a-t-il des secteurs stratégiques de l'économie européenne, au-delà de l'exception traditionnelle des industries de défense – et la pandémie du Covid-19 pousse à étendre la définition de ce qui est stratégique –, qui devraient échapper à la logique de concurrence et d'ouverture ? Comment concilier l'octroi d'aides d'État massives – nécessaires pour empêcher la destruction de pans entiers de l'économie – avec le principe d'un grand marché, quand les inégalités budgétaires entre les États avantagent les plus riches et les moins endettés, qui ont les moyens de se montrer plus généreux ? Et les questions que pose la pandémie en soulèvent d'autres de portée plus générale : dans quel cadre doit s'apprécier la concurrence ? Faut-il, pour préserver une concurrence mondiale, accepter une moindre concurrence européenne, voire encourager l'émergence de « champions » européens ?

Protéger le consommateur ou défendre les citoyens ?

Les institutions européennes ont longtemps cherché à éviter une « politisation » de ces questions qui remettrait en cause la suprématie du raisonnement économique. Elles ne désespèrent jamais de trouver le biais technique qui permettra de dépolitiser un sujet difficile : quelles aides d'État la Chine accorde-t-elle à ses entreprises ? Comment mieux assurer la réciprocité dans l'accès aux marchés, notamment pour les commandes publiques ? Les très grandes entreprises d'information américaines soulèvent des questions similaires : peut-on régler l'avantage structurel qui revient à la première entreprise qui domine un marché de données (Google, Amazon...) en utilisant l'arsenal classique du droit de la concurrence contre les abus de position dominante ?

On découvre cependant avec les crises la différence entre protéger le consommateur européen, « pour que le meilleur gagne », et protéger une communauté politique. Les situations exceptionnelles révèlent que d'autres priorités et d'autres valeurs que celles du marché entrent alors en jeu, où il ne s'agit pas d'un hypothétique meilleur qui mériterait de gagner, mais simplement de nous-mêmes, que nous soyons les meilleurs ou pas, qui n'accepterons pas de perdre. Le « nous » revient, quand le « je » commence à perdre. Si dans une multitude de secteurs, y compris des secteurs clefs comme les sociétés qui bâtissent les infrastructures de l'information globale (Huawei) ou gèrent cette information (Google, Amazon...), les acteurs dominants devaient être chinois ou américains, l'Europe n'aurait-elle rien à dire dès lors que ces victoires non européennes auraient été obtenues dans le cadre d'une concurrence loyale pour le plus grand bénéfice du consommateur ? En cas de crise, les fournisseurs étrangers, fidèles à leurs contrats, livreront-ils des biens devenus rares, ou d'autres priorités l'emporteront-elles, comme on l'a vu au moment de la pandémie du Covid-19, quand

Chine et États-Unis n'ont pas livré des produits réquisitionnés pour leurs propres besoins ? Et, au sein même de l'Union européenne, de quel « nous » parle-t-on ? En l'absence de solidarité budgétaire, les États pauvres ou endettés ne pourront pas sauver par des aides d'État leurs industries menacées.

À travers ces questions, l'Europe découvre les limites de la philosophie qui a inspiré la construction de ses institutions. Le projet européen est né en réponse à la tragédie de la Seconde Guerre mondiale, mais, comme l'a dit Hubert Védrine, il a grandi dans un monde sans tragédie – ou plutôt dans un monde où la tragédie était gérée par d'autres, les États-Unis et l'OTAN. Le détour par l'économie du projet politique et l'expulsion de la politique ont bien servi la construction européenne, mais ils débouchent aujourd'hui sur une impasse. Un marché de consommateurs ne tient pas face à une communauté politique.

Les Européens, incapables aujourd'hui de dire ce qui les définit, et dont certains ont d'abord vu dans l'adhésion à l'Union le chemin de la richesse plutôt qu'un engagement sur des valeurs partagées, se découvrent politiquement vulnérables face à des acteurs politiques extérieurs qui, eux, savent ce qu'ils veulent. L'Union européenne se retrouve sans arguments quand la Chine, par ses investissements et ses aides, vient au secours des pays de l'Union les plus faibles, dont elle se fait des alliés, alors que le soutien de l'Union risque de rester modeste. La Chine peut ainsi se protéger contre des décisions de l'Union européenne qui lui seraient défavorables sur le plan commercial ou politique. À travers eux, elle peut peser sur le processus de décision européen et créer, en marge de ou en opposition à une incertaine solidarité européenne, un autre cadre de dialogue dans lequel elle occupe une position dominante : les sommets 16+1 qu'elle a créés sont l'instrument de cette stratégie d'influence, comme l'ont été les aides bilatérales qu'elle a apportées aux pays les plus frappés par la pandémie. Cette offre est d'autant plus alléchante que la Chine – et il en va de même pour la Russie – ne demande en échange aucune adhésion à un système, à la différence de l'Union européenne, hésitante entre la fidélité aux valeurs qui l'ont fondée et un pragmatisme sans principes : comme l'ont observé Ivan Krastev et Stephen Holmes dans leur livre *The Light that Failed*, la pression chinoise – ou russe – est ressentie comme moins attentatoire à la dignité des pays concernés parce qu'elle ne s'accompagne d'aucune pression idéologique. Russie et Chine ne cherchent pas à conquérir des communautés politiques, mais à les dissoudre, tâche d'autant moins difficile que toutes ces puissances communient en apparence dans la même idéologie du marché et du succès. Faute d'avoir su donner une définition politique d'elle-même, mais gardant la trace des valeurs qui l'ont vue naître, l'Union européenne laisse le champ libre à la désagrégation des sociétés européennes. Ce n'est pas la victoire d'un modèle chinois sur un modèle européen, mais le retour, faute de mieux dans le vide général, à des identités nationales en lambeaux.

L'Europe à la recherche de sa différence

L'Union européenne, comme beaucoup de communautés politiques avant elles, pourra-t-elle résister à ces risques de désintégration en se trouvant des ennemis ? Se posera-t-elle en s'opposant ? Beaucoup des menaces qui pèsent sur les Européens les divisent plus souvent qu'elles ne les rassemblent. On pense plus à la Russie quand on en a été le vassal, même si commence à poindre dans certains pays le sentiment d'un destin européen commun. On pense plus à l'Afrique et au terrorisme quand on borde la Méditerranée. Quant à la Chine, elle inquiète parfois, mais elle est trop loin pour mobiliser les passions. L'Europe a donc peu de chances d'être durablement unifiée par une peur partagée, fût-elle celle des migrants, du terrorisme, de la Russie ou de la Chine, ou même, comme on l'a vu avec le Covid-19, d'une pandémie : un grand marché est un espace de concurrence, pas de solidarité. Et, face à la Russie, les États-Unis, si imprévisibles qu'ils soient devenus, continuent de rassurer davantage qu'une hypothétique défense européenne. Sujet après sujet, l'expérience des dernières années démontre la difficulté de convergences fortes sur des questions où le destin et l'identité des nations, ou même la vie et la mort de ses citoyens, sont en jeu : politique d'immigration, recours à la force armée… La multiplication de débats touchant aux questions traditionnelles de la puissance habitue peut-être les Européens à identifier les causes pour lesquelles ils seraient prêts sinon à mourir, du moins à prendre des risques, mais elle ne crée pas un peuple européen.

Sur toutes ces questions, l'Europe a certes des intérêts communs, et les diplomates travaillent à les faire émerger, à grand renfort de livres blancs et autres documents nationaux ou paneuropéens. Mais ces intérêts communs ne produisent pas, d'un pays à l'autre, les mêmes émotions, et les diplomates, en prétendant que le décryptage des intérêts peut définir une politique étrangère, tombent dans la même *hubris* rationaliste qui a discrédité les économistes quand ils ont prétendu que les lois du marché suffisaient à définir une politique économique. La science diplomatique a aussi peu de chances de transformer l'Europe en communauté politique que la science économique, parce que la diplomatie, dans nos sociétés connectées, est moins que jamais la propriété des diplomates. Les relations qu'on appelle encore internationales sont continuellement secouées par les bourrasques de la politique dite intérieure, et il n'y a pas une politique intérieure européenne, mais une pluralité de débats nationaux et infranationaux sur lesquels les diplomates n'ont pas prise. Entre les nations qui ont eu un passé impérial et les autres, entre celles pour lesquelles la gloire militaire porte une part de la fierté nationale, comme la France, et celles pour lesquelles elle est associée à la honte, comme l'Allemagne, il y a un abîme, et les différences entre nations européennes sont beaucoup plus grandes que les différences au sein de chaque nation européenne.

À défaut d'une menace commune, l'Europe peut-elle trouver son unité dans la consolidation d'une frontière ? On est loin du temps de la guerre froide, quand cette question ne se posait pas : l'Europe occidentale avait alors la frontière la plus infranchissable de la planète, et cette délimitation d'une clarté absolue lui permettait d'éluder la question de la dimension politique de la construction européenne. Face à la menace soviétique, elle allait de soi. Régis Debray note dans *L'Éloge des frontières* que la frontière unit. On voit avec l'Union européenne comment l'absence de frontière divise, et la crise du processus d'élargissement de l'Union est l'illustration de ces divisions. Depuis la fin de la guerre froide, l'Europe a fait de son absence de frontière une vertu, illustrée par les billets de banque de l'euro, sur lesquels figure une carte de l'Union brouillant dans un flou opportun les limites orientales de l'Europe. L'élargissement de l'Union européenne aux pays d'Europe centrale est considéré comme le plus grand succès de la politique « étrangère » européenne, et il a conduit à minimiser plutôt qu'à souligner les différences entre ceux qui sont dedans et ceux qui sont dehors. Les politiques dites de voisinage ont traduit cette vision d'une Europe qui est plus une éponge qu'un pôle de puissance. Cette logique d'extension indéfinie atteint aujourd'hui ses limites politiques et géographiques, et révèle la contradiction qui est au cœur du projet européen : un projet universaliste peut-il avoir une limite géographique ? Dans le passé, l'Europe répondit à la question par l'impérialisme et le colonialisme. Elle n'en est heureusement plus là, mais comment, alors, tracer la frontière ? Comment concilier le dynamisme de l'ouverture avec l'affirmation d'une identité qui distingue ? Beaucoup de pays européens ne sont pas politiquement prêts à clarifier l'objectif qu'ils poursuivent dans la construction européenne. La fuite en avant dans un élargissement dont ni l'objectif ni les limites ne sont tracés est une manière d'éjecter la politique du projet européen : le mouvement est à lui-même sa propre légitimité, et toute ambition d'identité européenne se dissout dans un universalisme mollement bienveillant dont le principe est d'abolir toute limite. Comment les Européens sauraient-ils ce qu'ils veulent et ce qu'ils refusent s'ils ne peuvent même pas montrer où est leur frontière ?

La demande de frontière, rejet de l'indétermination et du flou, devient ainsi un symbole de la revanche de la politique. Aux États-Unis, Trump a fait de la construction d'un mur infranchissable à la frontière du Mexique un marqueur de sa politique, autour duquel se rassemblent ses partisans. En Europe, la mobilisation contre les migrants, dans des pays comme la Hongrie, davantage menacée par le dépeuplement de l'émigration que par l'immigration, traduit ce même souci existentiel de tracer les limites géographiques d'une communauté humaine pour en assurer la pérennité politique par le rejet de l'autre. Mais, en élevant des murailles, les Européens sont confrontés aux contradictions de l'universalisme qui est supposé les rassembler : comment affirmer l'universalité des droits humains tout en achetant l'appui de la Turquie pour qu'elle bloque le flot des réfugiés ? Comment envoyer des bateaux sauver les migrants qui risquent leur vie en Méditerranée, tout en faisant la part du feu avec des milices libyennes qui empêchent – ou trafiquent – leur départ ? Ces compromis honteux sont le quotidien des relations internationales, mais, quand ils sont conclus au nom d'une Europe qui cherche son identité dans l'affirmation de principes universels, ils détruisent sa légitimité. L'Europe ne peut se retrancher derrière une version européenne de l'exceptionnalisme américain. À la différence des États-Unis du XIXe siècle, ou de ce que Trump a essayé de faire croire, elle ne peut s'isoler du monde qui l'entoure, et parfois l'assiège. À la différence des États-Unis d'après 1945, elle n'a ni la volonté ni la puissance militaire qui permirent à Washington de confondre l'universalisme des idées et l'impérialisme de la puissance, et de bâtir un consensus américain où les libéraux exportaient la démocratie et les conservateurs consolidaient la puissance. Qu'elle le veuille ou non, l'Union européenne ne peut, comme les États-Unis le firent pendant plus d'un siècle, se mettre en vacances du monde, et elle ne peut davantage le façonner à son image. L'Europe ne sera donc pas un grand État fédéral comme les États-Unis, elle ne sera pas une civilisation-État comme la Chine, elle ne sera pas un empire multinational comme la Russie. L'Europe a une histoire unique, qui la condamne à ne ressembler à aucune autre construction politique.

L'exception européenne

L'Europe est une exception, née d'un concours de circonstances particulières qu'on ne peut souhaiter à aucune autre partie de la planète. Grâce à son climat tempéré, elle a été très tôt peuplée, et cette densité humaine a conduit à l'invention de règles précises sur la délimitation des terres – le droit de propriété. Et, sans doute à cause de cet entassement de populations, elle a connu plus de guerres qu'aucune autre partie du monde, et ce passé sanglant la hante. Cette violence a trouvé son aboutissement dans les deux guerres mondiales du XXe siècle, conclusion dramatique de la dizaine de siècles où l'histoire de l'Europe est progressivement devenue l'histoire du monde.

Cette expérience unique devrait convaincre les Européens de rester modestes, en renonçant à donner des leçons au monde. Cette modestie n'est pas l'acceptation d'un relativisme moral, le renoncement à l'universalisme, mais le constat que les vraies solidarités n'existent que par l'enracinement dans des histoires particulières. Définir avec honnêteté les limites de l'universalisme européen est le préalable indispensable d'une refondation du projet européen. L'Europe ne pourra pas définir ses limites géographiques si elle ne redéfinit pas ses limites politiques, et les Européens doivent commencer par avoir le courage de repenser leur universalisme et de porter sur lui un regard anthropologique et historique. L'universalisme philosophique n'est pas l'universalisme politique, et le projet politique européen est le produit d'une histoire qui n'est pas transposable au reste du monde. Le reconnaître, c'est voir le monde non comme une abstraction philosophique, mais comme une multitude d'histoires particulières. Cela ne signifie pas qu'un Chinois, un Arabe, un Africain ne partagent pas les mêmes aspirations universelles. Il y aurait du racisme à dénier à celui qui n'est pas né dans ce petit bout de terre à la pointe occidentale de l'Asie qu'on appelle l'Europe les rêves qui ont animé les Européens. Mais ce sont des rêves liés à des histoires particulières, et il ne faut pas que les Européens commettent l'erreur si souvent commise par les Américains de s'offrir en modèle à imiter.

La conscience de leur particularité devrait persuader les Européens de ne pas avoir honte de s'occuper d'abord d'eux-mêmes. La plante qui a poussé sur les décombres de la Seconde Guerre mondiale est une plante rare et fragile, et le fait qu'elle soit aussi l'expression d'une réaction éthique à la plus grande catastrophe morale de l'histoire de l'humanité – la barbarie d'une guerre mondiale conjuguée avec la barbarie de l'holocauste – n'est pas indifférent. L'horreur nazie est une forme extrême de ce à quoi conduit une définition unidimensionnelle de l'humanité, en l'espèce une définition raciale. Le continent européen a été le champ d'expérimentation de deux visions unidimensionnelles du destin humain, la vision nazie et la vision communiste, et cette double expérience devrait continuer de nourrir une utile conscience de la précarité des sociétés humaines et de la contingence historique.

L'histoire unique de l'Europe et les crimes uniques dont elle a été le théâtre font l'Europe d'aujourd'hui : ils donnent aux Européens de bonnes raisons de défendre ce qu'ils ont créé, mais aussi de ne pas chercher à l'étendre indéfiniment. L'affirmation qu'aucun être humain ne peut être réduit à une seule dimension devrait avoir pour corollaire politique qu'une multitude de sociétés, organisées selon des principes différents, est à la fois possible et souhaitable. Il n'existe pas une structure politique si parfaite qu'elle mériterait d'être généralisée à la planète et d'absorber toutes les autres. D'une certaine manière, l'exportation de la formule de l'État-nation européen a été la première expression de cette illusion, remplacée ensuite par une autre : celle que son correctif européen, l'Union européenne, pourrait lui aussi être exporté, et que chaque continent, après avoir importé d'Europe la formule de l'État-nation moderne, se doterait d'une organisation régionale qui, sur le modèle de l'Union européenne, aiderait à dépasser la nation, en se transformant progressivement en une institution d'un type nouveau, valable pour tous les continents. Cette inéluctabilité ne va plus de soi, et le mouvement vers des ensembles politiques toujours plus vastes est à l'arrêt. Il n'y a pas de cité de Dieu sur terre, seulement une multitude de cités des hommes, qui expriment le tâtonnement jamais achevé de l'humanité vers des institutions meilleures.

Cette reconnaissance du particularisme européen est un meilleur point de départ pour réfléchir sur l'avenir du projet européen et pour le définir par rapport au monde que l'affirmation d'un universalisme en perpétuelle extension. Il porte en lui des débats qui doivent, comme l'histoire elle-même, rester ouverts, sauf à revenir à une définition unidimensionnelle de l'être humain. La démocratie universelle, à l'européenne ou à l'américaine, n'est pas l'aboutissement inéluctable de l'histoire, parce qu'il n'y a pas de fin de l'histoire, mais au contraire des futurs multiples et contingents.

L'Europe et les nations

Jacques Delors, pressentant que les vieilles nations européennes ne pouvaient se rassembler en suivant le même chemin que les États-Unis, a cru trouver la formule en évoquant une future « fédération de nations », cherchant ainsi à construire une passerelle entre le modèle offert par l'histoire américaine et les spécificités de l'histoire européenne. Les États-Unis ont construit le mythe d'une société bâtie sur un contrat plutôt que sur une mémoire, ce qui donne à leur Constitution son caractère presque sacré. Les fondateurs de la construction européenne auraient bien voulu suivre ce modèle. Mais les mythes américains ne sont pas transposables à l'Europe. L'Europe est hantée par son passé, et elle n'a ni l'envie ni le droit de l'oublier. Chaque pays, en fonction de son histoire, cherche une issue à cette tension inévitable. Le « patriotisme constitutionnel » d'Habermas tente ainsi de réconcilier la logique du contrat avec celle de la mémoire : l'amour des institutions, des lois puise sa force émotive non en faisant table rase du passé, mais au contraire en se nourrissant de la mémoire du mal absolu qu'a été l'holocauste nazi. Mais le rapport au passé n'est pas le même d'un pays à l'autre, et le patriotisme constitutionnel allemand – aujourd'hui contesté en Allemagne même – n'est pas facilement transposable à l'Europe entière. Lors d'une conférence en Inde

(Raisina 2020), le haut représentant pour la politique étrangère européenne, l'Espagnol Josep Borrell, le rappelait avec humour : « Mes compatriotes se souviennent que le dictateur Franco a eu le soutien des États-Unis et de l'Église catholique, les Polonais se souviennent que les États-Unis et l'Église catholique les ont délivrés du communisme ! » Réconcilier un patriotisme fondé sur les mémoires nationales des États membres avec un patriotisme fondé sur l'amour des institutions est une entreprise infiniment difficile, qui suscite méfiance et rejet si elle est vue comme une ruse destinée à faire de l'Union européenne une nation d'un nouveau type. L'amour des institutions peut se transformer en haine quand l'« état de droit » et le règne du processus sont perçus non comme la protection contre le totalitarisme, mais comme une dépossession technocratique commise au nom de théories destructrices des mémoires nationales.

Depuis des décennies, les Européens s'étaient pourtant persuadés qu'ils inventaient la formule politique de l'avenir. Dans un précédent chapitre, reprenant les analyses de Saskia Sassen, j'ai évoqué l'« assemblage » qui a fait les États-nations, et maintenant le « désassemblage » qui les défait. Le pari institutionnel européen a été de croire que les institutions européennes seraient la matrice d'un nouvel assemblage. La courte histoire des institutions européennes montre toute la difficulté de ce pari. Dans un monde que la circulation des idées, des hommes, des capitaux et des marchandises avait fait changer d'échelle, l'idée qu'il fallait des institutions de dimension continentale pour peser effectivement sur le destin collectif semblait s'imposer, mais elle a maintenant perdu son attrait. La proximité rassure, la distance effraie. À l'heure de la désintermédiation de l'information et de l'aplatissement des structures de gestion, l'emboîtement d'institutions et de compétences du fédéralisme classique ne convainc plus. Les bienfaits d'une évolution vers un monde dont les piliers seraient des ensembles continentaux ont perdu leur évidence : un monde d'acteurs politiques continentaux fait davantage peur que le monde émietté que nous connaissons aujourd'hui, où les dégâts d'une mauvaise décision sont plus limités.

L'Europe ne sera donc pas la matrice d'un nouvel « assemblage », et le rêve d'en faire une puissance est condamné à être éternellement déçu si par puissance on entend un équivalent européen de ce que sont aujourd'hui les États-Unis ou la Chine. Hubert Védrine a raison sur ce point, et en cherchant à le devenir, les Européens font fausse route. Le théâtre principal de la politique continuera de se jouer au niveau des nations, si affaiblies qu'elles soient, et il faut prendre acte des différences européennes, admettre que non seulement elles ne sont pas près de disparaître, mais qu'il n'est pas souhaitable qu'elles disparaissent. L'objectif du traité de Rome d'une « union sans cesse plus étroite entre les peuples européens » doit être abandonné sans ambiguïté ni arrière-pensée tactique. Cet abandon ne doit pas être une concession à la recrudescence des nationalismes, mais l'adhésion à une autre vision de l'évolution du monde. Au lieu de voir dans la confusion de l'universalisme philosophique et de l'universalisme institutionnel le but ultime de l'histoire, les Européens du XXIe siècle devraient chérir et préserver leur diversité. Il faut donc d'abord cesser de considérer comme un progrès de l'Europe tout ce qui amoindrit les nations qui la composent, comme si la souveraineté était une denrée de quantité limitée qui ne peut être renforcée dans une institution que si elle est réduite dans une autre, par un principe de vases communicants.

L'expérience inachevée des institutions européennes

L'invention du Conseil européen, rassemblement des chefs d'État de l'Union, et organe suprême d'impulsion politique, prend acte du fait que l'Union européenne ne peut se construire au détriment des nations. Elle a le mérite de reconnaître la réalité des nations comme porteuses d'identité. Elle repose sur l'hypothèse que les dirigeants nationaux, en démontrant leur capacité d'influence au niveau européen, renforceront la légitimité de plus en plus fragile qu'ils conservent encore au niveau national. Elle fait le pari d'un cercle vertueux où les dirigeants nationaux confortent l'autorité des institutions européennes en leur apportant une part de leur autorité nationale, tandis que la crédibilité accrue des institutions européennes vient renforcer la crédibilité nationale des dirigeants nationaux qui y participent, les souverainetés s'additionnant au lieu de se soustraire. En temps de crise, comme on l'a vu en 2008-2011, et de nouveau avec la pandémie, une convergence peut effectivement apparaître, et le Conseil européen devient alors un véritable échelon politique dans la gestion de la gouvernance globale. Il peut, à cette occasion, donner l'impulsion nécessaire pour que des institutions, des procédures, des instruments soient créés qui survivront au temps de crise.

Le Conseil européen n'entre pas dans les schémas de ceux qui ont voulu voir dans l'Union européenne la matrice d'un nouvel assemblage, et il est pour eux un recul ; il contredit la vision d'une Union qui acquiert progressivement tous les attributs d'un État et remet en cause la séquence imaginée par les fédéralistes européens : d'abord une administration, la Commission de la communauté européenne du charbon et de l'acier, puis un exécutif aux compétences plus larges, la Commission européenne ; en face, une assemblée parlementaire, d'abord simple organe à caractère consultatif, puis, à partir de 1962, Parlement (dans son appellation sinon dans ses pouvoirs) et finalement, en 1979, plus de vingt ans après le traité de Rome, assemblée élue au suffrage universel, véritable contrepoids doté de réels pouvoirs, qui depuis n'ont cessé de grandir. Cette longue gestation était supposée préparer l'avènement d'un gouvernement fédéral dont l'exécutif serait la Commission, le Conseil des ministres la chambre haute, et le Parlement européen la chambre basse.

La réalité est toute autre. La Commission européenne n'est pas un exécutif traditionnel : elle obéit à une logique d'expertise et de savoir plus qu'à une logique politique. Elle est certes un organe exécutif, mais cette fonction ne la définit pas complètement, car certaines de ses responsabilités sont d'ordre quasi judiciaire. Son mode de désignation consolide sa nature hybride : ses membres sont désignés par les États – et ne sont pas supposés les représenter –, mais ils doivent être confirmés par le Parlement européen, ce qui rattache la Commission à la politique, tout en rendant impossible l'affirmation d'une ligne politique tranchée, compte tenu de la nature du Parlement, où les majorités se construisent en conciliant logiques nationales et logiques partisanes. Ce compromis conduit inévitablement à une logique de gouvernement de coalition. Pour les Allemands, dont c'est la forme habituelle de gouvernement depuis des décennies, cette approche est parfaitement naturelle. Mais le reste de l'Europe n'a pas eu la même expérience que l'Allemagne, et, en l'absence de partis européens capables de transcender réellement les différences nationales, la logique de coalition étouffe le débat démocratique en empêchant que se structurent au niveau européen de véritables choix de politique européenne. Comme le montre bien Middelaar dans le livre déjà cité, la seule opposition structurée qui puisse alors se former au Parlement européen est une opposition au principe même de la construction européenne, plutôt qu'une opposition à tel ou tel choix politique. Au lieu de permettre un retour à la démocratie délibérative où chaque question serait traitée selon ses mérites propres, les débats du Parlement européen approfondissent chez les citoyens européens le sentiment de n'être pas représentés et creusent la distance entre les institutions et les électeurs. La consolidation d'institutions parlementaires à un niveau en principe plus à même de peser sur le destin de chacun échoue à redonner confiance dans les institutions. La mesure encore plus radicale d'une élection au suffrage universel du président de la Commission ne réglerait pas davantage la question, car ce président serait perçu en fonction autant de sa nationalité que de son affiliation politique. On ne crée pas un lien politique entre représentants et représentés par la seule élection, car une élection ne suffit pas à créer un peuple imaginaire. Au bout du compte, les efforts pour « démocratiser » l'Europe n'ont pas répondu aux espérances de leurs promoteurs : la Commission est perçue comme un pouvoir non démocratique qui se pare de l'autorité de doctrines économiques contestables, et le Parlement européen n'est pas perçu comme l'expression d'un peuple européen, mais comme l'espace clos où des lobbyistes spécialisés s'emparent de sujets de plus en plus techniques, loin du regard démocratique.

L'invention de la Commission européenne représente pourtant une innovation institutionnelle remarquable, qui peut apporter une partie de la réponse à la crise de légitimité des institutions publiques. Un monde ouvert et pluridimensionnel est un monde où la légitimité démocratique du nombre n'écrasera pas d'autres légitimités. À ses origines, la création de la Commission européenne reflète le choix politique, sanctionné par les institutions démocratiques des signataires des traités, de confier à une institution particulière la défense de l'« intérêt européen », à l'écart des batailles politiques. Ce choix pouvait se justifier dans les premières années de la construction européenne, quand la question des frontières ne se posait pas, et qu'il n'y avait pas encore de débat sur l'étendue et la nature des intérêts européens. Il entraîne la Commission sur un terrain dangereux pour elle quand la détermination de l'intérêt européen devient la plus politique des questions. L'originalité de la Commission est de ne pas obéir à une logique démocratique, et l'erreur dangereuse des dernières décennies est de prétendre en faire une institution démocratique. On n'aide pas la démocratie en la confondant avec le savoir, mais en reconnaissant la place spécifique de l'expertise, et l'utilité de la Commission européenne, comme celle d'une cour constitutionnelle ou d'une commission d'experts est d'être un contrepoids à la logique démocratique du nombre et de la majorité. Les citoyens d'Europe ne s'y sont pas trompés : ils ont vu dans le mélange des genres non la démocratisation d'une bureaucratie, mais l'étouffement bureaucratique de la démocratie. La force des institutions européennes est au contraire de juxtaposer plusieurs logiques, qui ont chacune, dans des limites qui devraient être mieux définies, leur légitimité. La distinction entre l'expertise et la politique est un des traits les plus originaux et les plus prometteurs de la construction européenne, et l'erreur de ces dernières années a été justement de prétendre l'abolir pour faire de l'Union européenne la matrice d'un nouvel assemblage de puissances. La Commission européenne est l'exemple concret d'une institution où la logique du savoir peut exister à côté, et non en substitut ou en appui, de la logique du politique. Il est temps de reconnaître explicitement que plusieurs types de légitimité peuvent exister en parallèle, et il ne faut pas chercher à brouiller les différences entre elles dans l'espoir vain qu'en les fusionnant, on créera une légitimité supérieure.

Cette reconnaissance du caractère hybride et novateur des institutions européennes devrait également nous convaincre que l'ambition de faire avancer tous les États membres de l'Union d'un même pas est non seulement utopique, mais dangereuse. Elle repose elle aussi sur l'idée fausse que l'Europe doit converger vers une structure institutionnelle unique, alors que la géométrie variable des institutions est une force plutôt qu'une imperfection. Moi-même victime de cette illusion, j'ai longtemps été de ceux qui pensaient que l'Union européenne devait se doter graduellement de tous les instruments de la puissance, sur le modèle des États-nations dont elle prétendait être le dépassement. J'imaginais que les citoyens européens se reconnaîtraient plus facilement dans une structure politique qui imiterait leurs États-nations, avec sa diplomatie, son armée, sa monnaie, son drapeau, son hymne. Il n'en a rien été. L'Europe accumule les attributs, mais aucun n'est achevé, et l'accumulation, au lieu de former un tout, met en évidence, par comparaison, l'inachèvement des parties.

Un État-continent européen : impossible et dangereux

Une autre méthode est possible : elle restaure au cas par cas la confiance dans la politique, en construisant les barreaux de l'échelle conduisant du local au global, par une croissance organique qui se nourrit des besoins et où chaque progrès sectoriel est jugé sur ses mérites propres : elle ne cherche pas à créer la fiction d'un super-État continental. Elle accepte que l'approfondissement et l'achèvement de chacun des instruments de sa puissance soient conduits selon des rythmes et des géographies adaptés à chaque compétence. À côté des institutions d'origine de l'Union ont déjà été créées d'autres institutions, dont le périmètre ne correspond pas à celui de l'Union.

Il en est ainsi de la Banque centrale européenne, qui pourrait être un des plus grands atouts européens sur l'échiquier traditionnel de la puissance. Mais, comme on l'a montré, cette création a eu lieu dans des circonstances historiques particulières, et elle a correspondu à une vision économique elle-même tributaire de la période pendant laquelle elle était apparue. Le monde et l'Europe sont aujourd'hui dans une situation différente, où le risque de la déflation, conduisant éventuellement à la dépression, est le plus grand danger, et la Banque centrale joue un rôle économique essentiel, mais excessif, en l'absence d'une politique fiscale de l'Union ; elle peut empêcher des catastrophes, mais elle n'a pas compétence pour mettre en œuvre des politiques de solidarité efficaces et généreuses. Dans le même temps, la domination persistante du dollar et l'application extraterritoriale de la législation américaine empêchent les Européens de mettre en œuvre des politiques qui leur soient propres sur des questions où ils peuvent être en désaccord avec les États-Unis, comme les relations avec l'Iran ou la

Chine. La monnaie, conçue à l'origine comme un moyen d'échapper à la politique, en montrant ses limites, force aujourd'hui les Européens à refaire de la politique. C'est un risque, mais aussi une chance qu'ils doivent saisir, s'ils veulent restaurer la confiance dans la politique et dans les institutions.

Les relations entre la Commission européenne et la politique doivent également évoluer. La Commission doit oser rester le lieu de l'expertise, car la logique de coalition qui inspire inévitablement sa composition empêchera encore longtemps qu'elle se « politise », mais l'expertise ne doit pas être confondue avec la théorie économique néoclassique. Il est possible et souhaitable qu'à l'instar d'autres parlements, malgré les handicaps que j'ai décrits, le Parlement européen devienne le lieu de véritables débats politiques à l'occasion de la discussion des budgets et des orientations macroéconomiques de l'Union européenne. Avec l'augmentation – pour le moment encore provisoire – du budget européen en réponse à la pandémie et la perspective de ressources fiscales européennes, ce rôle politique peut prendre une dimension nouvelle.

Quant à la puissance militaire, il n'est ni utile ni réaliste de tenter de mobiliser les énergies européennes pour faire de l'Union une grande puissance militaire. On l'a montré en décrivant la transformation de la guerre, le risque d'une agression classique n'est pas la menace la plus grave qui pèse sur l'Europe. Mais elle ne peut jamais être complètement exclue, et des réponses plausibles doivent être imaginées aux menaces d'ordre militaire. La voie la plus réaliste serait que les États européens les plus puissants au sens traditionnel du mot améliorent leur coopération en la matière, et même éventuellement bénéficient d'un certain soutien financier de leurs partenaires moins engagés dans la « chose militaire ». Cette ambition plus modeste ne remplacera pas, pour beaucoup d'Européens, le besoin de l'alliance américaine, mais elle a davantage de chances de construire, entre les Européens qui le voudront, une communauté de volontés sans laquelle il n'y a pas de communauté politique.

Cette perspective est bien différente de ce que les fédéralistes européens imaginaient il y a vingt ans. Cette multitude de petits pas, dans une Europe désordonnée, aux contours multiples, est loin de la marche méthodique vers un ensemble continental qui déploierait, face à la Chine et aux États-Unis, les instruments classiques de la puissance. Pour aller du local au global, de la nation au monde, les continents ne vont pas s'organiser en grandes structures fédérales, et ils ne restaureront pas la politique dans le cadre de supernations.

Les plus fédéralistes des Européens condamnent une telle position comme un renoncement et un signe de défaitisme. Je pense au contraire que l'Union européenne ne devrait pas voir la persistance d'une mosaïque d'États-nations comme un échec, mais comme une preuve de sa réussite et un signe de sagesse. Le maintien de structures de petite taille ne sera pas seulement le choix de la diversité et du pluralisme ; le désir de sécurité et le besoin de diversité se rejoignent : l'humanité ne traversera pas indemne le XXIe siècle si elle ne tourne pas le dos aux États-continents. Dans une époque hyperconnectée et technologique, les risques ne cessent d'augmenter, et nos capacités de destruction sont bien supérieures à tout ce que l'humanité a connu, au moment même où notre dépendance à l'égard des réseaux de toutes sortes accroît notre vulnérabilité. La connectivité physique et mentale du monde contemporain donne toute sa pertinence à la théorie du battement d'ailes de papillon. De petites causes peuvent avoir d'immenses effets. Des terroristes nés à des milliers de kilomètres de notre pays peuvent, par un seul acte, bouleverser nos conditions de vie, comme ce fut le cas avec les attentats du 11 septembre 2001. Un marché d'animaux sauvages toléré dans une ville chinoise où nous ne mettrons jamais les pieds peut déclencher une pandémie et provoquer une crise économique mondiale. Et que dire de la possibilité, de plus en plus concevable, d'un terrorisme utilisant des armes nucléaires, radiologiques, biologiques ou cyber ? La réponse instinctive à ce changement d'échelle des menaces a d'abord été de vouloir tout surveiller, de contrôler chaque battement d'ailes. Face au gigantisme des risques, il a paru logique de prendre de gigantesques assurances. Ce fut l'orientation stratégique du monde dans la seconde moitié du XXe siècle. Le nombre des nations augmentait, mais la puissance s'est concentrée dans une poignée d'entre elles. Cette logique a conduit les deux principales puissances nucléaires de la planète, les États-Unis et la Russie, à accumuler des arsenaux qui peuvent la détruire plusieurs fois.

Paradoxalement, face à des menaces qu'on ne contrôle pas, et où chacun peut devenir cible, la petite taille protège, en diminuant les enjeux. À l'âge du terrorisme et des armes de destruction massive, il y a quelque avantage à l'insignifiance. Les arguments de sécurité et la logique des économies d'échelle qui ont conduit à des ensembles politiques de plus en plus grands pourraient donc bien être sur le point de se retourner. Le besoin de mobiliser des ressources toujours plus importantes pour mener des guerres qui étaient devenues totales donnait l'avantage aux grands États. Mais une cible perd de sa valeur si elle n'est, ni symboliquement ni opérationnellement, au cœur névralgique d'un grand ensemble. La difficulté croissante à organiser de grandes mobilisations collectives se conjugue alors avec le confort de l'invisibilité. Quand on a perdu le goût des grands combats idéologiques, on est plus à l'aise dans la principauté de Monaco qu'à Washington. Parce qu'on est moins menaçant, on a moins de raisons d'être menacé. La vulnérabilité d'une société de plus en plus digitale est une incitation supplémentaire à disperser le pouvoir et à éviter les structures pyramidales. Le remplacement des infrastructures internet 4G par des réseaux 5G qui minimisent la distinction entre centre et périphérie trouve ainsi son équivalent politique. Une multitude de petites structures en réseau sera moins vulnérable qu'une grande structure pyramidale. La « résilience » est dans le polycentrisme. Les grandes structures, parce qu'elles peuvent commettre de grandes erreurs, font à juste titre peur. Que l'Italie ait un moment porté au pouvoir Salvini a eu des conséquences sur l'Italie. Que seraient les conséquences sur le monde si une Europe pleinement fédérale élisait un Trump européen ?

Comme l'assureur qui gère ses risques en multipliant ses clients, nous nous apercevons que la multiplication des entités politiques est la meilleure manière de prendre une assurance contre la bêtise humaine et, de façon plus positive, d'ouvrir le champ des possibles, condition d'un vrai pluralisme. La pluralité des communautés politiques n'est pas une imperfection à corriger sur la route du progrès. Dans une planète mondialisée dont les habitants seront de plus en plus mobiles, la petite taille permet de préserver et même d'accroître la diversité des modes d'organisation politique, diversité qui sera de plus en plus la condition d'existence d'un vrai pluralisme. Prétendre que la démocratie libérale est la meilleure, voire la seule manière de gérer une société revient à rejeter le pluralisme que cette même démocratie prétend défendre. Cette préférence pour la pluralité des communautés politiques plutôt que pour des ensembles toujours plus grands substitue à la vision occidentale d'un monde que quelques principes universels ordonnent une conception plus organique des communautés humaines, proche de celle que j'ai évoquée en citant Confucius. Multiplier les expériences, tenter des équilibres différents entre l'affirmation de l'individu et le besoin d'une identité collective, entre l'homogénéité et la diversité répond à la diversité d'un monde aux mémoires et aux cultures multiples. Nous tâtonnerons encore longtemps – peut-être toujours –, et ce tâtonnement est un bien que nous avons raison de chérir : le XXe siècle nous a instruits des dangers de croire que ce tâtonnement pourrait avoir une fin. La liberté humaine disparaît quand la politique prétend être en vue de la cité idéale. L'histoire humaine n'a pas de conclusion, fût-elle en apparence aussi innocente que la démocratie libérale, et l'Union européenne est une expérience admirable mais unique. L'utopie d'un gouvernement planétaire est une utopie dangereuse, et nous devons préserver, grâce à une multitude de communautés politiques de taille variée, la diversité du monde. L'Europe devra donc s'organiser suffisamment pour peser dans les rapports de force mondiaux, et elle a les moyens économiques de le faire, mais elle ne devrait pas regretter de ne pas être un État-continent.

Il ne faut donc pas souhaiter une simplification de la carte stratégique du monde, mais au contraire se réjouir qu'elle devienne plus compliquée. La complication même ouvre l'éventail des choix. Les chemins qui mènent du local au global sont multiples, et plus complexes qu'un bel emboîtement fédéral que seule la géographie ordonnerait. Ils passent dès maintenant par une multitude de structures, publiques et privées, territoriales et fonctionnelles. L'Europe hybride, partie coalition de nations, partie structure à la fois technocratique et quasi judiciaire, partie embryon d'État fédéral, ne sera jamais un super-État, et c'est sa chance. Sa vraie force est de faciliter l'émergence de formes nouvelles de contrôle du pouvoir et de légitimité, à côté plutôt qu'en concurrence avec les légitimités anciennes. C'est ainsi qu'elle pourra restaurer la politique, en rendant lisibles des choix précis, dans des domaines clairement délimités. Et dans un des domaines les plus importants pour l'avenir, la politique digitale, tout ou presque est à faire, et l'Europe a le champ libre pour innover. C'est ainsi qu'elle perturbera les calculs de la géopolitique, en se plaçant sur un autre terrain que celui occupé par les États-Unis et la Chine, plutôt qu'en poursuivant la chimère de devenir une puissance-continent.

Épilogue

Je termine ce livre partagé entre plusieurs émotions contradictoires. La tristesse nostalgique d'assister à la fin d'un monde dont je suis, avec des milliards d'êtres humains, le produit, et de me couper ainsi de ma mémoire. L'impatience curieuse d'être à l'aube d'un monde nouveau dont je sais seulement qu'il va nous surprendre. La peur que cette transformation ne s'accompagne d'un déchaînement de violences.

À l'heure où j'écris ces lignes, de nouveaux attentats islamistes ont frappé la France, et la demande de sécurité l'emporte de plus en plus sur la demande de liberté, le besoin d'identité sur une ambition partagée. Ce n'est pas, comme l'imaginait Huntington, le choc de deux civilisations, une civilisation occidentale marquée par le christianisme qui serait en retrait, une civilisation musulmane qui serait en expansion. La France est un des pays les moins religieux de la planète, et, du christianisme, la plupart des Français ne conservent que le son des cloches, les messes de Noël et de Pâques, les baptêmes, les mariages et les enterrements : une culture réduite à quelques rites, une identité religieuse sans religion. Quant aux islamistes qui construisent dans certaines banlieues françaises une sorte de société parallèle, dans laquelle on se reconnaît par des signes extérieurs comme le voile ou la barbe, eux aussi, ignorants de la théologie, n'ayant du Coran qu'une connaissance superficielle réduite à quelques sourates, se réfugient dans une « culture » ritualiste, une culture sans religion, ou plutôt, comme beaucoup de leurs frères ennemis chrétiens, une acculturation partagée, où la recherche d'identité remplace la foi, avec dans quelques cas tragiques une violence radicale qui doit plus à la sociologie qu'à la théologie.

Dans le monde entier, nous observons les mêmes stratégies identitaires, basées sur la nation ou la religion, réactions angoissées à une vision de la société dans laquelle l'individu existe, avec ses droits, en dehors de toute communauté politique particulière, sans intermédiaire légitime entre lui et la planète. Privés de nos différences, nous ne serions plus que de petits atomes dans la grande mécanique du monde. Cette vision est intenable : elle parie sur une raison abstraite qui ignore les contingences. Dans son universalisme sans racines, elle tente de nous persuader que, malgré les variations infinies d'un monde bigarré, à chaque question il n'y aurait finalement qu'une réponse. Elle n'épargne aucun recoin du monde, et cette marche triomphante nous fait à juste titre peur. Elle nous noie dans l'universel et laisse entrevoir un monde où tous les pays se ressembleraient, et où l'uniformisation aurait été accélérée par le développement des migrations : le mélange des peuples, à la fois racial et culturel, créerait une sorte d'*homo universalis*, être standard, dont on ne pourrait plus distinguer les variantes. Entre un Italien, un Mexicain, un Chinois, un Sénégalais ou un Égyptien, il n'y aurait plus que des différences de langue – d'importance secondaire dans la mesure où tous communiqueraient dans un mauvais anglais. La réponse instinctive à la dystopie d'un monde uniformisé est alors de multiplier les barrières, de bannir le nomade, qu'il soit un nomade de la richesse ou un nomade de la pauvreté. L'un et l'autre nous bousculent, et on a vu dans les démocraties en crise le double rejet de l'« élite mondialisée » et du travailleur immigré. Ils menacent l'intégrité des sédentaires.

Accablés d'universel, nous sommes de plus en plus assoiffés de particulier. Effrayés par l'univers rationnel de la mondialisation, nous nous replions sur la nation, la race ou la religion. Nous refaisons, à deux siècles de distance, le chemin que parcoururent les romantiques en réaction à l'âge des Lumières. Nous voulons des différences. Nous cherchons des limites qui nous bornent, géographiquement, politiquement, moralement. J'ai décrit le besoin de frontière, et l'angoisse que crée chez certains l'indétermination européenne. Le retour à la communauté close d'une nation, la recherche d'une discipline imposée qui scelle l'appartenance à un groupe répondent aux mêmes angoisses. La multiplication des mouvements millénaristes, dont l'écologie radicale est la manifestation la plus visible, est à cet égard symptomatique ; nous demandons des interdits : ne pas manger de viande, ne pas abattre d'arbre, autant de façons de réinventer des règles qui redonnent sens à nos vies en les inscrivant dans un espace borné où nous retrouvons des repères. Peu importe que la portée pratique de ces interdits soit bien incertaine. Notre attitude est comparable à celle des premiers croyants. L'important est de recréer un sentiment d'appartenance à une communauté humaine, d'obéir à un principe plus grand que nous-mêmes et, dans cette découverte, d'expérimenter le bonheur de vivre dans un monde clos dont la clef ne nous appartiendrait pas.

Aux États-Unis, la victoire ambiguë de Biden a provisoirement disqualifié cette politique. Mais la « nouvelle politique », celle qui rassemble sur des identités plutôt que sur des projets, n'a pas été défaite. Trump a été battu, mais la victoire de Biden n'est pas celle de Roosevelt un peu moins d'un siècle plus tôt. La crise de la politique est passée par là : il n'a ni les moyens, ni la vision, ni probablement le soutien politique qui lui permettraient de transformer en profondeur les États-Unis, et l'insuffisance des moyens est le reflet de l'insuffisance – ou de l'impossibilité ? – d'une vision collective dans une communauté politique éclatée.

Dans un monde où les communautés virtuelles sont désormais presque aussi puissantes que les communautés territoriales, où les liens de voisinage ne tempèrent plus les passions, où la négociation des intérêts devient plus difficile parce que aucune communauté territoriale capable de les transcender ne s'impose, la réhabilitation de la politique, comprise comme une bataille sur des projets plutôt que sur des identités, sera difficile, et le risque est grand que les « forteresses haineuses » que j'ai décrites se multiplient.

La réponse de la politique libérale classique à cette exigence identitaire est une « société inclusive » dans laquelle l'existence de communautés particulières est reconnue, mais dont les lois organisent la coexistence pacifique. Je doute qu'elle suffise. J'ai montré les dangers de cette juridicisation de la société, et la demi-victoire de Biden en souligne également les limites : les démocrates avaient espéré contrecarrer l'appel identitaire du nationalisme par leurs propres stratégies identitaires, qui fragmentent la société en une multitude de groupes fermés sur eux-mêmes – Noirs, Hispaniques, lesbiennes, gays, femmes… Ils découvrent à leurs dépens qu'à côté de ceux que cette tactique a pu attirer, il y a aussi ceux pour lesquels l'enfermement dans une identité nationale est une libération par rapport à l'enfermement dans sa différence minoritaire. À jouer le jeu de la concurrence des identités, le nationalisme aura toujours une longueur d'avance.

Et pour peu qu'un État ait les moyens de mobiliser au service d'une stratégie nationaliste identitaire les capacités de contrôle et de manipulation des esprits que permettent les technologies nouvelles, les forteresses pourraient se construire à l'échelle d'une nation entière. Cela pourrait conduire à un affrontement entre la Chine et les démocraties si une crise économique ne permettait plus au Parti communiste chinois de tenir la promesse de bonheur qu'il a faite au peuple chinois. Ces capacités nouvelles de manipulation pourraient également conduire, de façon paradoxale, à une convergence, si les peuples démocratiques, épuisés par une fragmentation qui les détruit, finissaient eux aussi par envier la paix intérieure chinoise. La « tentation chinoise » est là, et les sondages montrent que le soutien à la démocratie est beaucoup plus fort chez les vieux que chez les jeunes, qui n'ont connu de la démocratie que sa caricature contemporaine.

L'erreur que je me suis efforcé de démonter dans ce livre est de réduire notre compréhension du monde d'aujourd'hui à une bataille entre des modes d'organisation du pouvoir, l'autocratie et la démocratie. Bien sûr, l'émotion ressentie par des dizaines de millions d'Américains quand la défaite de Trump leur a redonné un pays dont ils se sentaient exclus nous rappelle que la possibilité de désavouer dans des élections libres un dirigeant incapable est une conquête essentielle de l'humanité qui mérite qu'on se batte pour elle. Mais nous ne pouvons ignorer son caractère aléatoire : sans l'accident de la pandémie, il est très probable que Trump aurait été réélu. Le combat n'est donc pas seulement un combat entre des processus ; il est entre les valeurs sur lesquelles repose une société. Aucun système de gouvernement n'en a la propriété exclusive. Aucune construction institutionnelle ne peut faire la promesse d'un monde pluraliste. L'histoire a connu des despotes éclairés et des démocraties illibérales. Les responsables des régimes autoritaires ou dictatoriaux en prétendant connaître mieux que leurs peuples le bien du peuple, les régimes démocratiques en faisant le pari déterministe que la confrontation des points de vue produit nécessairement la meilleure décision menacent de deux manières différentes le pluralisme : ils éliminent le caractère problématique et incertain de toute décision humaine ; la politique en meurt, de sorte que les citoyens, au lieu de se rassembler sur des projets, se rassemblent sur des identités.

Un autre monde est possible ; il ne redonnera pas aux communautés territoriales d'hier l'exclusivité qui en faisait les réceptacles naturels de notre besoin d'identité et d'action collective. La mondialisation et la concurrence des espaces virtuels condamnent à l'échec une telle entreprise, et les partis politiques classiques, avec leurs programmes ayant réponse à tout pour un territoire donné, ne vont pas connaître une renaissance. Les organisations de l'avenir se mobiliseront davantage sur des sujets particuliers, et les coalitions provisoires d'intérêts remplaceront les partis attrape-tout du passé. On commence déjà de voir émerger ces configurations plus complexes à l'échelle des nations comme à celle de la planète. Un enchevêtrement de structures nationales, multinationales, transnationales est la marque du monde contemporain, et il est le seul ciment capable de faire tenir ensemble les briques d'une planète en miettes. Ces communautés nouvelles qui naissent dans le monde virtuel comme dans le monde de la géographie – je ne l'appelle pas réel, parce que le monde virtuel n'est pas moins réel –, institutions internationales, entreprises multinationales, fondations, organismes professionnels, constructions désordonnées de légitimités parallèles et souvent concurrentes, obéissent de moins en moins au schéma classique des institutions territoriales, sagement emboîtées les unes dans les autres comme des poupées russes. Elles répondent à la complexité du monde, à sa spécialisation croissante, elle-même conséquence de l'expansion continue des savoirs. Elles récupèrent, pour reprendre les mots de Saskia Sassen, des pièces désassemblées des nations et en incluent de nouvelles que les nations n'ont pas su prendre en charge. Elles peuvent ainsi jeter des passerelles entre les pièces disjointes de nations fragmentées, entre le particulier et l'universel.

Elles permettent également de distinguer plus clairement entre ce qui relève du savoir et ce qui relève de la décision politique, et cette nouvelle séparation des pouvoirs – que j'ai décrite dans un précédent chapitre – peut contribuer à rendre à la politique l'espace qui lui manque aujourd'hui. Analysant les ressorts qui garantissent la stabilité des institutions politiques, Montesquieu voyait dans la modération le principe du gouvernement aristocratique, la qualité nécessaire pour que les aristocrates n'abusent pas du pouvoir qu'ils ont sur le reste de la société. Dans notre monde de légitimités parallèles et souvent concurrentes, il sera plus difficile – mais pas impossible – qu'une légitimité en vienne à dominer les autres, ce qui conduirait au despotisme. La modestie, variante de la modération, devrait donc être le principe organisateur d'un monde pluraliste, d'une société ouverte. Elle devrait conduire ceux qui se mobilisent autour d'une idée, d'un projet, à accepter que leur projet n'est pas exclusif, et qu'il existe à côté d'eux d'autres groupes qui se passionnent pour d'autres projets, et que la négociation est nécessaire, parce que tous cherchent la vérité mais que personne n'en est propriétaire, pas même les savants. Cette modestie nécessaire n'est pas une qualité naturelle, en particulier dans des sociétés où la passion de l'égalité se transforme assez facilement en arrogance de la médiocrité.

Montesquieu craignait l'arrogance des aristocrates. Les aristocrates de demain seront ceux qui auront la maîtrise des données, et ils creuseront l'écart avec ceux qui ne seront que la matière première de cette maîtrise, le métal en fusion que martèlent nos nouveaux maîtres de forges, États ou grandes entreprises de données. Pour que les premiers n'abusent pas de leur pouvoir, pour que les seconds soient en mesure d'y résister autrement que par la rébellion de l'ignorance, il faudra organiser avec soin cette nouvelle séparation des pouvoirs. Mais ces arrangements institutionnels ne suffiront pas.

En fin de compte, c'est notre relation au savoir et la façon dont nous concevons la recherche de la vérité qui détermineront l'étendue de l'espace commun entre ceux qui savent et ceux qui ne savent pas. La Chine ancienne, dont le système de gouvernement était tout entier fondé sur des examens, attachait une grande importance à l'éducation ; la Chine contemporaine, avec la concurrence féroce qu'organisent ses meilleures universités, le monde occidental, avec l'attention extrême que les classes dirigeantes attachent à l'éducation de leurs enfants, suivent le même chemin. Une méritocratie biaisée par l'appartenance au Parti communiste en Chine, par l'argent en Occident, semble être la voie préférée des élites des deux mondes. Elles n'ont pas tort de voir dans l'éducation et le savoir une composante essentielle des légitimités de l'avenir ; mais nous aurions tort de croire qu'il suffit seulement de corriger le biais du Parti communiste ou celui de la richesse. Un ordre méritocratique fondé sur le savoir vaut mieux qu'un ordre fondé sur le pouvoir d'une caste ou sur l'argent, mais, dans son exclusivité, il débouche lui aussi sur une intolérable société unidimensionnelle.

L'éducation est l'enjeu le plus important de l'avenir, mais son ambition devrait être beaucoup plus large que la création d'une méritocratie, le classement des êtres humains dans un ordre qui aurait la prétention d'être incontestable et exclusif de tout autre ordre. L'éducation de l'avenir devra ouvrir les fenêtres, pour échapper à l'horizon borné de l'éducation d'aujourd'hui. Dans les systèmes éducatifs les plus avancés, les programmes scolaires courent derrière les progrès du savoir, renforçant sans cesse l'enseignement des mathématiques et des sciences. Cette course permet de former les ingénieurs, les biologistes, les informaticiens qui seront les diligentes abeilles de la ruche en continuelle expansion du savoir. Cet enseignement est utile et nécessaire, mais insuffisant. Les enseignements qui apportent des réponses doivent être complétés par des enseignements qui posent des questions, pour que nous n'ayons pas du monde la vision des sciences appliquées. En rappelant le caractère problématique du savoir, ils réconcilieront l'égale dignité de tous les êtres humains avec l'inévitable inégalité des esprits et des connaissances. Ils nous apprendront la modestie. Certaines disciplines, comme l'histoire – à condition qu'elle souligne les contingences au lieu de bâtir un roman national –, peuvent ainsi nous apprendre à vivre avec l'incertitude et la contingence. L'important est de ne jamais perdre le goût de poser des questions. Ce qui manque à l'éducation contemporaine n'est donc pas une éducation civique qui nous transmettrait des « valeurs », un petit intermède de morale dans la bataille pour le succès, mais l'apprentissage du doute et du questionnement, pour que l'éducation ne soit pas simplement la préparation à une vie professionnelle.

J'ai commencé ce livre en montrant comment le triomphe de l'individu, en faisant de chacun de nous le centre du monde, nous ballotte entre nihilisme et fanatisme, parce qu'il impose un seul ordre de valeurs, celui du succès. Le vrai pluralisme repose sur la conviction qu'il y a plusieurs ordres de la vie, et donc bien des manières de réussir sa vie. Cette conviction doit être reflétée dans les communautés politiques : elles doivent rester multiples et reconnaître en leur sein des légitimités concurrentes. Quant aux individus qui en sont les citoyens, il leur faudra une certaine force d'âme pour ne pas vouloir donner de conclusion à l'histoire ; c'est dès l'école qu'ils doivent commencer de l'acquérir, en y découvrant la pluralité des vies possibles, et en se préparant à construire leur vie dans la relation avec les autres, avec la part d'incertitude et de hasard qu'on rencontre dès qu'on sort de soi-même.

Bibliographie commentée

Introduction – La précarité des sociétés européennes

Le capital social fait référence à la valeur qui réside dans les réseaux, indépendamment des capacités propres des individus qui les composent. On peut faire remonter la notion de « capital social » à Tocqueville, qui s'émerveillait de la contribution des associations à la vitalité des États-Unis. Plus récemment, Pierre BOURDIEU écrivait en 1980 que « le capital social est l'ensemble des ressources actuelles ou potentielles qui sont liées à la possession d'un réseau durable de relations plus ou moins institutionnalisées d'interconnaissance et d'interreconnaissance ; ou, en d'autres termes, à l'appartenance à un groupe comme ensemble d'agents qui ne sont pas seulement dotés de propriétés communes (susceptibles d'être perçues par l'observateur, par les autres ou par eux-mêmes) mais sont aussi unis par des liaisons permanentes et utiles » (« Le capital social », *Actes de la recherche en sciences sociales*, janvier 1980, vol. 31). De son côté, Robert PUTNAM reprenait *a contrario* la même idée quand il déplorait le déclin des liens sociaux aux États-Unis dans un article célèbre de

1995, « Bowling Alone », étendu aux dimensions d'un livre en 2000 (*Bowling Alone : The Collapse and Revival of American Community*, Simon & Schuster). On trouvera ces textes dans un recueil de textes publié en 2006 (*Le Capital social. Performance, équité et réciprocité*, sous la direction d'Antoine BEVORT et Michel LALLEMENT, La Découverte).

Jean-Marie GUÉHENNO, *La Fin de la démocratie* (Flammarion, 1993).

L'Homme unidimensionnel, d'Herbert MARCUSE (Éditions de Minuit, 1968), reste d'actualité davantage par son analyse de la manipulation des peuples par les médias que par sa réflexion économique sur les limites du marxisme orthodoxe. Je reviens sur lui dans le chapitre 8, « Que voulons-nous ? ».

1. LES MENSONGES DE 1989

L'extraordinaire moment d'optimisme de l'année 1989 et les désillusions qui ont suivi ont fait l'objet de beaucoup de livres et d'articles. On lira Jacques RUPNIK et Pierre HASSNER, notamment leurs réflexions dans le numéro spécial d'octobre 2009 de la revue *Esprit*. François FURET, en reprenant l'histoire des espérances suscitées par le communisme dans *Le Passé d'une illusion* (Calmann-Lévy/Robert Laffont, 1995), aide à comprendre la profondeur du choc qu'a provoqué son effondrement.

Le rapport du « Groupe d'étude sur les opérations de paix des Nations Unies » a été remis par son président Lakhdar BRAHIMI au Secrétaire général des Nations Unies Kofi Annan en août 2000. Il est disponible sur le site Global Operations Peace Review : https://peaceoperationsreview.org/wp-content/uploads/2016/03/brahimi_fr.pdf. Il a constitué ma feuille de route pendant les huit années où j'ai dirigé les opérations de maintien de la paix. Mon livre de mémoires sur cette période, *The Fog of Peace* (Brookings Institution, 2015).

Chacun à leur manière, Andrei ZVIAGUINTSEV dans des films comme *Le Léviathan* ou *Faute d'amour*, et Vladimir SOROKINE dans des livres comme *La Journée d'un opritchnik*, décrivent une Russie nihiliste et violente. Pour découvrir l'opposé de ce nihilisme du désespoir, on peut visiter le site de l'association Mémorial, qui recueille des documents sur les crimes du stalinisme, et regarder sur YouTube *The Right to Memory*, le beau film consacré à son fondateur Arseny Roginsky, mort en 2017.

La Russie reçut-elle la promesse formelle d'un non-élargissement de l'OTAN ? Cette promesse, si elle fut donnée, concernait-elle seulement le déploiement de troupes dans l'ancienne Allemagne de l'Est, ou visait-elle toute l'Europe centrale et orientale ? Il n'y a pas de réponse certaine à ces questions. On trouvera une analyse détaillée et objective de la question dans un texte du professeur Marc TRACHTENBERG publié en novembre 2020 sur l'internet, *The United States and the NATO Non-extension Assurances of 1990 : New Light on an Old Problem ?*. www.sscnet.ucla.ed/polisci/faculty/trachtenberg/cv/1990.pdf

La Théorie des sentiments moraux (PUF, 2014) est moins connue que l'autre grand ouvrage d'Adam SMITH, *La Richesse des nations*, mais le livre est caractéristique d'une époque où les économistes étaient aussi philosophes.

Les promesses et les limites de l'Europe post-guerre froide sont bien décrites par Luuk VAN MIDDELAAR dans *Le Passage à l'Europe – Histoire d'un commencement* (Gallimard, 2014).

2. L'INDIVIDU, TRIOMPHE ET DÉROUTE

Le livre de FUSTEL DE COULANGES, *La Cité antique : étude sur la cité, le droit, les institutions de la Grèce et de Rome*, est dans le domaine public et facilement accessible sur l'internet grâce au projet Gutenberg. Le livre de Larry SIEDENTOP, *Inventing the Individual – The Origins of Western Liberalism* (Belknap Press, 2014), n'a pas été traduit en français.

Pierre MANENT, dont les livres m'ont beaucoup aidé à mieux penser la politique, m'a suggéré de nuancer l'opposition que je dessine entre tradition française et tradition américaine, et m'a encouragé à relire *Le Fédéraliste* (Garnier, 2012), recueil d'articles écrits par Alexander HAMILTON, James MADISON et John JAY, pour faire la promotion en 1787 de la Constitution américaine. Ces articles montrent que les « pères fondateurs » ne se préoccupaient pas seulement de l'individu, mais avaient beaucoup réfléchi à la question du pouvoir.

L'OCDE tient à jour d'utiles bases de données sur la famille et les enfants hors mariage ; les chiffres que je cite en sont extraits : www.oecd.org/els/family/database.htm. Les statistiques de divorces posent des problèmes plus complexes, et il est difficile d'en tirer des conclusions définitives. On peut lire sur la question du mariage une analyse intéressante d'Esteban ORTIZ-OSPINA et Max ROSER publiée en 2020 dans *Our World In Data.* https://ourworldindata.org/marriages-and-divorces

Les chiffres que je cite sur la mobilité des travailleurs américains viennent du *Bureau of Labor Statistics.* https://www.bls.gov/news.release/tenure.nr0.htm

Il n'y a de certitude ni sur les chiffres des migrations passées ni sur celles du présent. Ceux que je cite proviennent d'une contribution de Joseph P. FERRIE et Timothy J. HATTON, *Two Centuries of International Migration*, reprise dans B.R. CHISWICK et P.W. Miller (éd.), *Handbook on the Economics of International Migration* (Elsevier, 2015).

Pour comprendre comment Tocqueville peut éclairer les réflexions sur notre monde, je recommande deux livres de Pierre MANENT, *Tocqueville et la nature de la démocratie* (Gallimard, 2006), et *Histoire intellectuelle du libéralisme* (Calmann-Lévy, 1987).

Michael J. SANDEL (*Ce que l'argent ne saurait acheter – Les limites morales du marché*, Seuil, 2012), Robert SKIDELSKY et son fils Edward SKIDELSKY (*How Much is Enough, Money and the Good Life*, Farrar, Straus and Giroux, 2012) analysent avec beaucoup de finesse la distance qui sépare les jugements du marché des jugements moraux.

La comparaison du *selfie stick* avec la lance des chevaliers m'est venue lors d'une promenade dans les temples de Kyoto, quand je me suis trouvé face à des hordes de jeunes touristes japonaises qui ne voyaient qu'elles-mêmes au milieu de la beauté abstraite des jardins, comme Don Quichotte apercevait des moulins dans les plaines de la Manche.

3. LA CRISE DE LA POLITIQUE TRADITIONNELLE

Le XVIIIe siècle, « siècle des Lumières », et l'événement qui l'a conclu, la Révolution française, ont largement défini la politique moderne. Pour mieux comprendre les origines intellectuelles de notre monde et mesurer la distance qui le sépare de la caricature pseudo-libérale qu'il tend à devenir, je recommande la lecture du livre d'Emma ROTHSCHILD,

Economic Sentiments : Adam Smith, Condorcet, and the Enlightenment (Harvard University Press, 2001). Sur la Révolution française, je me place dans le sillage de François FURET et du magistral *Dictionnaire critique de la Révolution française*, coédité avec Mona OZOUF (Flammarion, 1992).

Le meilleur théoricien et défenseur de la « troisième voie » aura été Anthony GIDDENS, dont on peut lire le livre coécrit avec Tony BLAIR et préfacé par Jacques DELORS, *La Troisième Voie – Le renouveau de la social-démocratie* (Seuil, 2002). Les *Mémoires* de Tony BLAIR (Albin Michel, 2010) présentent avec habileté le parcours politique de l'ancien Premier ministre britannique.

L'interview de Margaret THATCHER publiée le 31 octobre 1987 dans *Woman's Own* est intégralement reproduite sur le site de la fondation Thatcher, accompagnée d'une mise au point publiée le 10 juillet 1988 dans le *Sunday Times*. https://www.margaretthatcher.org/document/106689

Adam TOOZE explique très bien comment le dogme de l'indépendance des banques centrales est venu au bon moment pour rendre possibles des politiques qu'aucun gouvernement démocratique n'aurait pu endosser – ce qui ne signifie d'ailleurs pas qu'elles étaient nécessairement mauvaises (*The Death of the Central Bank Myth*, Foreign Policy, 13 mai 2020).

L'acronyme TINA (*There is no alternative*) viendrait du philosophe du XIXe siècle Herbert Spencer, mais c'est Margaret Thatcher qui l'a mis à la mode dans les années quatre-vingt du dernier siècle.

4. La nouvelle politique

On trouve des analyses détaillées des votes à l'élection présidentielle sur le site du Roper Center de Cornell University (https://ropercenter.cornell.edu). La progression de Donald Trump auprès des minorités a cependant été exagérée par les propagandistes du Parti républicain : voir la mise au point utile de Simone ESTERS dans Politifact. https://www.politifact.com/factchecks/2020/dec/08/roy-blunt/blunts-wrong-trump-did-not-get-highest-minority-vo/

Les professeurs Ian SHAPIRO et Frances MCCALL ROSENBLUTH de l'université Yale montrent comment l'affaiblissement des partis politiques aux États-Unis contribue à la polarisation de la vie politique (*Responsible Parties – Saving Democracy from Itself*, Yale University Press, 2018). Une étude conduite en 2020 sous la direction de Daniel ADAMS (Northwestern University) conclut, sur la base de modèles mathématiques appliqués aux élections américaines des cent cinquante dernières années, que l'électorat reste centriste mais que les stratégies de mobilisation électorale des partis poussent à la polarisation.

Le livre fondamental d'Hannah ARENDT, *Le Système totalitaire* (Seuil, 2005) est la troisième partie de la trilogie sur *Les Origines du totalitarisme*. Sur les rapports entre égalitarisme et ressentiment, il faut lire *Ci-gît l'amer* de Cynthia FLEURY (Gallimard, 2020).

François FURET, déjà cité, a provoqué de vigoureuses réactions de rejet. Celle de Jean-Pierre CHEVÈNEMENT, dans un discours prononcé le 20 mai 2008, mérite d'être citée parce qu'elle dénonce l'assimilation des deux totalitarismes nazis et bolcheviques, et réhabilite la Révolution française comme moment fondateur, illustrant ainsi la nécessité politique de l'utopie. https://www.chevenement.fr/francois-furet-le-passe-d-une-illusion_a622.html

Ivan KRASTEV, observateur aigu des mésaventures de la démocratie, et Stephen HOLMES, professeur à NYU, éclairent d'une lumière cruelle l'absence de lucidité sur elles-mêmes des grandes démocraties occidentales (*Le moment illibéral : Trump, Poutine, Xi Jinping – pourquoi l'Occident a perdu la paix*, Fayard, 2019).

Personne n'a mieux décrit qu'Olivier ROY les conséquences sur les sociétés contemporaines de l'acculturation religieuse, quand la religion n'est plus adossée à une culture (*La Sainte Ignorance*, Seuil, 2008). Pour comprendre la difficulté d'une société à vivre en quelque sorte hors sol, on lira également *Le Désenchantement du monde* de Marcel GAUCHET (Gallimard, 1985).

L'article de Peter BEINART auquel je fais référence a été publié dans le magazine *The Atlantic* du 22 août 2018, « Why Trump supporters believe he is not corrupt ». https://www.theatlantic.com/ideas/archive/2018/08/what-trumps-supporters-think-of-corruption/568147/

5. DE GUTENBERG À L'INTERNET

L'ouvrage de référence sur les conséquences de l'invention du livre imprimé en Occident, dont certaines conclusions sont aujourd'hui contestées – comme le seront dans les siècles à venir les interprétations de l'impact politique de l'internet –, est le livre d'Elizabeth EISENSTEIN, *The Printing Press as an Agent of Change* (Cambridge University Press, 1980).

Le *Journal of Democracy* a consacré l'essentiel d'un numéro (avril 2017, vol. 28, n° 2) à l'élection américaine de 2016 qui vit la victoire de Donald Trump. Lire en particulier l'article « Can Democracy survive the internet ? », de Nathaniel PERSILY, qui dirige à Stanford University le programme sur la démocratie et l'internet, et a coédité avec Joshua TUCKER *Social Media and Democracy : State of the Field, Prospects for Reform* (Cambridge University Press, 2020), qui analyse en grands détails les défis que posent les nouveaux médias sociaux. Dans un fascicule coédité avec la fondation Kofi Annan, *The Internet's Challenge to Democracy : Framing the Problem and Assessing Reforms*, Nathaniel PERSILY ouvre diverses pistes de réforme.

Sur la question spécifique de la polarisation engendrée par l'internet, deux chercheurs coréens, Sounman HONG et Sun HYOUNG KIM, ont réalisé une étude de cas sur l'utilisation de Twitter par des membres de la Chambre des représentants américaine, « Political polarization on twitter: Implications for the use of social media in digital governments » (*Government Information Quarterly*, octobre 2016, vol. 33, n° 4). Quant au refus des dirigeants de Facebook de modifier les algorithmes qui favorisent des contenus polarisants, il a été révélé par deux journalistes, Jeff HORWITZ et Deepa SEETHARAMAN (*Wall Street Journal*, 26 mai 2020).

On peut consulter *La Révolte des masses* (Les Belles Lettres, 2010) de José ORTEGA Y GASSET ainsi que *La Sagesse des foules* (JC Lattès, 2008) de James SUROWIECKI.

Luciano FLORIDI examine en philosophe et moraliste les conséquences de la révolution de l'information. Les chiffres que je cite sur l'extraordinaire accumulation de données de notre époque proviennent de son livre *The Fourth Revolution : How the Infosphere is Reshaping Human Reality* (Oxford University Press, 2014). On lira également *The Ethics of Information* (Oxford University Press, 2013).

La question des pouvoirs des nouveaux maîtres des données fait déjà l'objet d'une abondante littérature. *L'Âge du capitalisme de surveillance* (Zulma, 2020), de Shoshana ZUBOFF, est la synthèse la plus claire des débats actuels. Un volumineux rapport du Congrès des États-Unis, qui examine la puissance des entreprises géantes de l'internet et les moyens de la contenir sous l'angle de la législation de la concurrence, a été publié en 2020. https://judiciary.house.gov/uploadedfiles/competition_in_digital_markets.pdf?utm_campaign=4493-519

L'article le plus complet sur la propriété des données et les questions éthiques qu'elle pose me semble être celui de David HAND : « Aspects of data ethics in a changing world : where are we now ? » (*Big Data*, septembre 2018, vol. 6, n° 3). https://www.liebertpub.com/doi/10.1089/big.2018.0083. Dans un blog de la Brookings Institution du 26 juin 2019, « Why data ownership is the wrong approach to protecting privacy », Cameron KERRY et John MORRIS considèrent également que la propriété donnée à chaque individu de « ses données » ne serait pas une bonne solution. https://www.brookings.edu/blog/techtank/2019/06/26/why-data-ownership-is-the-wrong-approach-to-protecting-privacy/

6. Les « GAFA » ou la Chine ?

« GAFA » est l'acronyme qui rassemble Google, Amazon, Facebook et Apple, à la fois symboles et puissants acteurs de la nouvelle économie des données.

Il y a dans la promotion par la Chine de la tradition de pensée chinoise une large part de propagande, et les « Instituts Confucius » ne représentent pas plus la Chine contemporaine que les instituts Cervantès ou Goethe ne représentent l'Europe du XXIe siècle. Mais il y a aujourd'hui en Chine un débat intellectuel vivant sur ce que la pensée confucéenne peut apporter au monde contemporain. *Against Political Equality – The Confucian Case* (Princeton University Press, 2020), par le professeur Tongdong BAI de l'université Fudan, en est un excellent exemple.

Le système des « crédits sociaux » mis en place par les autorités chinoises n'en est encore qu'à ses débuts. Pour avoir une idée de différentes évolutions possibles, mieux vaut lire différents auteurs : un article de Pierre SEL d'octobre 2019 dans la revue *Esprit* : « Chine : comprendre le système de crédit social ». https://esprit.presse.fr/article/pierre-sel/chine-comprendre-le-systeme-de-credit-social-42317 ; la note de Katja DRINHAUSEN et Vincent BRUSSEE, du Mercator Institute for Chinese Studies (MERICS) à Berlin : « China's social credit system in 2021 : from fragmentation towards integration ». https://merics.org/en/report/chinas-social-credit-system-2021-fragmentation-towards-integration

Branko MILANOVIC, dans son livre *Le Capitalisme, sans rival* (La Découverte, 2020), compare le système chinois avec le capitalisme occidental et rejoint, avec une perspective d'économiste, les conclusions que je tire à partir d'une perspective plus politique.

Le livre d'Aldous HUXLEY, *Brave New World*, paru en 1932, traduit en français sous le titre *Le Meilleur des mondes*, est sans doute aujourd'hui plus actuel que *1984* de George Orwell, paru en 1949. Les deux, disponibles en poche, valent la peine d'être lus et relus.

Signe des temps, *La Peur de la liberté* (Les Belles Lettres, 2021), l'ouvrage classique d'Erich FROMM publié en 1941, vient d'être réédité.

La stratégie chinoise en Afrique fait l'objet d'analyses très diverses, sinon contradictoires. Beaucoup d'articles ont mis en garde contre une diplomatie chinoise de l'endettement qui piégerait les pays qui y succombent, mais d'autres auteurs s'inquiètent d'une diminution attendue des crédits chinois consentis aux pays africains. Il est probable que dans les prochaines années la gestion de la dette africaine sera un aspect important de la compétition géopolitique avec la Chine.

Margaret HOOVER a interviewé Michael BLOOMBERG pour la chaîne de télévision PBS le 29 novembre 2019, dans l'émission *Firing Line*, à un moment où le milliardaire américain, dont les vues sont assez représentatives d'une partie des milieux d'affaires, pensait à une candidature à l'élection présidentielle. https://www.pbs.org/wnet/firing-line/video/michael-bloomberg-sstj1o/

7. L'AVENIR DE LA GUERRE

Le livre prémonitoire de Thérèse DELPECH est *L'Ensauvagement – Le retour de la barbarie au XXIe siècle* (Grasset, 2005). Un autre livre en avance sur son temps est l'ouvrage du stratège israélien Martin CREVELD, *The Transformation of War* (Free Press, 1991).

Plusieurs livres utiles ont été publiés ces dernières années sur l'évolution de la guerre : la somme de Lawrence FREEDMAN, *The Future of War* (PublicAffairs, 2017) ; Andreas KRIEG et Jean-Marc RICKLI, *Surrogate Warfare – The Transformation of*

War in the Twenty-First Century (Georgetown University Press, 2019).

L'avenir incertain de l'*arms control* fait l'objet de débats animés dans les centres de recherche américains. Le programme du Carnegie Endowment for International Peace est un des plus importants. On trouvera des études bien informées sur le site web : https://carnegieendowment.org/programs/npp/futureofarmscontrol

Les analystes de la cyberguerre sont encore à la recherche des concepts qui permettront de la comprendre comme on comprend la dissuasion nucléaire. Le *Journal of Cybersecurity* est une excellente source. https://academic.oup.com/cybersecurity

Le terrorisme donne lieu à une vaste littérature, souvent sans grand intérêt. Mais *Comprendre le terrorisme* (Fayard, 2017) de Nicolas HÉNIN et *How Terrorism Ends – Understanding the Decline and Demise of Terrorist Campaigns* (Princeton University Press, 2009) d'Audrey KURTH CRONIN apportent des éclairages utiles.

L'étude de la Rand Corporation sur la guerre virtuelle des sociétés, *The Emerging Risk of Virtual Societal Warfare*, par Michael MAZARR, Ryan BAUER, Abigail CASEY, Sarah HEINTZ, Luke MATTHEWS (Rand, 2019), est disponible sur le site de la Rand. https://www.rand.org/pubs/research_reports/RR2714.html

8. QUE VOULONS-NOUS ?

La Cour suprême des États-Unis, dans sa décision *Citizens United v. Federal Election Commission* de janvier 2010, a reconnu le droit constitutionnel des entreprises et des syndicats à effectuer des contributions financières illimitées dans les campagnes électorales, au nom de la liberté d'expression, ainsi étendue à des personnes morales. Cette décision a été immédiatement critiquée par le président Obama dans son message sur l'état de l'Union. L'analyse qu'en fit Ronald DWORKIN dans un article de la *New York Review of Books* paru dans le numéro du 13 mai 2010 reste d'une parfaite actualité. Pour un bilan dix ans plus tard, on peut consulter le site de *citizen.org*. https://www.citizen.org/news/ten-years-later-what-citizens-united-has-wrought/

L'érosion démocratique est bien décrite dans le livre de Steven LEVITSKY et Daniel ZIBLATT, *How Democracies Die* (Crown, 2018).

Je n'ai pas retrouvé l'origine de la citation de Branko MILANOVIC, notée sur un carnet, mais je n'ai pas de doute sur son auteur, et je mets donc entre guillemets une phrase que je ferais volontiers mienne.

On trouvera une synthèse de la pensée de Georges DUMÉZIL sur l'organisation ternaire des sociétés dans son opuscule *L'Idéologie tripartite des Indo-Européens* (Latomus, 1958, vol. 31).

L'emprunt que je fais à l'ouvrage de Michel HOUELLEBECQ, *Les Particules élémentaires* (Flammarion, 1998), n'est pas seulement celui d'un titre. La peinture désespérée qu'il fait d'une société atomisée exprime dans une œuvre de création une partie de ce que j'analyse de façon plus prosaïque dans un livre de réflexion, et il est révélateur que nous fassions tous deux référence à Aldous HUXLEY et son *Meilleur des mondes.*

BOSSUET avait 32 ans quand il prononça, en 1659, son magnifique sermon *De l'éminente dignité des pauvres* (Fayard/Mille et Une Nuits, 2015).

J'ai déjà mentionné le livre de Tongdong BAI. Pour une vue d'ensemble des traditions intellectuelles chinoises, l'*Histoire de la pensée chinoise* (Seuil, 1997) d'Anne CHENG est l'ouvrage de référence. Dans la tradition des penseurs européens qui se servent d'un Orient imaginaire ou réel pour éclairer l'Occident, les livres de François JULLIEN sont irremplaçables. On peut commencer avec *Fonder la morale – Dialogue de Mencius avec un philosophe des Lumières* (Grasset, 1995).

Saskia SASSEN examine à travers les villes et les mouvements de population la perpétuelle recomposition des sociétés humaines. J'emprunte à son livre *Critique de l'État – Territoire, autorité et droits, de l'époque médiévale à nos jours* (Demopolis, 2009) le concept très fécond d'assemblage.

9. SAUVER L'AUTORITÉ SANS CRÉER LA TYRANNIE

Le texte fameux de TOCQUEVILLE ouvre la deuxième partie de son grand ouvrage *De la démocratie en Amérique* ; disponible sur *Wikisource.* https://fr.wikisource.org/wiki/De_la_démocratie_en_Amérique/Édition_1848/Tome_3/Deuxième_partie/Chapitre_1

Le texte de MONTESQUIEU est extrait du chapitre VI (« De la constitution d'Angleterre ») du livre XI de *L'Esprit des lois* ; disponible sur *Wikisource.* https://fr.wikisource.org/wiki/De_l'esprit_des_lois_(éd._Nourse)/Livre_11#CHAPITRE_VI._De_la_constitution_d'Angleterre

La crise démocratique suscite une littérature abondante sur les techniques qui permettraient d'y remédier. Les livres qui m'ont le plus aidé à réfléchir sont ceux de James S. FISHKIN,

Democracy : When the People Are Thinking – Revitalizing our Politics through Public Deliberation (Oxford University Press, 2018), Hélène LANDEMORE, *Open Democracy – Reinventing Popular Rule for the Twenty-First Century* (Princeton University Press, 2020), et l'ouvrage collectif sous la direction de John GASTIL et Erik OLIN WRIGHT, *Legislature by Lot – Transformative Designs for Deliberative Governance* (Verso, 2019).

Le Berggruen Institute (Berggruen.org) de Los Angeles, fondé par Nicolas BERGGRUEN et Nathan GARDELS, et la revue publiée par l'Institut, *Noema* (Noemamag.com), ouvrent beaucoup de pistes intéressantes, synthétisées dans le livre que les deux fondateurs ont récemment publié, *Renovating Democracy – Governing in the Age of Globalization and Digital Capitalism* (University of California Press, 2019).

Fareed ZAKARIA a été le second à utiliser le titre *L'Avenir de la liberté* pour la traduction française (Odile Jacob, 2003) de son excellent livre *Illiberal Democracy* – j'avais été le premier à utiliser ce titre dans un livre paru en 1999 (Flammarion) –, mais il a été le premier à analyser le risque de glissement autoritaire des démocraties.

10. QUELLE EUROPE ?

Lucian PYE est l'inventeur de la formule « État-civilisation » et son livre, *The Mandarin and the Cadre – China's Political Cultures* (Centre for Chinese Studies Publications, 1988), en inscrivant le léninisme chinois dans la tradition confucéenne, a contribué à modifier les attitudes hostiles à la Chine, malgré Tian Anmen, survenu un an plus tard.

Le dernier livre de Luuk VAN MIDDELAAR, *Quand l'Europe improvise – Dix ans de crises politiques* (Gallimard,

2018), dont j'ai déjà mentionné le premier livre, démonte avec beaucoup de finesse le fonctionnement des institutions européennes face aux crises.

Hubert VÉDRINE a observé que la construction européenne avait été pensée pour « un monde sans tragédie » dans un entretien au *Figaro* publié le 22 mars 2020.

Les références du livre d'Ivan KRASTEV et Stephen HOLMES sont indiquées dans le chapitre 4, « La nouvelle politique ».

Je renvoie, pour une analyse informée des stratégies qui gouvernent les relations entre la Chine et l'Europe, à François GODEMENT : son livre *La Chine à nos portes – Une stratégie pour l'Europe* (Odile Jacob, 2018) et les notes qu'il publie sur le site de l'Institut Montaigne (institutmontaigne.org).

La lecture de Régis DEBRAY est un sain antidote pour tous ceux – y compris moi-même – qui ont eu de l'Europe une vision trop technicienne. Son *Éloge des frontières* (Gallimard, 2010) pose de façon brillante la question d'une communauté politique au territoire indéterminé.

Dans un article de la *Revue française de droit constitutionnel* (octobre 2010, n° 84), « La "Fédération d'États Nations" : concept ou contradiction ? », Jean-Louis QUERMONNE analyse l'évolution des différentes visions institutionnelles de la construction européenne, de la « Communauté » à la vision de Jacques Delors d'une « Fédération d'États-nations », et souligne la fécondité de la formule delorienne. Son analyse est à compléter par la lecture du dernier livre de Luuk VAN MIDDELAAR, qui a l'avantage de pouvoir tirer quelques leçons des crises des dix dernières années.

La question d'une « européanisation » du patriotisme constitutionnel » de Jürgen HABERMAS et d'une citoyenneté européenne est très bien posée par Dominique SCHNAPPER dans un article déjà ancien, « L'Histoire, le temps et la démocratie » (*Cahiers de l'Urmis*, juin 2001), qui prolonge la réflexion de son livre *La Communauté des citoyens – Sur l'idée moderne de nation* (Gallimard, 1994).

ÉPILOGUE

La réaction contre le pseudo-universalisme de la mondialisation rappelle celle de Johann Gottfried Herder, élève rebelle de Kant et précurseur de la pensée romantique. Il faut lire les très beaux textes d'Isaiah BERLIN recueillis par Henry HARDY sous le titre *The Crooked Timber of Humanity* (Princeton University Press, 1990), et en particulier le chapitre « Alleged relativism in eighteenth-century thought », dans lequel Berlin, commentant Vico et Herder, fait une distinction essentielle entre relativisme et pluralisme. Être pluraliste, accepter la diversité des cultures, reconnaître l'incompatibilité éventuelle de certaines valeurs, ne signifie pas abandonner le terrain des valeurs et tomber dans le relativisme, mais faire l'effort de comprendre la cohérence d'autres cultures.

La réussite du système éducatif finlandais a été révélée par les classements du Program for International Student Assessment (PISA) géré par l'OCDE, qui mesure grâce à des batteries de tests les aptitudes des élèves en lecture, mathématiques et sciences. Moins connue et tout aussi importante est la performance finlandaise dans le développement de la pensée critique chez les élèves, que tente de mesurer un autre programme de l'OCDE, le Program for the International Assessment of Adult Competencies (PIAAC). Une étude très (un peu trop ?) technique de Shane HORN et Koen VEERMANS,

« Critical thinking efficacy and transfer skills defend against "fake news" at an international school in Finland » (*Journal of Research in International Education*, 22 février 2019), montre l'importance d'insérer dans les programmes scolaires des formations spécifiques à la pensée critique.

Remerciements

Je suis seul responsable des insuffisances de ce livre. Mais, dans l'ombre, beaucoup ont concouru à sa naissance : d'abord la multitude des êtres humains que j'ai eu la chance de rencontrer au cours de ma vie mouvementée, en particulier dans les pays en conflit. Ils m'ont aidé à mieux comprendre la fragilité des sociétés humaines. Ce sont eux, et leur désir éperdu de vivre dans des sociétés apaisées, qui m'ont convaincu de l'importance du sujet que je voulais traiter : sans le préalable d'une société solide, le débat sur la démocratie tourne à vide, et dans ce « premier XXI siècle », première version d'un nouveau logiciel destiné à évoluer, il est urgent d'identifier les « bugs » qui peuvent pulvériser les sociétés humaines et nous conduire à des catastrophes. Il faut expérimenter, et continuellement se reprendre. Ce livre est une première tentative.

Plus directement, je dois beaucoup à mon ami Pierre Manent, qui a bien voulu lire mon manuscrit avec le regard profond qui est le sien, et dont j'ai essayé de suivre les conseils. Il est chrétien, je suis agnostique, mais nous nous rejoignons dans le même souci de comprendre ce qui fait tenir ensemble une communauté humaine. L'autre regard qui m'a beaucoup aidé est celui de mon épouse Michèle : elle m'a impitoyablement obligé à la clarté quand je risquais de glisser dans l'abstraction. Elle m'a aussi donné confiance, dans les moments où je désespérais d'être à la hauteur de mon ambition intellectuelle. La même confiance m'a été accordée par le Carnegie Council for Ethics in International Affairs, qui m'a accueilli comme *senior fellow* pendant deux années, et je suis profondément reconnaissant à son président, Joel Rosenthal, comme à celui de la Carnegie Corporation, Vartan Gregorian, pour leur soutien et leur amitié.

Le « second XXIe siècle » sera ce que nous en ferons, ou plutôt ce que les prochaines générations en feront. Je dédie donc ce livre à ma fille Claire, avec l'espoir que sa génération pourra conclure dans quelques décennies que mon ambivalence a été démentie par l'évolution du monde, et qu'on peut y être optimiste sans tomber dans l'autosatisfaction.

Table

Introduction.. 9

CHAPITRE PREMIER. LES MENSONGES DE 1989 23
L'illusion du nouvel ordre mondial, 25 – La démocratie par défaut, 28 – Une Europe inachevée, 36 – La crise des États-nations, 40 – Les illusions de l'universalisme et le doute occidental, 44.

CHAPITRE 2. L'INDIVIDU, TRIOMPHE ET DÉROUTE.. 55
L'individu et le citoyen, 58 – L'individu avant la société, 62 – Famille, entreprise, territoire : l'individu sans attaches ?, 66 – L'insupportable « liberté des Modernes », 76 – L'égoïsme ontologique, 79.

CHAPITRE 3. LA CRISE DE LA POLITIQUE TRADITIONNELLE.. 85
L'impasse de la social-démocratie, 88 – La crise des partis conservateurs, 97 – Abolir la politique ?, 101.

CHAPITRE 4. LA NOUVELLE POLITIQUE 109
La politique sans boussole, 111 – Peut-on vivre sans utopie ?, 121 – Les utopies du ressentiment, 123 – Les nouveaux nationalismes, 124 – La revanche des valeurs, 128 – L'écologie renouvellera-t-elle la politique ?, 131.

CHAPITRE 5. DE GUTENBERG À L'INTERNET... 137
Les esclaves qui se prennent pour des maîtres, 143 – Crier de plus en plus fort pour se faire entendre, 146 – S'affranchir de la géographie, pour le meilleur et pour le pire, 149 – Les données, capital du XXIe siècle, 154 – Quels contre-pouvoirs face au nouveau pouvoir des données ?, 161 – La sphère privée, antichambre de la sphère publique ?, 165 – Séparation des pouvoirs et gouvernance des données, 170.

CHAPITRE 6. LES « GAFA » OU LA CHINE ? 175
La prospérité, la liberté ou la paix ?, 181 – La Chine, notre avenir ?, 185 – État et entreprise, l'envers et l'endroit, 194 – Trois stratégies face à la Chine, 201.

CHAPITRE 7. L'AVENIR DE LA GUERRE 203
La loi du plus fort, 206 – La guerre totale est-elle possible dans des sociétés en miettes ?, 210 – Hypertrophie de l'État protecteur, atrophie de la société, 216 – Le terrorisme, mise en scène de notre précarité, 220 – À la poursuite du risque zéro : le degré zéro des sociétés, 225 – Violences

contemporaines : quand la paix commence à ressembler à la guerre, 228.

CHAPITRE 8. QUE VOULONS-NOUS ?................. 235
La crise éthique des démocraties, 239 – Une nouvelle Renaissance, 250.

CHAPITRE 9. SAUVER L'AUTORITÉ SANS CRÉER LA TYRANNIE 259
La crise de la représentation politique, 259 – Abolir la distance entre représentants et représentés ?, 263 – La reconstruction des mouvements politiques, 269 – Savoir et pouvoir, 272.

CHAPITRE 10. QUELLE EUROPE ?....................... 283
L'Europe est-elle une variante des États-Unis ?, 284 – L'Union européenne, cause ou remède de la crise de la politique ?, 287 – Protéger le consommateur ou défendre les citoyens ?, 293 – L'Europe à la recherche de sa différence, 297 – L'exception européenne, 301 – L'Europe et les nations, 305 – L'expérience inachevée des institutions européennes, 308 – Un État-continent européen : impossible et dangereux, 313.

Épilogue 323
Bibliographie commentée.. 335
Remerciements 355

Cet ouvrage a été mis en pages par

<pixellence>

Achevé d'imprimer en mai 2021
par Normandie Roto Impression s.a.s., 61250 Lonrai
N° d'impression : 2102423
N° d'édition : L.01EHBN001246.N001
Dépôt légal : septembre 2021